Le Lieutenant Gustel

Pour *Le Lieutenant Gustel,* premier « monologue intérieur » de la littérature allemande, Schnitzler a pu s'inspirer des *Lauriers sont coupés* d'Edouard Dujardin, paru en 1888, douze ans avant la nouvelle de l'écrivain autrichien publiée, elle, dans le supplément de Noël d'un grand quotidien la « Neue Freie Presse », la même année que sa fameuse pièce *La Ronde* imprimée en 200 exemplaires et à compte d'auteur.

L'armée n'apprécie guère *Le Lieutenant Gustel,* et Arthur Schnitzler est traduit devant un tribunal militaire et dégradé de son rang d'officier. Vingt ans après, on interdit encore les représentations de *La Ronde.* Schnitzler est un écrivain qui dérange.

Enfin un auteur osait parler librement des femmes, de la sexualité, de l'honneur de l'armée, des fantasmes de l'inconscient, de la « pénombre des âmes », pour reprendre le titre d'un de ses recueils de nouvelles, et cela avec une telle lucidité, une telle acuité, une telle franchise qu'une certaine société viennoise brillante, légère, frivole, qui dissimulait adroitement misère et mensonge sous les strass et les rires, pouvait bien être troublée, bouleversée même, car Schnitzler lui renvoyait sa propre image.

Dans *Le Lieutenant Gustel,* Schnitzler explore la conscience d'un homme qui se prépare au suicide pendant qu'il erre en pleine nuit au Prater. A la sortie d'un concert, on l'a bousculé et injurié. Affront irréparable, puisque l'offenseur n'est [illegible]'un boulanger avec lequel un duel est impossible [illegible] à Gustel qu'une solution : mettre fin à ses jour[illegible], de sa terrifiante lucidité, les pulsions [illegible]l, qui revoit ainsi ses parents, sa s[illegible] laissées par ses maîtresses [illegible] avenir, son enterremen[illegible] mages qui le séparent de la [illegible], on est le 4 avril. Au passage, S[illegible] rrible, ne nous épargne ni la suffisance, [illegible] morgue, ni la phallocratie, ni même l'antis[illegible]n lieutenant.

Si on ne se bat pas avec un [illegible]ger, on ne se suicide pas le ventre creux. Au petit matin, Gustel s'offre donc un café au lait. Le garçon qui lui apporte les petits pains lui apprend que le boulanger est mort d'une attaque d'apoplexie. Le lieutenant Gustel

(Suite au verso.)

retrouve son honneur et sa vie. « A nouveau le monde m'appartient », et il se précipite pour écrire à sa maîtresse.

Deux autres nouvelles font suite au *Lieutenant Gustel.* Dans *L'Appel des ténèbres* se révèle une fois de plus la perception aiguë du Schnitzler médecin, fils d'un laryngologue réputé, dans la clinique duquel il avait entrepris de traiter par l'hypnose et la suggestion les malades atteints d'aphonie fonctionnelle. La psychothérapie, la télépathie, les théories de Freud et de Charcot, le passionnaient alors. Dans ses propres écrits il décortique au scalpel l'âme humaine, la conscience innervée de ses héros en proie aux obsessions, aux angoisses de la folie, au doute perpétuel. *L'Appel des ténèbres,* l'une de ses dernières œuvres, écrite l'année même de sa mort en 1931, fait le constat de la démence qui s'empare d'un homme sous l'œil clinicien de son frère psychiatre...

La folie, le suicide sont des thèmes majeurs de l'œuvre de Schnitzler. Après sa mort brutale, survenue à l'âge de 69 ans, à la suite d'une hémorragie cérébrale, Schnitzler provoque encore le scandale. D'abord, il est juif, ensuite les nazis jugent ses livres pernicieux : ils brûleront ses romans et interdiront ses pièces de théâtre.

Pourtant peu d'écrivains avaient connu un tel succès, dans cette Vienne fin et début de siècle.

Arthur Schnitzler était né dans la rue du Prater, le 15 mai 1862. Après sa promotion au titre de docteur en médecine, il était entré en relation avec le cercle « Jeune Vienne » qui réunissait Hofmannsthal, Karl Kraus, Herman Bahr et plus tard Peter Altenberg. Ils se rencontraient au célèbre café Griensteild, car à Vienne tout passe par les cafés, ces clubs démocratiques faits pour discuter et écrire. Très vite le cycle doux-amer d'*Anatole* le fit connaître au théâtre ainsi que *Liebelei.* Puis romans, nouvelles et pièces se succédèrent à un rythme accéléré, *Berthe Garlan, La Ronde, La Pénombre des âmes, Terre étrangère, Le Retour de Casanova, Mademoiselle Else, Les Dernières Cartes, Thérèse* et cet *Appel des ténèbres* qui traduit tout le désabusement, le désespoir dont il est hanté. Cocasses ou pathétiques, toujours infiniment cruelles, les œuvres de Schnitzler nous plongent dans la fatalité la plus fermée. Il est le messager de la plus totale désespérance.

Nicole Chardaire.

ARTHUR SCHNITZLER

Le Lieutenant Gustel

Nouvelles

CALMANN-LEVY

LE LIEUTENANT GUSTEL

Titre original de la nouvelle
LEUTNANT GUSTL

Traduit de l'allemand par
DOMINIQUE AUCLÈRES

COMBIEN de temps cela va-t-il durer ?

Je vais regarder l'heure... ça ne se fait sans doute pas dans un concert aussi sérieux. Bah ! qui est-ce qui me verra ? Ceux qui sont distraits comme moi ? Et avec eux, je n'ai pas besoin de me gêner... Dix heures moins le quart seulement ?... J'ai l'impression d'être ici depuis trois heures. Manque d'habitude... Qu'est-ce qu'on joue ? Je vais consulter le programme... Ah ! c'est vrai : un oratorio ? Je croyais que c'était une messe. Ces choses-là sont déplacées en dehors de l'église. L'église a un avantage : on peut filer quand on veut. – Si j'avais une place au bout du rang ! – Patience, patience ! Même les oratorios finissent ! C'est peut-être très beau et je suis simplement mal disposé. Comment ferais-je pour être de bonne humeur ? Quand je pense que je suis venu ici pour me distraire... J'aurais mieux fait de donner mon billet à Benedek, ces choses-là l'amusent, lui ; il joue du violon. Mais Kopetzky aurait été vexé. Évidemment, il a voulu me faire plaisir. Un brave type que ce Kopetzky ! Le seul sur lequel on puisse compter... Sa sœur chante dans le chœur là-haut. Cent jeunes filles, cent vierges vêtues de noir, comment faire pour la reconnaître ? C'est parce qu'elle chantait que Kopetzky avait un billet... Pourquoi n'en a-t-il pas profité lui-même ? – Elles chantent très bien, du reste. Ma parole, c'est édifiant !

Bravo ! bravo !... Allons-y, applaudissons. Le bonhomme à côté de moi applaudit comme un fou. Je me demande si son enthousiasme est sincère. – La jeune fille dans la loge là-bas est très bien. Est-ce moi qu'elle regarde, ou ce monsieur à la barbe blonde ?... Un solo ! Qui est-ce ? Contralto : Mlle Walker, soprano : Mlle Michalek... ce doit être le soprano... Il y a longtemps que je n'ai été à l'Opéra. Je me divertis toujours à l'Opéra, même quand c'est ennuyeux. Je pourrais aller voir *la Traviata* après-demain. Après-demain ? Je ne serai peut-être plus qu'un *cadavre décédé* ! Quelle folie, je n'en crois pas un mot ! Attendez, monsieur le docteur, ça vous passera de faire des réflexions déplacées ! Je vous couperai le bout du nez avec mon sabre...

Je la vois très mal, cette jeune fille dans sa loge ! Je voudrais emprunter les jumelles de mon voisin, mais il va me bouffer si je trouble son recueillement... De quel côté peut bien se tenir la sœur de Kopetzky ? Serais-je capable de la reconnaître ? Je ne l'ai vue que deux ou trois fois au cercle des officiers... Ces jeunes filles là-haut... je me demande si elles sont toutes sérieuses ? Oh ! là ! là !... « Avec le concours de la Chorale ! » Chorale... drôle, ça ! Je confonds toujours avec les chanteuses – danseuses de Vienne, c'est-à-dire que je ne confonds pas... mais enfin... Quel souvenir que celui-là au « Portail vert »... Comment donc s'appelait-elle, cette petite ? Elle m'a envoyé une carte postale de Belgrade... joli pays ! – Quel veinard que ce Kopetzky ; il est en train de dîner au restaurant et de fumer un cigare !...

Pourquoi cet individu me fixe-t-il ? Il voit que je m'ennuie et que je suis déplacé ici... Je vous conseillerais de surveiller un peu l'expression de votre visage, sans quoi je serais fort capable de vous demander des explications pendant l'entracte ! – Il détourne les yeux !... Ils ont tous peur de mon regard... « Tu as les yeux les plus beaux que je connaisse ! » m'a dit Steffi l'autre jour... Oh ! Steffi, Steffi, Steffi ! – C'est de sa faute si j'écoute depuis des heures les jérémiades de ces chanteurs. – Elle se dédit tout le temps, ça commence à m'énerver ! Quelle soirée nous aurions pu passer ensemble ! J'ai envie de relire sa lettre, je l'ai sur moi. Mais si je tire mon portefeuille, mon voisin va m'avaler tout cru ! – Je sais ce qu'elle me dit, du reste... elle ne peut pas venir parce qu'elle est avec « lui » et qu'il l'emmène dîner... C'était drôle, il y a huit jours, quand elle était au restaurant avec lui, et moi à une table en face avec Kopetzky ; et elle me faisait de l'œil comme c'était convenu et lui ne s'apercevait de rien. – Inouï ! C'est un Juif sans doute ! Un banquier, une moustache noire !... il n'y a pas d'erreur. Officier de réserve aussi ? Je ne lui conseille pas de faire ses vingt-huit jours dans mon régiment ! Comment permet-on aux Juifs de devenir officiers ? – A ce compte-là je me moque bien de l'antisémitisme ! L'autre jour, à la soirée des Mannheimer où j'ai eu cette histoire avec le docteur... il paraît qu'ils sont juifs aussi les Mannheimer... baptisés, naturellement... mais on ne le dirait pas – la jeune femme surtout, blonde, jolie comme un cœur, bien faite... C'était une bonne soirée, dîner délicieux, cigares épatants... pas malin. C'est toujours là que va se fourrer la galette... Bravo, bravo ! C'est la fin ? – Tout le monde se lève là-haut... Ils sont, ma foi, très bien, ces gens. – Ils ont de l'allure ! – L'orgue, maintenant ?... J'aime beaucoup l'orgue... Ah ! voilà qui me plaît – c'est très beau ! On devrait aller plus souvent au concert. Je dirai à Kopetzky que c'était merveilleux... Le verrai-je au café ce soir ? – Je n'ai pas envie d'aller au café. Assez d'hier soir, où j'ai perdu cent soixante florins d'un coup ! J'étais furieux. C'est idiot ! Et naturellement, Ballert, qui est assez riche comme ça, a tout empoché... C'est la faute de Ballert si j'ai été à ce stupide concert... Évidemment, si j'avais eu de l'argent, j'aurais pu jouer ce soir, et rentrer dans mes fonds. Quelle chance que je me sois donné ma parole d'honneur de ne pas toucher une carte pendant un mois... Maman en fera une tête quand elle recevra ma lettre ! – Qu'elle aille trouver mon oncle, il a de l'argent à la pelle, il n'est pas à cent florins près. S'il voulait me servir une rente régulière... Mais non, il faut que je mendie chaque sou. Et puis, c'est la réponse classique : « L'année dernière, la moisson a été mauvaise ! »... Si j'allais passer une quinzaine cet été chez mon oncle ? Je m'y embête à mourir... Si je n'avais pas eu... voyons, comment s'appelait-elle ?... C'est curieux, j'oublie tous les noms !... J'y suis, Etelka !... Elle ne disait pas un mot d'allemand, mais nous nous sommes compris sans parler !... Pas mal, cette idée, quinze jours de bon air, quinze nuits d'Etelka ou d'une autre... Oui, mais je dois aussi passer huit jours avec papa et maman... Elle avait très mauvaise mine à Noël, maman... J'espère qu'elle est consolée. A sa place je serais ravi que papa ait pris sa retraite. – Quant à Clara, elle trouvera bien encore un mari... Mon oncle pourrait la doter... Vingt-huit ans, ce n'est pas vieux... Steffi doit avoir cet âge-là... C'est curieux : ces femmes-là restent jeunes plus longtemps. Quand on pense à Maretti dans *Madame Sans-Gêne,* elle a bien trente-sept ans et quel physique ! – Ma foi, je n'aurais pas dit non... Dommage qu'elle ne m'ait pas demandé...

Il fait chaud ! Ce n'est pas encore fini ? J'ai hâte de respirer un peu ! Je ferai une petite promenade sur le Ring... Il s'agit de se coucher tôt aujourd'hui, pour être frais et dispos demain après-midi ! C'est drôle ! j'y pense à peine, cela m'est complètement indifférent. La première fois je n'étais pas calme comme cela. Je n'avais pas peur, mais j'étais nerveux la nuit d'avant... Le lieutenant Bisanz était un adversaire sérieux. – Et j'en suis sorti sain et sauf !... Il y a plus d'un an. Ce que le temps passe ! Si Bisanz ne m'a pas eu, le docteur ne m'aura pas non plus ! Quoique les tireurs inexpérimentés soient souvent les plus dangereux. Doschintzky m'a raconté qu'un type, qui tenait un sabre pour la première fois, a failli le transpercer ; et Doschintzky vient d'être nommé maître d'armes à la Landwehr. Il a peut-être fait des progrès depuis... Ce qu'il faut, c'est du sang-froid. Je ne sens plus ma colère de l'autre jour, et pourtant, quel toupet ! – Jamais il n'aurait osé s'il n'avait pas été un peu gris... Quel toupet ! Un socialiste sans doute ! Actuellement tous les ergoteurs sont socialistes ! Quelle racaille... S'ils le pouvaient, ils aboliraient tout de suite l'armée ; et qui les défendrait le jour où les Chinois leur tomberaient dessus ? Ils s'en fichent, les idiots ! – Il est bon de faire un exemple. J'ai eu raison. J'ai bien fait de relever sa réflexion. La colère me reprend quand j'y songe ! Mais je me suis bien conduit ; le colonel m'a confirmé que j'ai été parfaitement correct. Cette affaire me sera utile. D'autres auraient laissé échapper l'oiseau. Müller, par exemple, aurait essayé d'être objectif ou quelque chose de ce genre. Ah ! l'objectivité, elle ne fait faire que des gaffes... « Monsieur le lieutenant[1] ! »... Rien que la façon dont il disait « Monsieur le lieutenant » était insolente !... « Vous m'avouerez que »... De quoi parlions-nous donc ? Et comment avais-je eu l'idée de discuter avec ce socialiste ? Qu'est-ce qui avait amené cette conversation ?... La femme brune que j'avais conduite au buffet nous écoutait... et aussi le jeune peintre qui fait des tableaux de chasse. – Comment s'appelle-t-il ce garçon ?... Ma foi, c'est lui qui est cause de tout ! c'est lui qui a parlé des manœuvres ; c'est seulement après que le docteur s'est rapproché et a fait une réflexion qui ne m'a pas plu sur les hommes qui jouaient à la guerre – je ne pouvais rien dire encore... Oui, et puis il a été question de l'école des cadets... c'est ça... et j'ai décrit une fête patriotique... et le docteur en a pris prétexte pour pousser la discussion plus loin. – Finalement il m'a fait cette réflexion : « Vous m'avouerez, Monsieur le lieutenant, que tous vos camarades n'ont pas choisi la carrière militaire uniquement pour servir leur pays ! » Quelle insolence ! Et il a osé jeter cela à la face d'un officier ! Si seulement je parvenais à me rappeler ce que je lui ai répondu... Ah ! oui, j'ai parlé des

1. En Autriche tous les civils, parlant à un militaire, faisaient précéder du mot « Monsieur » le grade que leur interlocuteur occupait dans l'armée.

gens qui se mêlent de ce qu'ils ne connaissent pas... Et puis... il y avait un vieux monsieur enrhumé qui voulait apaiser la dispute... Mais j'étais trop furieux ! Il avait dit ça, le docteur, comme si c'était de moi qu'il parlait. C'est tout juste s'il n'a pas ajouté, qu'ayant été flanqué à la porte du collège, je n'avais plus qu'à entrer à l'école des cadets... Ces gens-là sont trop bêtes, ils ne nous comprendront jamais... Quand je pense au jour où j'ai porté l'uniforme pour la première fois, voilà un genre d'émotion que certains hommes ne connaîtront pas... L'année dernière, aux manœuvres – je ne sais pas ce que j'aurais donné pour pouvoir me battre réellement... Et Mirovic m'a dit qu'il était tout à fait comme moi. Et lorsque Son Altesse Impériale a passé à cheval les troupes en revue et que le colonel nous a adressé sa petite harangue – nom d'un chien, faudrait être un fameux vaurien pour ne pas être bouleversé dans ces moments-là... Et une espèce de seiche, tout juste bonne à cracher de l'encre, un individu qui a passé sa vie derrière des bouquins, se permet une réflexion pareille !... Attends, mon gaillard – je te mettrai hors de combat... oui, hors de combat...

Qu'est-ce qu'il se passe ? Ce n'est pas fini ?... « Anges du Seigneur, louez le Très-Haut »... Naturellement c'est le chœur final... Magnifique, il n'y a pas à dire, c'est splendide ! – Tiens, j'ai oublié la jeune fille qui me faisait de l'œil. Où est-elle passée ?... Partie déjà !... Cette autre paraît gentille aussi... Trop bête que j'aie oublié mes jumelles ! Brunnthaler est un malin, il a déposé les siennes au café pour les avoir toujours sous la main... Cette gosse devant moi pourrait bien se retourner une fois ! Elle se tient comme une petite fille modèle. Sa mère est avec elle sans doute. – Je me demande si je ne devrais pas penser sérieusement à me marier ? Willy avait mon âge quand il s'est décidé au grand plongeon. Ce serait tentant d'avoir toujours chez soi une jolie petite femme, en cas... Trop bête que Steffi ne soit pas libre ce soir ! Si je savais où elle dîne, j'irais de nouveau m'asseoir à la table en face. Quelle histoire si son vieux s'apercevait de quelque chose... Je l'aurais sur les bras, cette brave Steffi ! Quand je pense à ce que Fliess dépense pour sa petite amie, sans compter qu'il est cocu... Ça finira mal cette histoire-là... Bravo, bravo ! Ça y est !... Quelle chance de pouvoir se dégourdir les jambes... Allez, oust ! Vous n'avez pas fini de ranger vos jumelles dans leur étui ?

« Pardon, pardon, voulez-vous me laisser passer ?... »

Quelle foule ! J'aime mieux me garer et laisser défiler les autres... Très bien, cette femme-là... C'est du toc ou du vrai, ses bijoux ?... Tiens, cette petite-là est gentille aussi... comme elle me regarde !... Mais oui, mademoiselle, je voudrais bien !... Oh ! ce nez ! – une Juive... encore une... c'est effarant, la moitié des gens sont juifs... on n'a même plus la paix pour savourer un oratorio... Voilà le moment de suivre les autres... Pourquoi cet idiot derrière moi me bouscule-t-il ? Je vais lui en faire passer l'envie... Ah ! un monsieur d'un certain âge !... Un coup de chapeau là-bas ?... J'ai l'honneur... Qui était-ce ?... Pas la moindre idée... Où vais-je aller dîner ?... Au restaurant en face ou chez celui où j'ai été l'autre jour ? Steffi y serait peut-être ? Pourquoi ne m'a-t-elle pas écrit où elle allait ? Peut-être ne le savait-elle pas. Elle est absolument esclave... pauvre chose ! – Voilà la sortie... Oh ! ce qu'elle est belle, celle-là ! Toute seule ? Elle en a une façon de vous sourire. Bonne idée ! Je vais la suivre... Bon, maintenant descendons l'escalier... Un colonel du 95e ?... Il m'a très aimablement rendu mon salut... Au moins je n'étais pas le seul officier dans la salle... Où est cette jolie fille ? Ah ! voilà... près de la rampe... Le vestiaire, à présent... Vite, qu'elle ne m'échappe pas... Ça y est ! Sale petite rosse ! Elle se fait prendre par un monsieur à la sortie et me sourit en s'en allant ! – Toutes les mêmes... Quelle bousculade, mon Dieu !... J'aime mieux attendre... Là ! Est-ce que cet idiot va se décider à prendre mon numéro ?...

« Hé, dites donc, deux cent vingt-quatre ! Il est accroché là. Vous ne le voyez pas ? Vous êtes aveugle ! Le voilà ! Dieu merci !... Donnez-le-moi ! »... Ce gros ventru prend toute la place... « Pardon, monsieur ! »...

« Patience, patience !... »

Que dit ce lascar ?

« Un peu de patience ! »

Il faut que je lui réponde...

« Laissez-moi passer !

– Allons, vous n'êtes pas plus pressé que les autres ! »

C'est à moi qu'il s'adresse ? Il va fort, je ne peux pas tolérer ça !

« Silence !

– Vous dites ? »

En voilà un ton, par exemple, c'est inouï !

« Ne me poussez pas !

– Ta gueule, hein ! »

Je n'aurais pas dû dire cela, c'était grossier... Tant pis, c'est fait !

« Qu'avez-vous dit ? »

Il se retourne... Sacristi je le connais, cet homme ! – C'est le boulanger que je rencontre toujours au café... Qu'est-ce qu'il fait ici ? Sa fille est peut-être membre de la chorale ?... Qu'est-ce qu'il se passe ? Que fait-il ? Je crois que... Ma parole, il tient la poignée de mon sabre... Mais il est fou, cet homme ?...

« Dites donc, vous...

– La ferme, Monsieur le lieutenant, ne bougez pas. »

Que dit-il ? Mon Dieu, si quelqu'un l'entendait ! Non, il a parlé très bas... Pourquoi ne lâche-t-il pas mon sabre ?... Nom de D... c'est le moment de se montrer furieux... J'ai beau me démener... je n'arrive pas à lui faire lâcher prise... évitons un esclandre !... Le colonel ne se trouverait-il pas derrière moi, par hasard ?... Peut-on voir qu'il tient la poignée de mon sabre ? Il me parle, bon sang ! Qu'est-ce qu'il me dit ?

« Monsieur le lieutenant, si vous faites le moindre geste, je tire votre sabre de son fourreau, je le casse et j'en envoie les morceaux au chef de votre régiment. M'avez-vous compris, petit imbécile ? »

Qu'est-ce qu'il a dit ? Je dois rêver ! C'est à moi qu'il parle ? Je devrais répondre... Mais c'est qu'il ne plaisante pas le lascar – il tire mon sabre. Mon Dieu – il le fait... je le sens, il l'arrache déjà... Que dit-il encore ?... Oh ! Seigneur, Seigneur, pas d'esclandre. – Mais que me raconte-t-il ?

« Je ne veux pas briser votre carrière... n'est-ce pas... Alors soyez bien sage !... Là... n'ayez pas peur, on ne nous a pas entendus... voilà... je vais être très aimable avec vous pour que personne ne puisse croire à une dispute ! – J'ai l'honneur, Monsieur le lieutenant. – J'ai été très heureux. J'ai l'honneur... »

Seigneur Dieu, ai-je rêvé ?... Il m'a dit tout cela ?... Où est-il ?... Il marche devant moi... Je devrais tirer mon sabre et le tailler en pièces. – Si quelqu'un l'avait entendu !... C'est impossible, il me parlait à l'oreille... Si je le rattrapais pour l'assommer... Non, je ne le peux pas... c'est tout de suite que j'aurais dû le faire... Pourquoi ne l'ai-je pas fait ?... Je n'ai pas pu... il tenait mon sabre et il est dix fois plus fort que moi... Si j'avais dit un mot, il l'aurait brisé... Quelle chance qu'il ait parlé à voix basse ! Si quelqu'un l'avait entendu, je n'aurais plus qu'à me brûler la cervelle sur-le-champ. Peut-être n'était-ce qu'un rêve... Pourquoi ce monsieur près de la colonne me regarde-t-il ainsi ? – aurait-il entendu quelque chose ?... Je vais le questionner... Le questionner ? – Ah ! je deviens fou ! – Peut-être que ma figure me trahit. – Je dois être pâle. – Où est cette canaille ?... Je veux la tuer !... Parti... Tout le monde est parti ?... Où est mon manteau ?... Je l'ai sur moi... je ne m'en étais pas aperçu... Qui donc m'a aidé ?... ce bonhomme ?... oui, je vais lui donner un pourboire !... Voilà... Mais enfin, est-ce vrai ? Quelqu'un a osé me parler sur ce ton ? Quelqu'un m'a dit « Petit imbécile ». Et je ne l'ai pas frappé ?... Je ne pouvais pas... son poing était dur comme du fer... j'étais là comme cloué... J'avais donc perdu l'esprit ? De ma main restée libre, j'aurais pu... oui, mais mon sabre... il tenait mon sabre, il l'aurait tiré et brisé – et c'était fini... fini ! Et quand il a été parti c'était trop tard... je ne pouvais pourtant pas courir après lui, l'attaquer de dos, l'embrocher...

Quoi, me voilà dans la rue ? Comment ai-je fait pour y arriver ? – Il fait frais... le vent est agréable... Qui sont ces gens sur l'autre trottoir ? Pourquoi me regardent-ils ? Ont-ils entendu quelque chose ?... Non, personne n'a pu entendre... je le sais, tout de suite après, je me suis retourné, pour voir. On ne faisait pas attention à moi, personne n'écoutait... Oui, mais cet homme m'a insulté, même si personne ne l'a entendu ; il m'a insulté, la chose est certaine. Et moi, je l'ai laissé dire comme un abruti que j'étais !... Que pouvais-je faire ? – je n'avais pas le choix : « La ferme, bougez pas ! »... c'est épouvantable, c'est intolérable !... il faut que je l'abatte là où je le trouverai !... Un pareil individu qui ose me dire... quel chien ! Et il me connaît... Nom de Dieu de nom de Dieu, il me connaît, il sait qui je suis !... Il peut aller raconter à qui veut l'entendre ce qu'il m'a dit !... Non, non, il ne le fera pas ! Pourquoi aurait-il parlé à voix basse ?... Il ne s'adressait qu'à moi... Mais comment savoir s'il ne racontera pas cette affaire aujourd'hui ou demain à sa femme, à sa fille, à ses copains au café ? Dieu du ciel, c'est que je vais le revoir demain, quand j'irai au café ! Il y sera installé comme tous les jours et jouera sa partie de tarots avec Schlesinger et le marchand de fleurs artificielles... C'est inadmissible, inadmissible... Si je le revois, je lui casse la figure... Non, je n'en ai pas le droit... c'est tout de suite que je devais le faire... tout de suite !... Si j'avais pu ! J'irai trouver le colonel... oui, le colonel, et je lui ferai mon rapport... Le colonel est toujours très cordial. – Je lui dirai : Mon colonel, il tenait la poignée de mon sabre, il ne la lâchait pas ; j'étais absolument désarmé... – Qu'est-ce qu'il dira, le colonel ? – Ce qu'il dira ? – Mais je n'ai plus qu'une chose à faire – quitter l'armée... quitter l'armée dans la honte et le déshonneur !

Ce sont des volontaires[1], là-bas ?... C'est dégoûtant, ils ont l'air d'officiers, la nuit... Ils font le salut militaire ! – S'ils savaient – s'ils savaient !... – Ah ! le café Hochleitner... rempli d'officiers, à coup sûr... j'y retrouverais certainement des camarades... Si j'en abordais un au hasard et lui racontais mon aventure comme si elle venait d'arriver à un autre ?... Je déraisonne... Qu'est-ce que je fais à errer dans la rue ? – Oui, mais où aller ? Au restaurant ? Ha ! ha ! m'asseoir parmi d'autres gens... Tout le monde s'apercevrait de quelque chose... Bon, mais enfin, il faut bien que quelque chose arrive... Qu'est-ce qui doit arriver ? Rien, rien – puisque personne n'a entendu... personne ne se doute de rien... Personne, à l'heure qu'il est... Si j'allais le trouver chez lui, que je le supplie de garder le silence ?... Non, j'aime mieux me tuer tout de suite ! Oui, un bon coup de revolver... Ce ne serait peut-être pas plus bête que ça !... Pas plus bête ? Pas plus bête ? – Mais c'est la seule chose possible... la seule qui me reste à faire !... Si je demandais au colonel, ou à Kopetzky – ou à Blany – ou à Friedmair – ils me répondraient tous : « Tu n'as pas le choix, mon vieux ! »... J'ai envie d'en parler à Kopetzky... Cela me semblerait pas mal... ne fût-ce que pour régler l'affaire de demain... Naturellement, demain, à la caserne de cavalerie... je me bats à quatre heures, demain... mais je ne peux pas, je ne suis plus qualifié, mon adversaire aurait le droit de me récuser... Quelle sottise ! Puisque personne ne sait ce qui s'est passé... personne ne le sait ! – Je connais des types qui se promènent et qui ont eu d'autres mésaventures que moi... que n'a-t-on pas dit de Deckener au moment de son duel avec Rederow... Et le conseil d'honneur a décidé qu'il pouvait se battre... Quel serait le verdict du conseil d'honneur pour moi ? – Petit imbécile – petit imbécile – et je n'ai pas bronché ! – Ah ! là ! là ! il s'agit bien de savoir si quelqu'un l'a entendu !... Je l'ai

1. Les volontaires sont des jeunes gens qui, après leur scolarité, font un an de service militaire, après quoi ils passent officiers de réserve.

entendu, moi, n'est-ce pas, ça suffit ! Je sens que je ne suis plus le même qu'il y a une heure – je sais que je ne suis plus digne de me battre, voilà pourquoi je dois me tirer une balle... Je ne vivrais plus tranquille... sans cesse je craindrais que quelqu'un me jette au visage ce qui s'est passé ce soir ! – Que j'étais heureux il y a une heure encore... Cet idiot de Kopetzky, il avait bien besoin de me donner sa place – et cette grue de Steffi, elle ne pouvait pas sortir avec moi, non ? – Voilà de quels hasards nous dépendons... Cet après-midi, tout était parfait, et à l'heure qu'il est je suis un homme fini qui n'a plus qu'à se supprimer... Pourquoi est-ce que je cours comme ça ? Je n'ai rien perdu... L'horloge de l'église sonne... Quelle heure ?... Un, deux, trois, quatre, cinq, six, sept, huit, neuf, dix, onze... onze, onze heures... Si j'allais dîner tout de même ?... Il y a des bistrots où personne ne me connaît – et je peux toujours manger, car enfin, l'homme a besoin de manger, même s'il se donne la mort tout de suite après... Ha ! ha ! la mort n'est pas une bagatelle... qui donc disait cela, l'autre jour ?... Je m'en fiche, après tout...

Qui aura le plus de chagrin ?... Maman ou Steffi ?... Oh ! là ! là ! Steffi ? Faudrait qu'elle cache ses larmes, autrement son vieux serait capable de la fout' à la porte... Pauvre petite ! – Dans mon régiment – personne ne saurait pourquoi j'ai fait cela... ils chercheraient, ils chercheraient... enfin, ce brave Gustel, pourquoi s'est-il tué ? – Bien malin celui qui devinerait que je me suis tiré une balle parce qu'un sale boulanger... un pauvre type qui était plus fort que moi par hasard... c'est idiot, idiot ! – Et c'est pour ça qu'un garçon comme moi, jeune, gai, fringant... Après, ils seraient tous d'accord pour dire : « Ce n'était pas la peine de se tuer pour une bêtise pareille, non, vraiment, c'est dommage ! »... Mais si je consulte quelqu'un, il ne pourra pas me conseiller autre chose... pas autre chose que ce que je me répète depuis une heure... Que le diable emporte les civils... nous sommes sans défense contre eux... Les gens croient que notre arme nous donne des avantages... ah ! bien, oui !... Si l'un de nous a le malheur d'user de son sabre, on lui tombe dessus comme si nous étions tous des assassins-nés... Si je me tuais, on lirait dans les faits divers : « Suicide d'un jeune officier »... que mettent-ils en pareil cas ?... « Les mobiles de cet acte demeurent mystérieux »... Ha ! ha !... « Ce suicide plonge dans le deuil toute une famille »... – Mais c'est que c'est vrai, tout ça... j'ai toujours l'impression de dire des blagues... c'est vrai... il faut que je me tue, je n'ai pas le choix. – Je ne peux pas risquer que Kopetzky et Blany, demain, refusent de me seconder !... Je serais une fripouille si je leur imposais de... Un type comme moi qui se laisse insulter sans piper... Tout le monde – oui, tout le monde – le saura demain... Je suis trop bête de croire qu'un bonhomme comme celui-là n'ira pas colporter son aventure... Sa femme doit la connaître... demain, tout le monde la saura... les garçons de café... M. Schlesinger... la caissière. – Et même s'il a résolu de se taire sur le coup, il parlera après-demain... dans une semaine... Et s'il meurt d'une attaque d'apoplexie cette nuit, cela ne changera rien, puisque je l'ai entendu, moi !... Non, je ne suis pas homme à porter l'uniforme et le sabre après avoir été déshonoré de la sorte !... Il faut que je me supprime, c'est dit ! – Et puis, quoi, après tout ? – Il pourrait se faire que le docteur me tue d'un coup de sabre, demain... ça s'est déjà vu... le pauvre Bauer, lui, a eu une méningite qui l'a enlevé en trois jours... et Bremitsch s'est cassé le cou en tombant de cheval... et puis, je n'ai pas le choix – je n'ai pas le choix. Je-ne-l'ai-pas ! – D'autres peut-être prendraient la chose à la légère... moi pas. – Il y a tout de même de drôles de cocos !... Ringeimer a quitté l'armée après s'être fait gifler par un charcutier qui l'avait surpris avec sa femme... Eh bien, il s'est retiré à la campagne et s'est tranquillement marié... Dire qu'il y a des bonnes femmes pour épouser un type pareil !... – Moi, je ne lui serrerais pas la main s'il revenait à Vienne... T'as compris qu'il fallait en finir, Gustel ? – Tout est fichu, faut en finir !... Oui, j'ai compris, ce n'est pas difficile... j'ai très bien compris, et je suis calme... Du reste, je savais que le jour venu, je serais calme, absolument calme... Seulement, voilà... je ne croyais pas que j'en arriverais là... que ce serait pour une raison pareille !... Peut-être ai-je mal compris, après tout... peut-être a-t-il dit autre chose... J'étais abruti par la musique et la chaleur... j'étais fou peut-être... et rien de tout cela n'est vrai !... Pas vrai ? Ah ! là ! là ! pas vrai !... mais je l'entends encore, ses paroles sonnent à mon oreille... j'ai les doigts qui me font mal de l'effort que j'ai fait pour me dégager !... Quel athlète ! Je ne suis pas un gringalet... au régiment, il n'y a que Franciski qui soit plus fort que moi... mais celui-là !...

Le pont d'Aspern... Où est-ce que je vais ? – si je continue, je serai à Kagran à minuit... Kagran ! – Nom de Dieu, étions-nous heureux d'y arriver, en septembre dernier ! « Plus que deux heures de marche jusqu'à Vienne », nous disions-nous... J'étais éreinté... Une fois rentré, je me suis couché et j'ai dormi comme une marmotte ! Et puis le soir on se retrouvait chez Ronacher... Kopetzky, Ladinser et moi et... qui encore ? – Ah ! oui, le jeune volontaire qui nous avait raconté des anecdotes juives tout le long du trajet !... Ils sont bien gentils quelquefois, les volontaires... mais ils devraient rester sous-officiers – à quoi cela rime-t-il ? Nous trimons pendant des années, ces types-là servent pendant un an et nous finissons par avoir le même grade... c'est injuste ! – Mais ça ne me regarde pas – tout cela ne me regarde plus. – un simple soldat de la troupe de ravitaillement est plus que moi à l'heure qu'il est... J'ai cessé d'exister... c'est fini, mon honneur est fichu, et moi avec !... Plus qu'à charger mon revolver et à... Gustel, Gustel, il me semble que tu n'y crois pas encore ! Réfléchis... c'est la seule chose à faire... tu auras beau te creuser la cervelle, tu ne trouveras rien d'autre ! – Sois un homme, garde ton sang-froid, reste officier jusqu'au bout, afin qu'après, le colonel puisse dire de toi : « C'était un brave garçon, nous lui garderons un fidèle souvenir ! »... Combien de compagnies sont prévues pour rendre les derniers honneurs à un sous-lieutenant ?... Je devrais le savoir... Ha ! ha ! le bataillon entier, et toute la garnison pourraient bien faire tirer vingt salves qu'ils ne réussiraient pas à me réveiller ! – Je connais ce café ; j'y ai passé un bon moment l'été dernier avec M. d'Engel, après le steeple-chase de l'armée !... C'est drôle, il n'a plus donné signe de vie depuis !... Pourquoi avait-il l'œil gauche bandé ? J'aurais voulu l'interroger, mais ça ne se fait pas... Voilà deux artilleurs... ils croient sans doute que je guigne cette femme... Je vais la regarder... Bon sang ! – Comment une pareille créature fait-elle pour gagner son pain ?... Alors là, j'aimerais mieux... quoique faute de grives on mange des merles... à Przemysl – je me souviens. J'ai senti un tel dégoût après qu'il me semblait que jamais plus je ne toucherais une femme... Quel horrible séjour en Galicie... nous avons eu une sacrée veine d'être envoyés à Vienne. Bokorny est toujours à Sambor et il a des chances d'y vieillir paisiblement... Mais si j'étais resté là, ce qui s'est passé ce soir ne me serait pas arrivé... et j'aimerais mieux aujourd'hui devenir vieux en Galicie que de devoir... De devoir quoi ? – Qu'est-il arrivé, qu'a-t-il pu m'arriver ? – Suis-je fou d'oublier ce qui m'attend ? – Ma foi, oui ! je l'oublie tout le temps... Voilà quelqu'un qui doit se tirer une balle dans une heure d'ici et qui songe à toutes sortes de choses qui ne le regardent plus ! Ma foi, je suis comme grisé ! Grisé de quoi... de sang ? de meurtre ? de suicide ? Jolie ivresse ! – Bon, voilà que je blague – je n'y peux rien – je suis de bonne humeur... affaire de tempérament... Si je le disais, on ne me croirait pas. – Si j'avais le truc sur moi... je presserais la gâchette – et tout serait dit... l'espace d'une seconde !... C'est de la chance, au fond – d'autres souffrent pendant des mois... Ma pauvre cousine a été alitée pendant deux ans, immobile avec des douleurs atroces – quelle pitié !... Ne vaut-il pas mieux s'en charger soi-même ? Seulement, attention ! Visons bien !... pour ne pas faire comme le cadet en remplacement l'année dernière... Pauvre bougre, il n'est pas mort, mais il a perdu la vue... Qu'est-il devenu ? où vit-il ? – Horrible de devoir se promener comme ça – se promène-t-il, même ? Il est obligé de se faire guider pas à pas. Un type si jeune ! Vingt ans à peine !... Il a été plus adroit en visant sa maîtresse... elle est morte sur le coup... Incroyable qu'on puisse se tuer pour une raison pareille ! Par jalousie !... ça me dépasse... Steffi est bien à l'aise au restaurant avec « lui », ils rentrent ensemble après... eh bien, je m'en fiche... Elle a un bel intérieur, Steffi. La salle de bain avec la lanterne rouge. – L'autre jour, dans sa robe de chambre en soie verte... je ne verrai plus sa robe de chambre verte – je ne verrai plus Steffi non plus... je ne monterai plus les marches de son bel escalier de la Gusshausstrasse... Et Mlle Steffi continuera à s'amuser comme si de rien n'était... elle ne pourra parler à personne de son pauvre Gustel qui s'est tué... Mais elle pleurera, elle pleurera sûrement – et elle ne sera pas la seule... Maman ! Pour l'amour de Dieu, j'aime mieux ne pas y penser ! – Ah ! non, pas de ça. Défense de penser aux tiens, Gustel, défense absolue, tu entends ?

Ça, c'est pas mal, me voilà au Prater... en pleine nuit... Si on m'avait dit ce matin que j'irais me promener au Prater... Que pense le sergent de ville là-bas ?... Marchons toujours... il fait bon ici... Ceinture pour dîner ou pour aller au café ; l'air est pur et agréable, et quel calme... Du calme ! – C'est que j'en aurai tant que je voudrai d'ici peu. Ha ! ha ! – Je souffle... j'ai couru comme si j'avais perdu la tête... Doucement, Gustel, doucement, tu n'es pas pressé... tu n'as plus rien à faire – plus rien – plus rien du tout ! – Il me semble que je frissonne ? – C'est l'émotion, sans doute... et puis, je n'ai rien mangé... Qu'est-ce qui sent comme ça ? Ce n'est pas encore la floraison ? Nous sommes le 4 avril... il a beaucoup plu depuis quelque temps... mais les arbres sont encore dénudés... et il fait sombre ! Ça vous flanque le cafard... je me souviens que j'ai eu peur autrefois, seul dans la forêt... la seule fois de ma vie, je crois... j'étais petit... pas si petit que ça... Il y a neuf ans... j'avais quinze ans... mais oui, à dix-huit ans j'étais suppléant – sous-lieutenant à vingt... et l'année prochaine je serai... qu'est-ce que je serai l'année prochaine ? Que signifient ces mots : l'année prochaine ? Que signifie : la semaine prochaine ? que signifie : après-demain ?... Oh ! On claque des dents ? eh bien, laissons-les claquer un peu... Mon lieutenant, vous êtes seul... vous n'avez besoin d'épater personne... c'est dur, c'est très dur...

Je vais m'asseoir sur ce banc... Ah ! – Où suis-je ? – Très loin, sans doute... Qu'il fait noir ! Derrière moi, ce doit être le second café... je crois que je suis venu ici l'été dernier, au concert de notre orchestre militaire... oui, j'étais avec Kopetzky et Rüttner – d'autres encore... – Je suis fatigué... fatigué comme si j'avais fait une marche de dix heures... Il ne manquerait plus que ça que je m'endorme ici. – Ah ! un lieutenant qui couche sous les ponts... Je devrais rentrer... Rien à faire chez moi !... Rien à faire au Prater non plus. – Si je pouvais m'endormir sur ce banc, et ne plus me réveiller, ce serait parfait – ce serait si commode ! – Non, mon lieutenant, la mort ne sera pas si commode... Quand et comment le ferai-je ? – Il est temps que j'y réfléchisse... il faut réfléchir... il faut réfléchir à tout... c'est ainsi, c'est la vie... Eh bien, réfléchissons !... Voyons !... L'air est exquis, on devrait se promener plus souvent au Prater, la nuit... J'aurais dû y songer plus tôt... maintenant il n'y a plus de Prater et plus de promenades qui tiennent... Allons, je disais que... il vaut mieux enlever mon képi ; il me comprime la cervelle, m'empêche de penser correctement... Voilà !... ça va mieux. Rassemble tes esprits, Gustel... prends tes dernières dispositions ! Demain matin, donc, je me tue... demain matin, à sept heures... Sept heures, l'heure est bien choisie. Ha ! ha ! – A huit heures, quand Kopetzky fera faire l'exercice, j'aurai passé l'arme à gauche... oui, mais Kopetzky sera bouleversé, il ne pourra pas faire faire l'exercice... Peut-être ne le saura-t-il pas encore...

si personne n'entend la détonation... Max Lippay s'est tué le matin... on ne s'est aperçu de rien... et on ne l'a trouvé que quelques heures plus tard... Du reste, je suis bien bon de me préoccuper de savoir si Kopetzky fera l'exercice ou non... Sept heures ! – l'heure est fixée... Et puis ?... C'est tout, je n'ai pas d'autres dispositions à prendre. Je me tue dans ma chambre, ce sera vite fait ! L'enterrement sera lundi... Je connais quelqu'un qui sera content : le docteur... Duel annulé pour cause de suicide d'un des combattants... Que penseront les Mannheimer ? – Lui prendra ça philosophiquement... mais sa jolie petite femme blonde... il y aurait eu quelque chose à faire avec celle-là... Je crois que j'aurais eu mes chances avec elle si je m'étais donné du mal... et ça m'aurait changé de cette petite grue de Steffi... Mais voilà, faut pas être paresseux... faut faire la cour, envoyer des fleurs, avoir de la conversation... on ne peut pas dire simplement : « Viens me voir demain à la caserne ! » Ah ! oui, une femme aussi convenable, ça m'aurait tenté, y a pas à dire... La femme de mon capitaine à Przemysl n'était pas une femme convenable... je jurerais bien que Libitzky et Wermutek et cette purée de suppléant ont couché avec elle tout comme moi... Mais Mme Mannheimer... c'était pas la même chose, celle-là, elle aurait été capable de me transformer – de faire de moi un autre homme – elle m'aurait inspiré le respect de moi-même – tandis que toujours ces catins... C'est que j'ai commencé tôt – j'étais un gosse au moment de mon premier congé à Graz, chez mes parents... Riedl était avec moi – c'était une Tchèque... elle avait le double de mon âge, au moins. – Je ne suis rentré que le matin... La façon dont mon père m'a regardé !... et Clara... J'étais confus devant elle... A ce moment-là elle était fiancée... pourquoi ne s'est-elle pas mariée ? je ne me le suis jamais demandé... Pauvre chou, elle n'a jamais eu de chance – et voilà qu'elle perd son frère unique... Tu ne me verras plus, Clara – plus jamais ! Hein, tu ne t'en doutais pas, petite sœur, lorsque tu m'as accompagné à la gare après le Jour de l'An... tu ne te doutais pas que tu ne me reverrais plus ? – Et maman... Nom de Dieu, maman... je ne veux pas penser à maman... si je pense à elle, je serais capable de faire une bassesse... Ah ! si je pouvais aller les voir... leur dire que j'ai un congé d'un jour... revoir papa, maman, Clara, avant de me tuer... Si je prenais le train de sept heures, je serais à Graz à une heure... Bonjour, maman... hé, bonjour, Clara ! Comment allez-vous ?... Quelle surprise, hein ?... Mais ils s'apercevraient de quelque chose... Clara, pour sûr, devinerait ce qui se passe... Intelligente, Clara... je n'ai pas encore répondu à sa dernière lettre si gentille – elle me donne toujours d'excellents conseils... quelle bonne et brave fille !... J'aurais peut-être eu plus de chance si j'étais resté à la maison... J'aurais fait mes études pour devenir agriculteur, j'aurais été auprès de mon oncle... tout le monde me le conseillait quand j'étais gosse... Et je serais peut-être marié à l'heure qu'il est, marié avec une brave fille gentille... J'aurais peut-être épousé Anna... elle m'aimait tant ! Je m'en suis aperçu la dernière fois encore quoiqu'elle ait un mari et deux enfants maintenant... elle me regardait d'une façon... et puis elle me disait « Gustel », comme autrefois... Ça lui donnera un coup quand elle saura comment j'ai fini ! – Mais son mari dira : « Je te l'avais prédit... c'était un gredin ! » – Et tout le monde croira que je me suis suicidé parce que j'avais des dettes... et ce n'est pas vrai, tout est payé... il y a bien les cent soixante florins de la nuit dernière, mais ils seront là demain matin... Il faut que je m'occupe de les faire parvenir à Ballert... que je le spécifie avant de me tuer... c'est abominable, abominable !... Si je pouvais prendre le large... En Amérique où personne ne me connaît ?... Personne en Amérique ne sait ce qui s'est passé ce soir... J'ai lu dans le journal l'autre jour qu'un comte Runge, qui avait eu une sale affaire ici, était directeur d'un hôtel à New York... et se fichait bien de filouterie... Et je pourrais revenir dans quelques années... pas à Vienne, naturellement, ni à Graz... Mais à la campagne, chez mon oncle, par exemple... Et papa et maman et Clara, ils préféreraient mille fois me savoir vivant que... Et les autres gens ça ne les regarde pas... qui s'intéresse à moi ? – Personne... il y a Kopetzky... les autres, ils s'en fichent... Kopetzky seul, vraiment... Et c'est lui qui m'a donné ce billet... et c'est le billet qui est cause de tout... Sans lui je n'allais pas au concert, et tout cela ne serait pas arrivé !... Qu'est-ce qui m'est arrivé ?... On me dirait que ça s'est passé il y a cent ans... je le croirais... et il y a deux heures seulement, deux heures qu'on m'a dit « petit imbécile », et qu'on a voulu casser mon sabre... Nom de Dieu, je serais capable de crier en pleine nuit ! Pourquoi tout cela ? N'aurais-je pas pu attendre que le vestiaire fût vide ? Et pourquoi lui ai-je dit « ta gueule » ? Ça m'a échappé je ne sais comment. – Je suis un garçon poli d'habitude, je ne suis jamais grossier comme ça... même pas avec mon ordonnance... j'étais nerveux, c'est évident – j'avais trop d'embêtements – la déveine au jeu, les éternels faux bonds de Steffi – le duel demain après-midi – le manque de sommeil depuis quelque temps – et les tracasseries du service – on n'y résiste pas à la longue ! – Je serais tombé malade – j'aurais été obligé de demander tôt ou tard une permission... Maintenant ce n'est plus nécessaire – maintenant vient une longue permission avec suspension de ma solde – ha ! ha !...

Combien de temps vais-je rester ici ? il doit être minuit passé... je crois que j'ai entendu les douze coups. – Qu'est-ce que c'est que ça ? Une voiture à cette heure ? des roues caoutchoutées – je vois ça d'ici... ils l'ont plus belle que moi. – C'est peut-être Ballert avec Berthe ?... Pourquoi serait-ce Ballert ? – Allez, fouette, cocher ! – Son Altesse Impériale avait une chic voiture à Przemysl... Il s'en servait pour aller voir « la Rosenberg » en ville... Pas fière, Son Altesse – camarade avec tout le monde... C'était le bon temps, tout de même !... Mais le pays était affreux... et quelle chaleur, en été !... Trois officiers ont attrapé une insolation... et le caporal de ma division aussi – un homme si précieux... L'après-midi, nous nous étendions tout nus sur nos lits. – Un jour Wiesner est entré chez moi en coup de vent ; moi, tout endormi, je me dresse, j'attrape mon sabre à côté de moi et je le tire du fourreau... je devais en avoir une touche !... Wiesner était malade de rire – il est capitaine maintenant... capitaine de cavalerie... Moi aussi j'aurais aimé servir dans la cavalerie... le vieux n'a jamais voulu – c'était trop cher ! – Dommage... A l'heure qu'il est ça n'a plus d'importance... Plus d'importance ? – Pourquoi ? – Parce qu'il faut que je me tue pardi... rien ne compte plus – parce qu'il-faut-que-je-me-tue... Alors quoi ? – Voyons, Gustel, tu es venu exprès au Prater en pleine nuit où pas une âme ne te dérange – maintenant tu peux réfléchir tranquillement à tout ça. Fais-le. Quitter l'armée, aller en Amérique ; insensé ! Et tu es bien trop bête pour faire autre chose – et si tu vis cent ans à penser qu'un type a voulu casser ton sabre et t'a traité de « petit imbécile » tandis que tu étais là sans pouvoir rien faire – non, il n'y a pas à réfléchir, ce qui s'est passé, s'est passé ! – Et l'idée d'aller voir maman et Clara est impraticable aussi – elles se consoleront – on se console de tout... A-t-elle pu gémir, maman, quand son frère est mort – au bout de quatre semaines déjà elle n'y pensait plus... elle allait au cimetière toutes les semaines, puis tous les mois – maintenant elle n'y va plus que le jour anniversaire de sa mort. – Demain, c'est le 5 avril – c'est le 5 avril qui sera le jour anniversaire de ma mort à moi ! – Où aura lieu l'enterrement ? A Graz ? Ha ! ha !... ce serait une aubaine pour les vers de Graz ! – De quoi est-ce que je me mêle... C'est aux autres de se casser la tête. Qu'est-ce qui me reste à faire ?... Les cent soixante florins pour Ballert – c'est tout – je n'ai pas à me préoccuper du reste. Ecrire des lettres ? A quoi bon et à qui ? Des lettres d'adieu ? – Il me semble que, quand on se tue, on prend assez clairement congé de tout le monde ! – Tout le monde s'aperçoit qu'on est parti pour toujours... Si les gens savaient ce que je me fiche de tout ça, ils ne me plaindraient même pas – je ne suis une perte pour personne... et moi, je m'en vais sans regrets. – J'aurais aimé faire une guerre – mais ça n'aurait pas été pour tout de suite... alors, ma foi, tant pis... tout le reste, j'en ai soupé... que ce soit Steffi ou Cunégonde, c'est toujours la même chose. – Je connais toutes les opérettes et j'ai été voir *Lohengrin* douze fois au moins – ce soir j'ai même assisté à un oratorio – un boulanger m'a traité d'imbécile – vrai de vrai, ça suffit ! – Je n'ai plus aucune curiosité... – Rentrons, doucement, tout doucement... Je ne suis pas pressé. – Je vais me reposer quelques minutes encore sur ce banc – pauvre officier sans abri ! – De toute façon, je ne me coucherai plus dans mon lit – j'aurai bien le temps de dormir tout mon soûl. – Ah ! cet air ! – ça me manquera...

Qu'est-ce que c'est ? – Hé, Johann, un verre d'eau fraîche... Hein, qu'y a-t-il ?... Où suis je ?... Est-ce que je rêve ? Ma tête... nom d'un petit bonhomme cassepomme !... Je n'arrive pas à ouvrir les yeux ! – Je suis habillé, ma parole ! – Où suis-je ? – Juste ciel, je me suis endormi ! Comment ai-je pu dormir ? L'aube blanchit déjà ! – Quelle heure est-il ? – Je n'y vois pas... mes allumettes ?... est-ce que j'arriverai à en allumer une ?... Trois heures... mon duel est à quatre heures – non, il n'est plus question de duel mais de suicide ! – Le duel n'aura pas lieu ; un boulanger m'a traité de petit imbécile... il faut que je me tue... mais est-ce que ça s'est vraiment passé ? – Ma tête est toute drôle... comme serrée dans un étau – je ne peux pas tourner le cou – j'ai des fourmillements dans ma jambe droite. – Debout ! Debout !... Ça va mieux !... Il fait plus clair... l'air est doux comme le jour où j'étais éclaireur et où j'ai campé dans la forêt... Et cependant, quelle différence – j'avais une autre journée devant moi, alors !... Je ne peux y croire. – La route est devant moi, grise, déserte – je suis le seul être humain qui se promène au Prater. – Un jour je suis venu à cheval ici avec Pausinger à quatre heures du matin – le cheval du capitaine Mirovic – et Pausinger sur sa vieille rosse ! – c'était en mai l'année dernière – tout était en fleur – tout était vert ! Aujourd'hui tout est dénudé – mais le printemps n'est pas loin ! – Dans quelques jours, il y aura des violettes, du muguet – dommage, je n'en profiterai pas. – Le dernier pouilleux profitera du printemps, et moi, je suis condamné à mourir... quelle misère ! Et les autres dîneront au-dehors comme si de rien n'était – comme nous l'avons fait le lendemain de la mort de Lippay... et il était aimé, Lippay... plus aimé que moi ! Après tout, si ça les amuse de sortir, pourquoi ne sortiraient-ils pas le soir de ma mort ? – Il fait bon – bien meilleur qu'hier – et quel parfum ! – on dirait des fleurs... Steffi m'apportera-t-elle des fleurs ? – Jamais de la vie ! Elle n'ira pas au cimetière... Adèle... Adèle serait peut-être venue ! – Il y a deux ans au moins que je n'ai plus pensé à elle... Quelle comédie quand j'ai rompu avec elle... ce qu'elle a pu pleurer ce jour-là !... Tout de même, c'est encore mon meilleur souvenir. – Modeste, contente de tout – elle m'aimait vraiment, j'en jurerais. – Pas comme Steffi... Pourquoi diable ai-je rompu avec elle ?... quelle idiotie ! Ça a fini par m'embêter, voilà tout... et puis j'avais peur de rester collé – quel saule pleureur, mon Dieu ! – T'aurais pu attendre un peu, Gustel – elle au moins, elle t'aimait !... Que fait-elle à présent ? En voilà une question ! – Elle se sera consolée avec un autre... La chose était plus commode avec Steffi – quand on n'a que le plaisir et qu'un autre a les soucis... on ne peut pas demander que votre petite amie vous accompagne au cimetière... Qui donc se dérangerait sans nécessité ? – Kopetzky peut-être, et puis, tirons l'échelle ! – C'est triste de n'avoir personne...

N'exagérons pas ! Il y a papa, maman, Clara... Oui, je suis leur fils, leur frère... mais qu'y a-t-il d'autre entre nous ? Ils m'aiment bien – mais que savent-ils de moi ? – Que je fais mon service, que je fréquente des grues et que je joue aux cartes... c'est tout. – Je ne leur ai jamais dit comme je me dégoûte moi-même – le savais-je seulement ? – Assez, Gustel, que me dis-tu là ! Manquerait plus que tu te mettes à pleurer... T'as pas honte ! – Marche, mon gaillard !... Qu'on aille à un rendez-vous – aux manœuvres ou à la guerre... qui donc nous disait cela ?... Le capitaine Lederer, à la cantine, quand nous lui avons raconté que Wingleder était devenu blême et avait eu mal au cœur avant son premier duel ! – Oui, « le visage d'un officier doit rester impassible, sa démarche assurée, que ce soit l'amour qui l'attende ou la mort qui le guette » – le capitaine Lederer l'a dit – Ah !

Il va faire jour... qu'est-ce qui siffle ?... Je vois la gare du Nord, la colonne Tegetthoff... jamais elle ne m'a paru aussi longue... des voitures là-bas... des balayeurs dans toutes les rues... les derniers balayeurs que je vois. – Ha ! ça me fait rire d'y penser... C'est incompréhensible... Peut-être que tout le monde est comme moi... une fois qu'on a compris qu'il n'y a plus rien à faire ! – Trois heures et demie à l'horloge de la gare... trois heures quarante à ma montre... Faudrait savoir la bonne heure pour se tuer à sept heures précises... et après tout, rien ne m'oblige à le faire à sept heures... J'ai faim... ma parole, j'ai faim – pas étonnant... je n'ai rien pris depuis ?... depuis – hier soir six heures, au café !... Kopetzky m'a remis son billet – j'ai commandé un café au lait avec deux croissants. – Que dira le boulanger quand il saura ?... Ce chien maudit. – Il comprendra pour le coup – il saura ce que c'est que d'être officier ! – Un type comme lui peut se faire rosser en pleine rue, qu'est-ce que ça fait... un officier qu'on insulte même en tête-à-tête est un homme fini... Si seulement on pouvait se battre avec un pareil gredin – il serait plus prudent alors... il ne risquerait pas le coup. Et cet individu va vivre, vivre heureux et tranquille, et moi – je n'ai plus qu'à crever ! – C'est qu'il m'assassine, tout bonnement... Oui, Gustel, tu commences à t'apercevoir qu'on t'assassine... mais il ne l'emportera pas en paradis ! – Fichtre non ! – J'écrirai à Kopetzky, je lui dirai ce qui s'est passé... ou plutôt... je ferai mon rapport au colonel... un rapport en règle... Ah ! tu crois que ça restera secret ? – Tu te trompes, mon bonhomme ! Tout sera consigné, et gardé soigneusement. – Je verrai bien si tu oseras te montrer au café après ! – Ha ! c'est cocasse de dire que je verrai !... Il y a tant de choses que je voudrais voir encore... je ne le pourrai plus – je suis foutu !

Pour le moment, Johann doit être en train de constater que j'ai découché. – Il supposera tout ce qu'on veut... mais pas que Monsieur le lieutenant a passé la nuit au Prater... tout, excepté cela... Tiens ! le 44e ! ils vont s'exercer au tir – rangeons-nous pour les laisser passer... – Quelqu'un ouvre sa fenêtre là-haut – bigre, quelle jolie fille ! – A sa place je mettrais quelque chose sur mes épaules... Il y aura huit jours dimanche que pour la dernière fois j'ai... jamais je n'aurais cru que ce serait Steffi : la dernière avec laquelle je... – Ce plaisir-là est le seul qui compte dans la vie... tout le reste... Magnifique salut militaire ! – ça va, ça va, messieurs – si vous saviez comme je m'en fous... le colonel les suivra à cheval dans deux heures !... Ils se la coulent douce, les officiers supérieurs. Tiens, Katzer !... depuis quand est-il au 44e ? – Salut, salut ! – Quelle tête !... Pourquoi me montre-t-il son crâne du doigt ? – Mon vieux, ton crâne, je m'en bats l'œil... Ah ! bon ! Non ! tu te trompes : j'ai couché au Prater... les journaux du soir t'expliqueront. – « Pas possible ! dira-t-il, ce matin, comme nous allions à l'exercice, nous l'avons rencontré sur la route du Prater ! » – Qui est-ce qui commandera ma section ? – Walterer peut-être ? – ça fera un joli gâchis – un type sans initiative – encore un qui aurait mieux fait d'être savetier... Le soleil se lève ! – Quelle belle journée il va faire ! – une vraie journée de printemps... Le diable emporte ce cocher de fiacre ! – il vivra encore à huit heures... et moi !... Qu'est-ce qui me prend ? Je ne vais pas perdre contenance à cause d'un brave cocher de fiacre !... Mon cœur bat à se rompre ! – Oh ! ce n'est pas pour ça... c'est parce que j'ai l'estomac creux. – Gustel, sois franc : tu as peur – tu as peur tout simplement parce que tu ne sais pas ce que c'est !... Seulement la peur ne sert de rien... il faut en passer par là... c'est chacun son tour... un peu plus tôt ou un peu plus tard... toi, c'est très tôt... voilà tout !... Tu ne valais pas grand-chose, prends sur toi de bien te conduire en cette dernière occasion, j'ai le droit de te le demander ! – Réfléchissons ! – A quoi ?... je m'obstine à vouloir réfléchir... C'est pourtant simple : mon revolver est dans le tiroir de ma table de nuit... il est chargé – j'appuie sur la détente et le tour est joué !

Elle trotte pour aller à son magasin, cette petite bonne femme... pauvre gosse ! – Adèle aussi était vendeuse – j'ai été la prendre quelquefois le soir... quand elles sont occupées, elles ne deviennent pas des grues comme les autres... Si Steffi dépendait de moi, je l'établirais comme modiste ou quelque chose d'approchant... Comment apprendra-t-elle ma mort ? – par le journal !... Elle sera furieuse que je ne l'aie pas prévenue... Je déraisonne... je me demande en quoi ça me regarde qu'elle soit furieuse ou non... Depuis quand est-on ensemble ?... janvier, je crois... Non, c'était avant Noël... je lui ai rapporté des bonbons de Graz... et elle m'a écrit pour le Jour de l'An... A propos, les lettres que j'ai chez moi – est-ce que je ne devrais pas en brûler ?... Celle de Fallsteiner, par exemple – il aurait des ennuis si on la trouvait... C'est le cadet de mes soucis ! – Allons ! ce n'est pas un gros effort... Du reste, je ne retrouverai pas ce torchon... je ferais mieux de tout brûler. – Je laisserai mes livres à Blany. – *A travers la nuit et la glace*... dommage que je ne puisse pas finir ce bouquin... je n'ai pas beaucoup lu ces derniers temps... J'entends un orgue qui joue – on dit la messe à l'église. – Il y a longtemps que je n'ai pas assisté à la messe du matin ! – J'y ai conduit ma division en février... Mais je surveillais mes hommes pour voir s'ils se tenaient bien... alors ça ne compte pas. – J'ai envie d'entrer... peut-être qu'il y a du vrai dans tout ce qu'on raconte... je serai fixé là-dessus après le déjeuner ! Ah ! « après le déjeuner », c'est pas mal !... Allons, est-ce que j'entre ? – Ce serait peut-être une consolation pour maman de savoir que j'y ai été !... Clara n'y attacherait pas d'importance... Entrons toujours, ça ne gâte rien !

L'orgue – le chant – hum ! – Qu'est-ce que c'est ? – J'ai le vertige... Mon Dieu, mon Dieu, je voudrais pouvoir parler à quelqu'un avant. – Si je me confessais ! Il en ferait des yeux le curé si je lui disais en terminant : « Au revoir, monsieur le curé, je rentre de ce pas et je vais me suicider !... » Si je m'écoutais, je serais capable de me jeter par terre et de pleurer... Pas permis une chose pareille !... mais ça soulage quelquefois de pouvoir pleurer... Asseyons-nous un peu. – Attention de ne pas m'endormir comme au Prater ! – Les gens pieux ont de la chance !... Bon, voilà mes mains qui tremblent... Si ça continue, je finirai par être dégoûté de moi... et c'est de honte que je me suiciderai, alors ! – Cette vieille femme – qu'est-ce qu'elle lui demande au Bon Dieu... à son âge ?... Si je lui disais de prier pour moi... parce que je n'ai pas appris à prier convenablement... Ha ! ha ! on dirait que mourir abrutit les gens ! – Debout ! – L'air qu'on chante me fait penser à quelque chose – à quoi ? – Ciel, au concert d'hier ! – fichons le camp... je ne peux pas supporter ça !... Doucement... mon sabre traîne sur les dalles – doucement, faut pas troubler le recueillement de tous ces braves gens. – Voilà... ça va mieux... l'air frais me fait du bien... Il fait tout à fait clair... l'instant approche – j'aimerais que ce soit fini déjà ! – C'est tout de suite que j'aurais dû le faire – tout de suite, au Prater... on ne devrait jamais sortir sans revolver... Si je l'avais emporté hier... Nom de Dieu de nom de Dieu ! – Je vais entrer au café et déjeuner... j'ai faim... je ne comprenais pas autrefois les condamnés à mort qui prenaient un dernier café et fumaient un cigare... Sacristi ! je n'ai pas fumé depuis hier. – C'est drôle, j'ai envie d'aller à mon café... il est ouvert à cette heure... et il n'y a encore personne de chez nous – et puis, même s'il y avait quelqu'un... tant pis... je ferais preuve de sang-froid. « Il a déjeuné à six heures, puis il est rentré chez lui et à sept heures il s'est tué »... – A présent, je suis tranquille... cette marche m'a calmé – et puis, c'est admirable de penser que personne ne m'y force. – Si je voulais, je pourrais tout flanquer là... l'Amérique... que signifient ces mots « tout flanquer là » ?... Décidément, j'ai une insolation ! – Serais-je calme par hasard parce que je ne suis pas contraint ?... Il faut que je le fasse ! il faut ! Non, je-le-veux ! – Tu te vois quittant l'uniforme, Gustel, tu te vois filer ? Et ce sale cochon de boulanger qui crèverait de rire – et jusqu'à Kopetzky qui ne voudrait plus te serrer la main !... Il me semble que j'ai piqué un fard rien que d'y songer. – Le sergent de ville me salue... « Bonjour, mon vieux »... j'ai dit mon vieux !... ça lui fera plaisir à ce pauvre type... personne n'a jamais eu à se plaindre de moi – en dehors du service j'ai toujours été très coulant – aux grandes manœuvres, j'ai donné des cigares aux sous-officiers – une fois j'ai entendu un soldat derrière moi qui se plaignait de ces sacrées tracasseries... et je ne l'ai pas envoyé au rapport... je me suis contenté de lui dire : « Prenez garde, si un autre que moi vous entendait, vous auriez des embêtements ! »... Voilà le Burghof !... Qui donc est de faction ? – Les Bosniaques. – Ils ont de l'allure. – Le lieutenant-colonel a dit l'autre jour qu'en 1878 personne n'aurait pensé qu'un jour ces gaillards nous obéiraient au doigt et à l'œil !... – Sapristi, j'aurais aimé faire une campagne comme celle-là. – Les voilà tous debout sur leur banc. – Salut, salut ! – Pas moyen de vivre pour voir la guerre. C'est contrariant. – Ç'aurait été plus glorieux cependant de mourir au champ d'honneur... mon brave docteur, vous vous en tirez à bon compte !... Et si quelqu'un me remplaçait ? – Ma foi, je devrais stipuler que Kopetzky ou Wymetal se battent à ma place !... Non, ce type n'en sera pas quitte pour la peur ! – Et puis quoi ! qu'est-ce que ça peut me faire ! puisque je ne serai pas là pour le voir ! – Tiens, les arbres bourgeonnent... un jour j'ai abordé une femme au Volksgarten

– elle avait une robe rouge – elle habitait dans la Strozzigasse, plus tard je l'ai dépassée à Rochlitz... Je crois qu'ils sont toujours ensemble... seulement il n'en parle plus – ça le mortifie sans doute... Steffi doit dormir à l'heure qu'il est... Elle est mignonne quand elle dort... elle a un petit air si candide ! – Elles ont toutes cet air-là quand elles dorment ! – Je devrais lui écrire tout de même... Pourquoi pas ? Ça se fait. – On écrit ses lettres avant de mourir... Et puis je devrais écrire à Clara aussi, la charger de consoler papa et maman – et ainsi de suite ! – Et puis à Kopetzky... C'est ma foi drôle, il me semble que la mort me serait moins pénible si j'avais fait mes adieux. Et puis mon rapport à l'état-major du régiment – les cent soixante florins de Ballert... j'en ai des choses à faire !... Après tout, personne ne me force à m'exécuter à sept heures... J'aurai bien le temps d'être mort à huit heures... être mort – être mort – c'est comme ça qu'on dit, on ne peut rien y faire.

Le Ring – je suis tout près de mon café... il me semble que je suis tout content à l'idée de déjeuner... c'est incroyable. – Après, j'allume un cigare, puis je rentre et j'écris... à l'état-major d'abord pour faire mon rapport ; puis Clara – Kopetzky – et Steffi... qu'est-ce que je vais lui dire à cette petite garce ?... « Mon petit, tu ne te doutais pas »... – Quelle imbécillité ! – « Mon petit, je te remercie ». – « Mon petit, avant de quitter ce monde, je ne veux pas manquer de »... – Je n'ai jamais su écrire les lettres ! – « Mon petit, un dernier adieu de ton Gustel »... – Elle en fera des yeux en lisant ça. Quelle chance que je ne l'aime pas !... Ça doit être très triste quand on aime quelqu'un et que... Pitié, Gustel, c'est déjà assez triste... Après Steffi, tu aurais connu d'autres femmes, tu aurais aimé l'une ou l'autre, et tu aurais pu finir par trouver une petite jeune fille de bonne famille qui t'aurait apporté une dot suffisante. – Dommage tout de même ! – Il faut que j'écrive longuement à Clara, il faut que je lui explique que je n'ai pas pu faire autrement !... « Pardonne-moi, ma sœur chérie, et essaie de consoler mes pauvres parents. Je sais que je vous ai causé du chagrin, des soucis. Crois-moi, malgré tout, je vous aimais beaucoup. J'espère qu'un jour tu seras heureuse, ma chère Clara, et que tu te souviendras quelquefois de ton frère infortuné. Gustel »... J'aime mieux ne pas lui écrire !... ça me donne envie de pleurer... je sens un picotement dans les yeux rien que d'y penser... J'enverrai un mot à Kopetzky, un cordial adieu ; à lui de prévenir les autres. Six heures déjà ? – Non, la demie – les trois quarts. – Six heures moins un quart. – Oh ! la jolie frimousse ! Cette petite bonne femme aux yeux noirs que je rencontrais si souvent rue Floriani ! – Qu'est-ce qu'elle dira ? – Mais elle ne sait même pas qui je suis ! – elle s'étonnera seulement de ne plus me voir... Avant-hier, j'avais résolu de l'aborder à la prochaine occasion. – Elle m'y avait assez encouragé... Toute jeune encore – une ingénue peut-être ?... Voilà ! Il ne faut jamais remettre au lendemain ce que l'on peut faire le jour même !... Ce type-là ne doit pas non plus avoir dormi de la nuit ! – Il va rentrer et se coucher confortablement dans son lit – et moi aussi ! – Ça devient sérieux, Gustel ! Ben, si on n'avait pas un léger frisson dans le dos, ce serait trop facile – et à tout prendre, je peux bien me l'avouer, je me tiens bien... Où aller ? mon café est là... on balaie... Entrons toujours...

Voilà la table où a lieu la partie de tarots... j'ai peine à croire que le gros bonhomme qui joue là tous les jours, assis contre le mur du fond, est le même qui m'a... – Pas un chat... où est le garçon ?... Hé ! le voilà qui s'amène en enfilant son habit... Ce n'est vraiment plus la peine de vous mettre en frais !... Oui, mais lui devra servir d'autres personnes après moi !

« J'ai l'honneur, Monsieur le lieutenant !

– Bonjour.

– De si bon matin, Monsieur le lieutenant ?

– Laissez donc – je suis pressé ! Je garderai mon manteau.

– Que désire Monsieur le lieutenant ?

– Un café au lait avec la peau.

– Tout de suite, Monsieur le lieutenant ! »

Ah ! voilà des journaux... les journaux d'aujourd'hui... je me demande s'ils en parlent ?... S'ils parlent de quoi... J'allais y chercher la nouvelle de mon suicide ! Ha ! ha ! – Je reste planté là... je vais m'asseoir près de la fenêtre... Le garçon vient d'y poser mon café au lait... Je vais fermer le rideau, ça me contrarie que les gens me regardent... Personne ne passe dans la rue à cette heure-ci... Il est bon ce café – un bon petit déjeuner n'est pas un vain mot. – Ça vous ragaillardit, on se sent tout autre... j'ai eu tort hier de ne pas dîner... Qu'est-ce qu'il me veut encore le garçon ? – Ah ! il apporte les petits pains...

« Monsieur le lieutenant, savez-vous la nouvelle ?...

– Quelle nouvelle ? »

Mon Dieu, saurait-il quelque chose par hasard ?... Je suis idiot, c'est impossible !

« Eh bien, M. Habetswallner... »

Hein ? Mais c'est le nom du boulanger... Que va-t-il ajouter ?... Est-il déjà venu ce matin ? A-t-il raconté quelque chose hier soir ?... Pourquoi ne poursuit-il pas ?... Mais il parle...

« ... a eu une attaque d'apoplexie cette nuit à minuit.

– Comment ? »... Il ne faut pas que je crie... il ne faut pas qu'on puisse s'apercevoir de quelque chose... est-ce que je rêve ?... je vais le questionner : « Qui a eu une attaque ? » – Bravo ! Bravo ! j'ai dit ça d'un air parfaitement dégagé !

« Le boulanger ! Monsieur le lieutenant doit le connaître... le gros qui venait tous les après-midi ici pour faire sa partie de tarots... Sa table était à côté de celle de messieurs les officiers... il jouait avec M. Schlesinger et M. Wasner, le fleuriste d'en face ! »

Non, je ne rêve pas – tout cela est exact – je n'arrive pas à le croire – je vais lui poser quelques questions... sans en avoir l'air...

« Une attaque d'apoplexie, dites-vous ?... comment cela ? De qui tenez-vous la nouvelle ?

– Mais, Monsieur le lieutenant, nous sommes très bien placés pour le savoir – le petit pain que Monsieur le lieutenant mange là vient de chez Habetswallner. Le gosse qui nous livre le pain à quatre heures et demie nous a tout raconté. »

Prudence, il ne faut pas que je me trahisse... j'ai envie de crier, j'ai envie de rire, j'ai envie de faire la bise à Rodolphe... Mais il faut que je lui pose encore une question !... Une attaque d'apoplexie n'est pas forcément mortelle... il faut que je demande s'il est mort... mais calmement, calmement... le sort du boulanger doit m'être parfaitement indifférent – je regarde mon journal et je pose nonchalamment ma question :

« Il est mort ?

– Je crois bien, Monsieur le lieutenant ; il est mort sur le coup ! »

Quelle veine, quelle veine ! – Peut-être que cela s'est produit parce que j'ai été à l'église...

« Il a été au théâtre le soir ; en montant les escaliers, il est tombé de tout son long. – Le concierge a entendu le fracas... il a aidé à le monter chez lui ; quand le médecin est arrivé, tout était fini.

– Comme c'est triste ! Il était dans la force de l'âge. »

J'ai bien dit cela – personne n'aurait pu s'apercevoir de rien... j'ai toutes les peines à ne pas crier, à ne pas sauter sur le billard...

« Oui, Monsieur le lieutenant, c'est très triste ; c'était un homme si aimable... il venait chez nous depuis vingt ans – il était très bien avec le patron ; et sa pauvre femme... »

De ma vie je n'ai jamais été si content... Il est mort – il est mort ! – Personne ne sait rien... il ne s'est rien passé ! – J'ai une chance de pendu !... Si je n'avais pas été dans ce café, je me tuais pour des prunes... on dirait que le destin l'a voulu ! – Où est le garçon ? « Hé, Rodolphe ! » – Il parle au marmiton. – Alors, c'est vrai – il est mort – tout ce qu'il y a de plus mort ! C'est à peine croyable ! – J'aimerais bien aller chez lui pour m'en rendre compte par moi-même. – Une attaque d'apoplexie ?... Il est mort de rage... la colère a dû l'étouffer... Et puis, qu'est-ce que ça peut me faire ! Ce qui importe, c'est qu'il soit mort et que je puisse vivre... A nouveau le monde m'appartient !... C'est drôle, je continue à tremper mon pain dans le café, le pain cuit par M. Habetswallner ! – et je le trouve très bon ! Il me plaît, votre pain, monsieur Habetswallner ! Il est fameux ! – Là, je voudrais fumer, à présent... « Rodolphe ! dites donc, Rodolphe, laissez le marmiton tranquille !

– Monsieur le lieutenant désire ?

– Un cigare. »

Je suis content, je suis content !... Qu'est-ce que je vais faire ?... Qu'est-ce que je vais faire ?... Il faut que je fasse quelque chose ou je vais avoir une attaque, moi aussi !... La joie m'étouffe... Dans un quart d'heure j'irai à la caserne et je me ferai frictionner à l'eau froide par Johann... à sept heures et demie nous avons l'inspection des fusils, à neuf heures et demie l'exercice. – Et j'écrirai à Steffi qu'il faut qu'elle soit libre ce soir ! Il faut, coûte que coûte, qu'elle sorte avec moi ! Et cet après-midi, à quatre heures... Attends, mon vieux docteur ! Je suis d'excellente humeur justement... toi, je te réduirai en chair à pâté !

L'APPEL DES TENEBRES

Titre original de la nouvelle
FLUCHT IN DIE FINSTERNIS

Traduit de l'allemand par
DOMINIQUE AUCLÈRES

1

QUELQU'UN frappa. Robert, se réveillant, dit machinalement : « Entrez. » Aussitôt le garçon parut sur le seuil, tenant le plateau du déjeuner qu'il avait ordre d'apporter à huit heures tous les matins. Robert constata non sans malaise qu'une fois de plus il avait oublié de verrouiller sa porte la veille, mais il n'eut pas le temps de céder à la mauvaise humeur qu'engendrait cette nouvelle distraction. Le courrier, posé sur le plateau à côté du thé, du miel, du beurre, capta son attention. Entre deux lettres indifférentes il en trouva une de son frère. Celui-ci lui donnait des nouvelles de toute la famille, il exprimait sa joie de le voir revenir et, sans insister, avec un détachement voulu, l'informait qu'il venait d'être nommé professeur à la Faculté de Médecine. Robert rédigea aussitôt un chaleureux télégramme de félicitations qu'il fit porter à la poste. Si les obligations professionnelles et des conditions de vie différentes séparaient souvent les deux frères, suspendant leurs relations pendant des jours et des semaines, le moindre incident, dans sa futilité même, leur prouvait à quel point leur solidarité était certaine et indissoluble. En de telles circonstances, Robert, le cadet, se plaisait à constater que tous ses liens, passés ou présents, jusqu'à ses rapports avec son excellente épouse, morte depuis longtemps, n'avaient dans sa vie qu'une importance secondaire. A ses yeux, cette relation de frère à frère représentait non seulement ce que l'existence offre de meilleur et de plus pur, mais encore, dans un sens plus général, ce dont la nature garantit la stabilité. Nos parents nous sont dérobés par l'âge et par la mort. Nos enfants, Robert savait pertinemment sans avoir eu l'occasion d'en faire l'expérience qu'il était naturel de les perdre un jour et que leur propre jeunesse nous les ravissait davantage encore que le reste. Rien de tout cela ne menaçait la cohésion des deux frères. Leur entente, surtout, était à l'abri des troubles inexplicables qui, tels des nuages s'élevant soudain sur le ciel serein de l'âme, viennent détruire l'union de l'homme et de la femme.

Robert vit donc dans cette lettre de son frère, arrivée le jour même de son départ, un présage heureux, et son espoir dans l'avenir grandit. Après une période inquiète de son existence, il souhaitait connaître une époque nouvelle.

Le soleil était haut à l'horizon. Après avoir terminé ses bagages, Robert quitta sa chambre. C'était l'heure de la promenade et du bain qui dépeuplait les environs de l'hôtel. Il marcha sur la large jetée de pierre blanche qui s'avançait assez loin dans l'eau. Le petit vapeur clair, amarré sur le côté, semblait y faire la sieste. D'un coup d'œil, il embrassa les quelques voiles presque immobiles, blanches, jaunes et rougeâtres qui animaient le chenal. Au nord, le détroit s'élargissait, annonçant la proximité de la mer. Il se découvrit pour sentir les chauds rayons du soleil, inspira profondément par la bouche pour avoir sur ses lèvres le goût de l'air salin et se réjouit de la douceur de l'atmosphère qui, dans cette île méridionale, gardait jusqu'en octobre sa caressante langueur estivale. Une curieuse sensation l'envahit : l'instant qu'il vivait appartenait au passé. Il se vit sur cette jetée, son chapeau à la main, les lèvres entrouvertes, comme on se souvient d'une image dont les contours s'effacent. Ce sentiment, qu'il n'éprouvait pas pour la première fois, loin de l'inquiéter, ressemblait à une délivrance. Il aurait voulu le retenir, mais à peine en eut-il conçu le désir que l'illusion s'évanouit. Aussitôt il lui sembla qu'il venait d'aliéner le présent. Le ciel, l'eau, la mer lui étaient devenus étrangers, froids, lointains. Un instant fleuri se flétrissait, stérile, abandonné.

Robert quitta la jetée et s'engagea dans un étroit sentier, peu fréquenté, ombragé par des pins et des chênes rouvres. Ce chemin se faufilait à travers les buissons incultes pour aboutir au cœur de l'île. Le paysage lui-même paraissait aride, sans parfum, et dépouillé de son charme habituel. Robert était maintenant content de voir s'approcher l'instant de son départ et toutes sortes d'images surgirent en lui vivantes : les séductions, les plaisirs de la grande ville, l'hiver auxquels depuis longtemps il n'avait pas songé, le tentèrent soudain. Il se vit au théâtre, carré dans un bon fauteuil de velours, écoutant une pièce amusante et légère ; ou dans l'animation des rues illuminées de Vienne, se promenant au hasard et s'arrêtant devant les vitrines engageantes des bijoutiers et des maroquiniers. Il aperçut enfin sa silhouette, rajeunie, rafraîchie en quelque sorte, dans le coin paisible d'un restaurant élégant à côté d'une femme à laquelle son imagination prêtait les traits charmants d'Alberte.

Pour la première fois depuis leur séparation il se souvint d'elle avec mélancolie. Avait-il bien fait de battre en retraite sans même engager la lutte ? Avait-il eu raison de laisser son amie à l'Américain fougueux dont le charme eût certainement cessé d'opérer aussitôt qu'Alberte se fût trouvée loin de lui ? Durant leur dernière promenade sur la rive du lac des Quatre-Cantons, n'aurait-il pas dû la mettre en garde ? Son devoir n'eût-il pas été de la retenir, plutôt que de lui conseiller le mariage avec un individu dont la demande soudaine, faite peu après leur rencontre, commandait prudence et réserve ? Mais le malaise qu'il ressentait, Robert se l'avouait sans ambages, provenait moins de ces scrupules tardifs que de l'appel reconnaissant et douloureux de ses sens qui, brusquement, se souvenaient.

Il était en retard au déjeuner. Seul comme toujours, il s'assit à sa table, dans l'embrasure d'une large fenêtre qui s'ouvrait sur la mer. Quand il eut terminé, très courtois, il fit ses adieux aux quelques relations qu'il s'était faites et s'en alla rejoindre pour un court moment Mme et Mlle Rolf qui prenaient leur café sur la terrasse. Paule le regarda avec une sorte de compassion. Jamais il ne s'était occupé particulièrement d'elle, il détestait la compagnie des jeunes filles du monde. Ce jour-là, l'insistance de ce regard le rendit songeur. En prenant congé, quand, après avoir baisé la main de l'imposante et belle Mme Rolf, il dérogea à la règle et se pencha sur la main de la jeune fille, il sentit rayonner sur son front une douceur amie. Alors il chercha les yeux de Paule qui s'obscurcirent en rencontrant les siens.

Plus tard, dans la salle de musique, il s'approcha du piano mal accordé, frappa quelques notes, puis quitta la pièce. Derrière ses stores baissés, l'air croupissait, pesant, malsain. Sur le rivage au gravier d'un blanc étincelant, il se promenait de long en large et le vide des heures inutiles qui précèdent un départ se faisait sentir. Il décida de ne pas attendre jusqu'au soir l'arrivée du petit vapeur qui assurait le service des passagers mais de louer immédiatement un canot automobile et de faire en plein jour la courte traversée qui le séparait du port. Cette ville ancienne et curieuse, qu'il s'était promis bien des fois de visiter sans jamais mettre à exécution ce projet, s'ouvrit bientôt devant lui, mystérieuse avec ses collines et ses recoins secrets. Il gravit les marches vétustes qui conduisaient à l'Arène. Quand il fut sur le sommet, doucement éclairé par les feux mourants du jour, son regard plongea dans l'immensité qui s'étendait à ses pieds et d'où montait le soir, tel un sombre avertissement.

2

Quand le train quitta la gare, Robert demeura à la fenêtre de son compartiment. Impassible, il prenait congé de l'îlot que baignait une lueur grise teintée de rose, des vagues lointaines où le soleil disparu faisait flotter un reflet mauve. Le train haletait à travers des coteaux plantés de vignes desséchées, vers le pays du Karst, là-haut. Un long tunnel survint. Le paysage parut changé. A droite et à gauche les sommets des falaises se dessinaient sur le ciel nocturne, l'horizon conservait le souvenir de la mer, mais la mer elle-même était absente. Robert, fatigué par sa promenade dans les rues mal pavées du port, gagna sa couchette, s'étendit et voulut retrouver le sentiment de joyeuse attente ressenti le matin même. Mais le bonheur qui l'avait effleuré quelques heures plus tôt avait fait place à la plus singulière inquiétude. Le train semblait l'emporter vers des événements d'une décisive gravité. Etait-ce ainsi que sa patrie le recevait ? La dépression dont il avait souffert avant son départ reprenait-elle son empire sur lui ? Après des heures et des jours de libération allait-il redevenir la proie de cet obscur élément que les pensées arrivent à peine à saisir, que les mots sont incapables de définir, cet insondable je ne sais quoi, gros de menaces ? Les médecins s'étaient-ils trompés, avaient-ils voulu l'induire en erreur lorsqu'ils avaient soutenu qu'un voyage de six mois le distrairait, lui rendrait la santé ? Leinbach, son ami de jeunesse, était évidemment toujours prêt à traiter de bagatelles les maux de ses malades et son obstination à affirmer qu'il connaissait toutes leurs misères pour les avoir éprouvées lui-même ne suffisait pas à rassurer les clients. Mais on ne pouvait pas admettre qu'Otto, le croyant sérieusement atteint, ait pris la responsabilité de laisser partir seul ce frère unique, seul pour un voyage de par le monde. Cependant Robert se demandait, et ce doute ne l'assaillait pas pour la première fois, s'il avait été sincère envers son frère, si jusque dans leur dernière conversation il n'avait pas essayé d'atténuer – par une étrange pudeur – les symptômes de son mal pour influencer le verdict du médecin.

Verdict : c'était bien le mot, le mot juste, il s'imposait à lui. En effet depuis sa prime jeunesse, malgré des qualités incontestablement brillantes, Robert se sentait homme de peu de valeur en regard de son frère aîné. Même si celui-ci le jugeait avec indulgence, son comportement platement bourgeois irritait et impatientait fréquemment Otto ; Robert ne se le cachait pas et le comprenait très bien. Car il savait parfaitement que l'existence d'Otto était remplie d'obligations, que sa profession, concernée par des choses aussi essentielles que la vie et la santé, exigeait du sérieux, et que son frère ne sacrifiait celle-ci qu'à sa famille pour s'y reposer. Tout cela apparaissait à Robert sous un jour si sublime que, en comparaison, sa propre existence lui semblait assez souvent, malgré son travail au ministère, superficielle et sans dignité réelle.

La cordialité d'un frère qui le trouverait convalescent, mieux du moins, était le meilleur accueil que pouvait lui réserver sa patrie. Du moment que la joie du retour s'effaçait insensiblement devant une agitation inquiète, c'est que d'obscures raisons s'opposaient à la réalisation de cet espoir. Hésitant et subjugué cependant, Robert cherchait à les approfondir. Un souvenir sourd s'éveillait en son âme, lointaine réminiscence qui après des années émergeait d'une mensongère somnolence. Un mot sonna au fond de son cœur, un mot dont il n'osait pénétrer le sens. Il le murmura plusieurs fois de suite, dix fois, vingt fois, cinquante fois, pour le dépouiller de sa signification, de sa virulence. Le stratagème réussit. Ce mot bientôt ne constitua plus que l'assemblage arbitraire de quelques lettres de l'alphabet, il devint un son quelconque, inoffensif comme le grincement des roues qui chantaient dans la nuit. S'endormant enfin, Robert cessa de l'entendre.

3

A la gare de Vienne, sous la pluie battante, Robert prit une voiture et machinalement donna au cocher l'adresse de son ancien appartement, dont il avait résilié le bail avant son départ. Puis il se ravisa, constatant sa distraction. Il avait fait une réservation dans un hôtel du centre de la ville qui, situé derrière une église, s'alignait parmi des maisons hautes et sombres et n'avait rien de l'aspect accueillant et pompeux des édifices modernes. La fortune de Robert, bien administrée, le mettait à l'abri des soucis mais ne lui permettait pas un long séjour dans un palace. D'autres considérations encore avaient déterminé son choix. L'immeuble, devant lequel sa voiture venait de s'arrêter, lui rappelait d'excellents souvenirs. Il y avait passé des soirées charmantes dans une chambre du quatrième étage en compagnie d'un ami, décédé depuis longtemps, et de la maîtresse de celui-ci. Dans sa mémoire, ce vieil hôtel s'était mué en un ancien palais. Désappointé, il cherchait les vestiges d'une magnificence disparue et se demandait ce qui avait pu provoquer ou favoriser une pareille erreur. Les plafonds étaient dépouillés de leurs hauts-reliefs baroques, la rampe privée des ornements de fer forgé qu'il s'était imaginé retrouver. Un tapis d'un rouge pourpre autrefois, usé et décoloré aujourd'hui, revêtait les marches de l'escalier. La pièce dans laquelle on l'introduisit corrigea cette impression affligeante. Haute et voûtée, elle était confortablement meublée. Deux larges fenêtres s'ouvraient sur l'église dont la coupole de cuivre apparaissait sous sa splendide patine verte.

Robert fit monter ses bagages et, pour donner à cette chambre d'hôtel une note personnelle, disposa sans attendre çà et là son cendrier, son coupe-papier, son sous-main. Puis il gagna la salle de bain, manifestement installée dans une mansarde, autrefois vacante, pour répondre aux exigences grandissantes de l'hygiène moderne. La lueur jaune du plafonnier éclairait faiblement ce cagibi privé de fenêtre. Au mur un vieux cadre d'or encerclait une glace oblongue, fêlée de haut en bas. Selon son habitude, Robert s'attarda dans son bain, puis s'enveloppant dans un rugueux peignoir blanc, il s'approcha de la glace. Son visage glabre, d'un ovale étroit, lui parut juvénile ; il se jugea bien conservé pour ses quarante-trois ans. Il allait se détourner satisfait de son examen, lorsqu'il vit dans le miroir terne un œil étrange qui se fixait mystérieusement sur lui. Aussitôt il se pencha en avant et crut observer que sa paupière gauche pendait par rapport à la paupière droite. Il eut peur, ferma les yeux, les rouvrit, essaya de faire manœuvrer ses paupières en s'aidant de ses doigts. Peine inutile : entre la gauche et la droite une différence subsistait. Il s'habilla vivement et dans sa chambre se plaça devant la psyché entre les deux fenêtres. Ecarquillant les yeux il se rendit compte que la paupière gauche n'obéissait pas à sa volonté avec la même promptitude que la droite. Cependant comme le regard était clair, comme la pupille répondait bien à la stimulation de la lumière, il se tranquillisa, songeant que toute la nuit il avait été couché sur le côté gauche et que cela suffisait sans doute à expliquer l'inégalité qu'il constatait. Rien ne l'empêchait du reste le lendemain d'en parler à son ami, le Dr Leinbach, ou à son frère, ou encore d'attendre qu'Otto, sans être prévenu, s'aperçût de l'asymétrie de ses deux paupières. Mais une indéfinissable angoisse tremblait au fond de cette résolution ; il eut l'impression d'avoir mal agi et d'être sous le coup d'un blâme sinon d'un châtiment. Que signifiait ce sentiment ? Il ne voulut pas d'abord le comprendre, l'admettre. Puis il étendit les deux bras comme pour se défendre d'un ennemi qui approchait, s'éloigna de son reflet et s'avança vers la fenêtre. La pluie fouettait les vitres ; en face dans le renfoncement du mur de l'église, saint Christophe se tenait immobile comme vingt ans plus tôt. Alors Robert s'aperçut que cette chambre était la même qu'avait naguère habitée la maîtresse de son ami Höhnburg ; les meubles seulement avaient été changés et les portières de peluche rouge qui séparaient l'alcôve du reste de la pièce avaient été remplacées par des rideaux de cretonne à fleurs qui tombaient en plis légers, s'harmonisant avec le papier clair du mur. Devait-il considérer comme un présage heureux le changement qui transformait l'aspect de cette chambre, la rendait accueillante ? Il s'y essayait en vain. Cruel de précision, le spectre lointain d'une soirée printanière se dressa devant lui. Ce soir-là, déjà, peut-être, mystérieusement, s'était annoncé non seulement le destin de son ami, mais aussi le sien propre ; il le sentait au fond de lui-même et frémissait d'horreur. Et de nouveau, il revécut ce moment.

Avec son frère, le lieutenant Höhnburg et quelques amis, il avait été aux courses puis avait dîné dans un restaurant bondé du Prater. Höhnburg, le plus gai et le plus bruyant de tous, avait été ce soir-là particulièrement exubérant. Personne ne s'étonna lorsqu'en partant le jeune officier tendit au garçon un pourboire excessif. Chemin faisant, Otto confia à son frère que Höhnburg, leur ami commun, était sur le point de devenir fou, que nul encore ne s'en doutait, mais que sûr de son diagnostic, il prévoyait la mort du jeune homme dans un délai de trois ans. Robert se révolta contre ce pronostic. Le jeune officier respirait la santé, la joie de vivre ; comment penser que dès cet instant son ami était irrémédiablement condamné, marqué par une atroce fatalité ? Robert cependant dut admettre les raisons médicales de son frère et dès lors la présence de Höhnburg, son comportement le remplirent d'effroi. Son ami lui paraissait de plus en plus redoutable. Il évitait de lui adresser la parole, craignant à tout instant qu'il se retournât, vînt à lui, passât son bras sous le sien. Il s'éclipsa sans prendre congé. Quelques jours plus tard Höhnburg eut un accès de folie furieuse et dut être interné.

Lorsqu'il revit Otto, Robert, sans préméditation aucune et comme mû par une inspiration, lui fit une étrange supplique. Il lui demanda de s'engager à ne pas attendre chez lui l'éclosion d'une maladie mentale dont il constaterait peut-être un jour les premiers symptômes, mais de le faire mourir aussitôt sans souffrance, à l'aide d'un quelconque remède dont les médecins disposent librement. Otto ne manqua pas de se moquer de Robert et de son incurable hypocondrie. Mais celui-ci voulut le convaincre qu'en frère aimant il ne pouvait en aucun cas lui refuser ce service, d'autant plus que victime de tout autre accident de santé, on pouvait soi-même, à son gré, mettre fin à ses peines tandis qu'en perdant la raison on devenait l'esclave du destin. Otto, mécontent, ne voulut pas discuter davantage. Au cours des semaines suivantes, Robert revint sur le même sujet avec un entêtement incroyable. Il appuyait sa requête de raisons d'une implacable logique. Excédé par son insistance, Otto lui promit tout ce qu'il voulut pour ne plus entendre parler de cette question. Non content encore, Robert, dans une lettre rédigée dans le style concis dont on traite les affaires, confirma à son frère la promesse reçue et lui conseilla de conserver ce papier afin de pouvoir se justifier un jour vis-à-vis d'incrédules ou d'accusateurs. Quand le pli fut expédié, Robert se sentit apaisé et, comme par un accord tacite, les deux frères, fût-ce par allusion, ne reparlèrent jamais de ce contrat.

Robert dès ce jour respira plus librement. Il lui sembla que la plus sombre de toutes les menaces, celle qu'il avait avant tout redoutée, avait été anéantie. Du reste, au printemps dernier, lorsqu'il s'était vu dans l'obligation de renoncer à toute activité parce que sa mémoire le trahissait, à toute vie sociale parce que le moindre mot l'irritait ou même le faisait souffrir, à jouer du piano comme il aimait tant parce que cela le remuait jusqu'aux larmes et qu'il avait honte de cette faiblesse, il n'avait alors absolument pas songé à l'éclosion de la folie. Non, jamais pendant son voyage cette crainte ne l'avait poursuivi.

C'était la veille au soir, dans le train, que pour la

première fois, il en était certain, il avait vu le mot fatidique secouer la rigidité mortuaire de ses lettres pour renaître à sa signification vivante. Et du même coup le pacte signé entre lui et son frère lui apparut doté d'une vigueur nouvelle : sa lettre qu'Otto avait certainement conservée avec soin était désormais ni plus ni moins qu'une reconnaissance de dettes, muette, inflexible et contre laquelle en cette heure menaçante aucune réclamation n'était possible. Du reste un pareil papier était-il nécessaire ? Otto n'était-il pas homme à assumer la responsabilité de supprimer un égaré ? Son devoir de philanthrope ne lui commandait-il pas d'agir ainsi ? Robert n'en doutait pas, des médecins intelligents et généreux se résolvent plus souvent qu'on ne le suppose à de telles pratiques, même sans lettre de décharge comme celle qu'Otto avait entre les mains.

Mais les médecins ne pouvaient-ils pas se tromper ? Était-il inadmissible que l'un d'eux, subitement atteint de folie, traitât de dément un homme sain d'esprit ? Chacun n'était-il pas ainsi à la merci de l'autre ; les malades à la merci des bien-portants et ces derniers à la merci des malades ? Robert fit un violent effort pour se reprendre. Il se refusait à tolérer plus longtemps que ces ruminations morbides l'entraînent, désarmé, au trouble pays des possibles fluctuants où le très probable et l'à peine imaginable se côtoient dans une proximité impure.

Il jeta vers la glace un nouveau regard et ne constata plus la moindre différence entre ses paupières. Ses yeux légèrement voilés paraissaient fatigués ; l'œil gauche, en plus atteint de myopie depuis longtemps, clignait volontiers de la paupière. D'ailleurs Robert avait à peine dormi et l'insomnie décomposait son visage. Il résolut donc d'ajourner provisoirement sa visite à Otto et de ne se présenter devant son frère qu'après une bonne nuit, réconforté, en pleine forme et si possible – cela en effet ne lui paraissait pas sans importance – par un temps complètement dégagé.

4

Il quitta l'hôtel et pour se procurer la douce illusion de se promener dans une ville étrangère, choisit pour y déjeuner un restaurant où jamais avant il n'avait mis les pieds. Puis il jugea le moment venu de chercher un appartement, monta et descendit quelques douzaines d'étages, inspecta bon nombre de pièces habitées ou démeublées, dérangea ici une jeune femme qui jouait du piano, plus loin deux petits garçons qui travaillaient avec leur professeur. Mais malgré d'interminables pourparlers avec des propriétaires ou des concierges tantôt revêches, tantôt aimables ou simplement indifférents, il ne pouvait prendre au sérieux ses démarches. Levant les yeux, il reconnut soudain la fenêtre d'une maison ; aussitôt une foule de vieux souvenirs l'envahit. Là-haut il avait vécu des instants heureux, heureux ou du moins agréables. Sans douleur, avec cependant un léger malaise, il se rendit compte de sa solitude présente. Jamais il n'avait été si seul. Alberte retint une seconde sa pensée ; mais l'image vivante et précise de Mlle Rolf parut devant lui. Leur adieu de la veille ne les avait-il pas rapprochés ? Quel était son prénom ? Vaine question. Que savait-il d'elle et de sa famille ? Tout au plus qu'elle voyageait beaucoup avec sa mère – rarement avec son père. Que ce dernier, un avocat renommé dont on savait aussi qu'il risquait gros à la Bourse, ne jouissait pas de la considération générale. C'était sans doute la raison pour laquelle sa fille unique, qui devait avoir plus de vingt-cinq ans, ne s'était pas mariée. Cependant, on l'avait dite fiancée... oui... fiancée avec un musicien très célèbre, décédé depuis. A mesure qu'il songeait à elle, l'émotion le gagnait ; toute sa personne lui semblait entourée d'un indéchiffrable mystère.

Le soir, fatigué et rêveur, Robert alla dans un théâtre, se divertit en écoutant une opérette et fut tout fier d'être reconnu par le comique qui, de la scène, lui fit un petit signe amical tout en débitant son couplet. Après, il se rendit à un café où il retrouvait autrefois toute une bande d'amis. Au début de son voyage, il avait échangé avec eux de brèves nouvelles par cartes postales.

Auguste Langer, installé dans son coin habituel, le vit de loin et le salua. Ce cousin de sa défunte femme, homme d'un certain âge, administrateur de banque, s'appliquait à souligner son indéniable ressemblance avec un sportsman bien connu de l'aristocratie autrichienne. Quand Robert fut auprès de lui, il lui serra la main sans se lever, sans même poser son journal. Puis, satisfait, il le complimenta sur sa mine. Rodolphe Kunrich, un vague acteur du théâtre de la Cour, s'approcha d'eux et renchérit sur ces propos. Pour sa part, Robert trouva Langer et Kunrich vieillis. Le Dr Leinbach parut ; surmené, ce brave père de famille ne fréquentait guère le café, aussi Robert eut-il une surprise des plus agréables. Leinbach, apercevant son ami, l'accapara aussitôt et lui posa toutes les questions qu'on adresse d'ordinaire aux voyageurs. Puis il lui demanda s'il était retourné au bureau. Robert émit quelques doutes quant à son aptitude actuelle au travail. Mais Leinbach se contenta de sourire. Robert cependant insista :

« Ne te souviens-tu pas de mon état nerveux au printemps dernier, quand tu me prescrivis de partir ? »

Leinbach haussa les épaules.

« Mon pauvre ami, soupira-t-il, quand un homme a la chance de pouvoir se reposer, nous l'envoyons se reposer, c'est évident. D'un autre côté, il y a des gens qui n'ont simplement pas le temps de devenir fous. »

« Fous », pensa Robert – pourquoi choisit-il ce mot ? Si je lui parlais de ma paupière, ce serait peut-être le moment ? Prudemment, il hasarda :

« J'avais l'intention d'aller te consulter, tu sais !

– Me consulter ? Ah non ! Il faudrait d'abord que je te considère comme malade. »

Sans se démonter, Robert poursuivit :

« Je constate depuis quelque temps que mon bras

gauche est plus faible que le droit. » Il obéissait à une idée subite et continua : « Ne ris pas – c'est exact. »

Lentement il leva le bras et fit jouer ses doigts avec une maladresse voulue.

Leinbach affecta une gaieté excessive.

« Allons, dit-il, saisis mon poignet avec ta main paralysée. »

Robert obéit.

« Aïe ! fit Leinbach pour rire.

– Cependant, s'entêta Robert, je t'assure que c'est vrai, il me semblait ce matin que je pouvais à peine lever le bras – c'était une étrange sensation qui s'étendait à toute la partie gauche de mon corps. J'éprouvais de ce côté une fatigue des muscles faciaux, et tiens – cette fois, il brûla ses vaisseaux – mon œil gauche ne s'ouvrait que difficilement. »

Il vit Leinbach scruter son visage avec une insistance de clinicien. Aussitôt il écarquilla les yeux pour ne pas se trahir.

« Tu dis des bêtises, reprit Leinbach. On a toujours un côté plus faible que l'autre. La symétrie de notre corps n'est qu'une légende, tu le sais bien. Où as-tu passé ces dernières semaines ? Dans le Midi, au bord de la mer ? Peut-être n'était-ce pas ce qu'il te fallait. A ta place, pour parachever la cure j'irais respirer l'air des montagnes pendant quelques jours.

– Tu crois ?

– Ce n'est pas indispensable, mais puisque tu en as la possibilité... – Il soupira. – Maintenant, si tu veux rester à Vienne, je n'y vois pas d'inconvénient. »

Leur conversation fut interrompue par l'arrivée de l'écrivain Kahnberg qui fit à Robert, étonné, un accueil chaleureux. Il l'attira à la table voisine, lui raconta la fin d'une intrigue amoureuse dont Robert ne se rappelait pas avoir connu le début, et lui demanda s'il avait reçu son livre. Vaguement Robert se souvint d'un volume de vers qui, dédicacé par l'auteur, lui était parvenu au début de son voyage ; il croyait même l'avoir lu, mais le sujet lui échappait. Gêné, il cherchait une formule de remerciement, quand toute la bande décida soudain de quitter le café pour aller dans un bar. Robert se joignit à eux et se trouva bientôt dans une étroite salle basse qu'éclairait une lumière aveuglante. A de petites tables se pressaient des inconnus qui savouraient le jeu d'un pianiste, jeu étrange et modulé où les airs d'opéra, par une habile adaptation, se métamorphosaient en danses ou en refrains populaires.

Robert écoutait avec un plaisir de professionnel. Son propre talent musical se rapprochait assez de celui de cet artiste qui, pianiste la nuit, était le jour fonctionnaire à la caisse d'épargne. Leinbach se lança dans un discours à prétentions philosophiques : « La musique, assurait-il, a certainement un caractère amoral. Sous l'influence de sons mélodieux je me sens prêt à m'absoudre de tous mes péchés, passés et futurs. » Robert se souvint qu'il était venu ici avec Alberte ; où était maintenant son ancienne maîtresse ? Cet Américain l'avait-il épousée ? N'était-il pas plutôt un aventurier qui, soit en Amérique, soit peut-être encore en Europe, avait abandonné cette proie trop facile ?

Il se jugea léger d'avoir cédé ses droits sur Alberte, de s'être désisté par vanité blessée plus que par grandeur d'âme.

La petite salle s'emplissait de plus en plus. De nouveaux arrivants se faufilaient entre les chaises et les tables. Une grande femme maigre frôla en passant le bras de Robert. Elle s'arrêta, jeta un regard circulaire et, ne trouvant pas de place, fit volte-face. Avant de sortir, elle se retourna et lui sourit.

Avisant devant lui un verre de champagne, Robert le prit et le vida d'un trait avec un plaisir glouton. Le pianiste parodiait une valse en se servant de motifs wagnériens. Ce fut pour Robert comme une réminiscence soudaine. Il se vit dans une loge obscure à l'Opéra, tout jeune marié, assistant à une représentation de *Tristan,* distrait, le cœur gonflé d'amour et de tendresse pour sa compagne. Il songea que sa vie se fût orientée différemment si sa femme avait vécu. Cependant la mélancolie de cette pensée ne parvint pas à troubler sa sérénité. D'une main nonchalante il marquait la mesure. Puis il sourit ou plutôt voulut sourire, sentit ses lèvres trembler, et, les larmes aux yeux, retint à grand-peine un sanglot. Il serra les dents et regarda autour de lui. Personne n'avait remarqué ce moment de faiblesse. Alors il éclata d'un rire strident. Cette fois tous les regards se portèrent sur lui. Leinbach scruta son visage de façon pénétrante :

« Qu'as-tu ?

– Rien, répondit Robert en secouant la tête, je pensais à quelque chose de drôle.

– Mais encore ? insista Leinbach d'un air détaché.

– Rien qui puisse vous intéresser – non, rien, vraiment. »

Il jeta un coup d'œil sur ses compagnons et, constatant qu'on ne l'observait plus, se rasséréna. Seule au fond de la salle, une jeune fille ne le quittait pas des yeux : ceux-ci exprimaient l'ironie, peut-être la pitié. A son tour, Robert lui lança un regard si dur qu'elle détourna la tête et s'empressa d'aspirer avidement le contenu de son verre avec une paille. Robert trouva inutile de prolonger l'expérience et décida de rentrer. Il appela le garçon. « Ce n'est pas moi, se promit-il, qui lui donnerai un pourboire excessif, je m'en garderai bien. » Mais Auguste Langer avait tout réglé d'avance. Avec humour, Robert l'assura de sa gratitude et prit congé. Passant près du pianiste, il posa un gros billet dans la soucoupe destinée à cet effet. Aussitôt il regretta son geste, mais n'osa pas reprendre le billet. D'un signe de tête, le pianiste remercia et, sans interrompre son jeu, il confia :

« Vous étiez en voyage, monsieur le Conseiller ? J'espère qu'on vous reverra souvent maintenant. »

Robert pensa : « Ils sont tous bien gentils pour moi. Tous : Kahnberg, Langer, le pianiste et même le comique qui s'est manifesté du haut de la scène. Seul Leinbach est un type odieux, un fou. » Il crut le détester.

Les rues étaient à peu près désertes. Une horloge

sonna deux heures. « Quelle chance de pouvoir dormir demain ! songea Robert, de ne pas aller au bureau ! » Il marchait d'un pas rapide et sûr. Il se mit à fredonner, puis chanta d'une voix mélodieuse et grave qu'il ne se connaissait pas. « Peut-être n'est-ce pas ma voix, se dit-il, peut-être suis-je un autre. Peut-être encore que je rêve. Oui, mon dernier rêve sur mon lit de mort. » Quelle était donc la théorie de Leinbach là-dessus ? N'avait-il point soutenu il y a des années devant un nombre considérable d'auditeurs que la mort n'existait pas ? « Puisque au moment de rendre l'âme le noyé revit en une seconde à une vitesse inappréciable toute sa vie, il doit en être de même, expliquait-il, des autres mourants. Or, comme ce vécu intérieur a lui-même un dernier instant qui à son tour a un dernier instant, etc., la mort n'est rien d'autre que l'éternité conçue comme une série mathématique infinie. » Robert revoyait Otto répliquer à ces propos hasardeux ; lui-même, sans défendre les idées de son ami, n'avait pu en condamner complètement le principe. Seulement si ce raisonnement avait été juste, nul n'aurait jamais su que pour la quantième fois il vivait un même événement, considération sans importance du moment qu'on est condamné à revivre cet événement à perpétuité. Quelles inepties ! Vraiment Leinbach était un fumiste, un homme peu sérieux, un médecin déconcertant. Certes, Robert n'aurait aucune difficulté à le tromper sur son état, mais abuser Otto, voilà qui lui paraissait moins simple.

La porte cochère de l'hôtel s'ouvrit. Dans la cage d'escalier, surgirent tous les vestiges disparus de l'ancien palais. Comme vingt ans auparavant, le tapis d'un rouge fané était ombré de reflets pourpres. Combien de fois avait-il gravi ces marches ? Cent fois — mille fois ? Combien de fois les gravirait-il de nouveau ? « Pauvre Höhnburg ! songea-t-il, il suivait ce même chemin pour retrouver la petite actrice qu'il adorait, il le suit encore, il le suivra toujours. » Robert voulut secouer le cauchemar de sa pensée, mais l'escalier s'allongeait indéfiniment, se perdant dans le noir impénétrable d'un couloir. La lampe venait de s'éteindre. Robert tressaillit, se ressaisit, frotta une allumette et put ainsi gagner sa chambre. La lumière jaillit du plafonnier. Il verrouilla sa porte et respira profondément comme s'il venait d'échapper à un danger.

5

Le lendemain, armé d'un superbe voilier et d'un croiseur imposant, il faisait irruption dans la chambre de ses neveux. Se rappelant avec plaisir ses derniers jours de congé au bord de la mer, il avait arrêté son choix sur ces jouets. Les deux petits garçons, âgés de neuf et six ans, accueillirent avec enthousiasme, et l'oncle et les cadeaux. Robert, pour faire comprendre le mécanisme des bateaux aux enfants, se lança dans une explication plus simpliste que technique et fut interrompu par l'arrivée de sa belle-sœur. Elle rentrait chargée d'une foule de paquets, et sembla ravie de le revoir. Arborant son sourire habituel, d'une gaieté légèrement moqueuse, elle le pria de continuer son exposé. Mais la porte s'ouvrit et Otto, comme s'il s'était douté de la présence de son frère, apparut avant l'heure habituelle. Il était en pardessus et tenait sa trousse noire. Ses cheveux et sa barbe avaient beaucoup grisonné.

« Tiens, on est de retour ! » observa-t-il assez sèchement. Il saisit la main de son frère, hésita, lui donna l'accolade, après quoi les deux hommes se regardèrent, gênés. Marianne ébauchait un signe de tête satisfait.

« Tu reviens du ministère ? questionna Otto.

– Non, répondit Robert, tu as trop bonne opinion de mon zèle. Mon congé n'est pas expiré, j'envisage même d'aller à la montagne. Edmond, que j'ai rencontré par hasard hier soir, me l'a suggéré. »

Il disait « Edmond » pour mieux insister sur le caractère amical de ce conseil, sachant que son frère n'estimait pas beaucoup les talents médicaux du Dr Leinbach. Otto ne put réprimer un sourire ironique. A table, Robert exalta les qualités de cœur de son ami Leinbach, comme s'il eut cherché un renfort, un allié contre des forces hostiles. Il parlait avec volubilité, affectant une immense bonne humeur. Ensuite il fit le récit de son voyage, décrivit les rives du lac des Quatre-Cantons, mais comme s'il eût voulu écarter, anéantir un soupçon qui pesait sur lui, il évita de prononcer le nom d'Alberte.

Otto se leva, c'était l'heure de sa consultation. Robert, seul avec sa belle-sœur, alluma un cigare qu'il fuma silencieusement.

« Et ton piano, demanda Marianne, où en es-tu ?

– Mon piano ? répéta-t-il non sans mélancolie, je ne sais vraiment pas. On n'arrive pas à jouer en voyage. Ça m'a souvent manqué.

– A nous aussi », murmura en souriant Marianne.

Sitôt après le repas, en effet, Robert avait l'habitude d'improviser, doucement inspiré par le parfum délicat de son cigare et du café. Cette fois encore, il se dirigea vers l'instrument et joua au hasard de la musique légère et sérieuse, classique ou moderne, enchaînant les thèmes comme l'avait fait le pianiste, la veille. Soudain ses doigts s'immobilisèrent sur le clavier, il se retourna. Marianne, installée au coin du canapé, l'écoutait tout en tirant l'aiguille.

« Assez, dit-il, je ne peux pas. » Comme elle risquait une objection, il coupa court en alléguant une course urgente. « Je dois me sauver, j'ai à faire – je cherche un appartement.

– Tu ferais mieux d'attendre, répondit-elle, tu es très bien à l'hôtel et d'ici peu il est possible que tu veuilles un logement plus grand. »

Marianne était coutumière de ce genre d'insinuations. Robert secoua la tête.

« Trop tard, fit-il, j'ai passé l'âge. »

Marianne insista vivement :

« Pourquoi ? Je suis sûre qu'un jour tu nous feras la surprise de te remarier. »

A qui fait-elle allusion, s'inquiéta Robert, à Mlle Rolf, peut-être ? Il lui avait parlé trois fois tout au plus : sa belle-sœur en était-elle déjà informée ? Il réfléchit : diverses personnes l'avaient aperçu avec Alberte en Suisse et ni son frère ni la femme de celui-ci n'ignoraient leurs relations. Marianne, qui connaissait Alberte pour l'avoir vue au théâtre avec Robert, n'avait pu s'empêcher d'admirer, non sans une pointe d'étonnement, sa tenue discrète et son parfait bon goût. Elle avait confié ses impressions à Robert. S'agissant de ce dernier, il y avait longtemps que son mari et elle avaient renoncé à leurs préjugés bourgeois. Ils avaient en outre observé que depuis sa liaison avec Alberte, Robert paraissait plus calme, plus heureux que par le passé. Ils n'eussent certes rien objecté à ce qu'il épousât sa maîtresse. Qui pouvait soupçonner qu'il avait abandonné cette charmante créature, qu'il l'avait cédée à un autre ? Marianne n'en savait rien, lui-même s'interrogeait avec angoisse sur le motif de cette faiblesse. Il essaya de se remémorer leur dernier entretien, se rappela les quelques phrases gouailleuses qu'il avait proférées à l'endroit de cet Américain, le silence obstiné, le sourire d'Alberte. Brusquement elle lui avait fait part de la demande en mariage de l'étranger. Robert avait cru s'évanouir, il avait eu une envie violente de frapper la jeune femme. Mais il s'était contenu. Enjoué, supérieur, amical et paternel, il avait prié Alberte d'accepter ; il ne voulait pas mettre d'obstacle à son bonheur. D'un commun accord, il fut décidé qu'elle se fiancerait le soir même et que Robert partirait seul de bonne heure le lendemain sans l'avoir revue. Il avait réglé sa note à six heures du matin, il se souvenait du regard à peine mélancolique qu'il avait jeté vers la fenêtre aux rideaux tirés derrière laquelle dormait sans doute sa maîtresse, cependant qu'en descendant la pente raide qui menait au lac, il s'était senti comme libéré.

Ce dont il ne se souvenait pas, c'était l'instant de l'adieu définitif. Il se voyait avec Alberte sur un sentier qui, délaissant l'allée, s'enfonçait dans le taillis ; à la nuit tombante, il se retrouva solitaire, las et triste, assis sur un tronc d'arbre ; mais il ne savait plus comment il avait regagné l'hôtel et sa chambre, comment il avait dormi, comment il avait terminé ses préparatifs de voyage. Malgré ses efforts, il ne se souvenait plus que du moment où il avait réglé sa note dans le hall que balayait un domestique. Une terreur poignante le saisit. A sa paisible conversation avec Alberte avait peut-être succédé une scène violente dont il n'avait pas gardé le souvenir. Peut-être, fou de jalousie, l'avait-il maltraitée... étranglée... puis enfouie sous les feuilles mortes ? Une chose demeurait certaine : il était allé avec elle – dans la forêt – et il était rentré sans elle. Jamais il n'avait su si elle était revenue à son tour. Son absence, évidemment, eût été remarquée, mais par quels habiles mensonges ne l'eût-il pas expliquée ? Si vraiment, dans un état crépusculaire, il avait commis un crime – et Robert en cette minute osait à peine en douter – de quels stratagèmes, de quelles malices n'eût-il pas été capable pour masquer son forfait ?

Il se rendit compte que toutes ces idées avaient traversé son cerveau l'espace d'une seconde. Levant les yeux, il vit fixé sur lui le regard inquiet de sa belle-sœur. Il se sentit mortellement pâle. Surtout, ne pas se trahir ! se dit-il. Aussitôt il fit un effort immense pour se maîtriser et, l'air détaché, demanda que Marianne voulût bien l'excuser auprès de son frère : il devait rencontrer avant quatre heures le propriétaire d'un appartement qu'il avait visité la veille.

« Mais je déjeunerai ici demain, précisa-t-il en partant. Puis il ajouta vivement : à moins que je ne sois en route pour le Semmering.

– Que d'agitation ! » lui cria Marianne.

Un homme en pardessus, d'une élégance de mauvais aloi, fumait un cigare tout en observant la porte cochère. Robert, en sortant, l'aperçut et le dévisagea ;

l'autre immédiatement détourna les yeux. « En sommes-nous là ? » s'interrogea Robert et il rit : jamais personne n'avait été arrêté ou traduit en justice pour une idée fixe. Il en était sûr maintenant, ce qu'il avait imaginé n'était que divagations. Cependant ne valait-il pas mieux écrire au directeur de l'hôtel pour avoir la preuve qu'Alberte, rentrée saine et sauve de sa promenade, était partie le lendemain avec son Américain ? Il coula un œil oblique vers l'endroit où se tenait l'homme en pardessus. Plus rien, l'étranger avait disparu.

Robert se mit à marcher, s'appliquant à penser à des choses anodines. Il essaya de se souvenir d'une statistique des écoles primaires en basse Autriche qu'il avait été chargé d'établir avant son congé. Les éléments de cette étude, qui ne l'avait pas sensiblement intéressé naguère, se présentèrent à son esprit avec une telle netteté qu'il se calma. Une fois de plus, il songea avec regret que jamais il n'avait été appelé à s'occuper de l'enseignement de la musique, écarté de ce domaine par son chef, le conseiller aulique Palm, qui ne tolérait pas qu'on lui adjoignît quelqu'un de plus avisé que lui-même. Robert eut la nostalgie de son cabinet de travail, du grand bureau, du fauteuil de cuir noir, aux bras hospitaliers, de l'étagère haute bourrée de chemises contenant les dossiers ; des volumes jaunâtres avec leurs cartes géographiques et leurs tableaux synoptiques. Bref, il eût voulu retrouver tout de suite ce milieu, cette atmosphère paisible où il travaillait utilement, méritant l'estime de ses chefs et capable peut-être d'obtenir un jour un compliment de la bouche même du ministre. Cette satisfaction était en cette minute sa seule ambition, le but auquel il tendait pour de nébuleuses raisons. Tout d'un coup, contrarié, il s'aperçut qu'au fond de son âme demeurait tapie une peur stupide : si sa sombre folie le quittait pour s'insinuer dans l'esprit des autres, tel un mauvais génie libéré ? Autour de lui, pourtant, des passants insouciants peuplaient la Ringstrasse, le côtoyaient avec indifférence. Rassuré par leur attitude, il goûta le plaisir d'être comme eux, un promeneur inoffensif et ses inquiétantes visions s'évanouirent. Son attention fut attirée par une femme assise sur un banc. Vêtue d'un imperméable beige râpé par endroits, elle tenait sur ses genoux un rouleau de musique. Son visage était pâle, l'âge et plus encore les soucis devaient l'avoir marqué. Elle leva les yeux, ébaucha un sourire, puis regarda devant elle. Robert poursuivit sa marche et s'arrêta à la devanture d'une galerie d'art pour admirer une toile. La vitre refléta soudain la silhouette de la femme qu'il venait d'entrevoir. Elle avançait vite, la tête haute, les yeux baissés ; Robert se retourna. Elle ne sembla pas s'en apercevoir ; elle continua son chemin, droite, furtive, les deux mains fourrées dans ses poches dont l'une laissait voir un rouleau de moleskine noire. Son manteau, trop long et légèrement étriqué, accusait des formes gracieuses. Robert lui emboîta le pas, réfléchissant à ce qu'elle pouvait être : la femme d'un petit fonctionnaire, une caissière peut-être ? Elle ralentissait son allure, il en conclut qu'elle ne trouvait pas déplaisant d'être suivie. Quand ils eurent quitté le centre de la ville, il lui adressa la parole sans façon :

« Mademoiselle, me permettriez-vous de me promener avec vous ? »

Sans s'étonner, sans se formaliser, elle répliqua d'une voix mélodieuse :

« Ce n'est pas une promenade, je rentre chez moi. »

C'est à peine si elle l'avait regardé.

« Alors, la permission est accordée ? » fit-il.

Elle haussa les épaules comme pour signifier : « Pourquoi tant d'histoires ? » et elle l'observa à la dérobée. Robert lui dit l'avoir remarquée déjà sur le banc de la Ringstrasse, assise immobile – l'œil perdu, son rouleau de musique sur les genoux. Il avait apprécié le tableau. Elle demanda simplement :

« Vous êtes peintre ?

– Non, dit-il, malheureusement » et, comme il

n'avait aucune raison de cacher son identité, il se présenta.

A son tour, elle se nomma, sans paraître y attacher la moindre importance, et tout naturellement, avant même qu'il ne la questionne, elle lui parla de sa vie. Son mari, petit fonctionnaire dans la magistrature, était mort, trois ans plus tôt. Elle gagnait sa vie en donnant des leçons de piano. Veuve et sans enfant, elle était en pension chez de braves ouvriers qui habitaient une petite rue de banlieue ; l'été dernier, après deux ans de travail, elle avait pu s'offrir quelques semaines de congé aux environs de Vienne. Elle s'était même fiancée – mais le projet n'avait pas abouti.

« Cela vaut mieux », conclut-elle, haussant les épaules comme consciente de mériter la tristesse de son sort et résignée à sa médiocrité.

Une voiture découverte passa ; du haut de son siège le cocher les salua en faisant claquer son fouet. Robert proposa une promenade à sa compagne et arrêta le cabriolet. Ils traversèrent les faubourgs de Vienne, s'engagèrent sous un viaduc et se trouvèrent bientôt sur la large route de Laxenburg. A l'horizon la nuit peu à peu noyait la chaîne serrée des collines. Elle et lui se rapprochèrent insensiblement l'un de l'autre. Un train passa à toute vitesse. Robert prit ce prétexte pour raconter son voyage, puis il voulut parler musique. Mais il ne trouva qu'un faible écho. Elle était professeur de piano plus par nécessité que par vocation, trop contente de pouvoir utiliser de précieuses connaissances acquises naguère en des temps plus heureux.

Le soleil s'était couché, il faisait froid. Robert ordonna qu'on retourne vers la ville. Tous deux se taisaient. Il saisit sa main, la pressa dans la sienne et sentit qu'elle répondait à cette caresse avec une chaleur inattendue. Une expression de joie, presque de bonheur, colora la lassitude de ses traits.

On fit halte à la porte d'une auberge où Robert était venu déjà en de semblables circonstances. Il devança la jeune femme pour demander une chambre et commander le dîner, puis il la fit monter. Ils attendirent quelque temps, elle les mains jointes, immobile sur le sofa de peluche bleue, lui la cigarette à la bouche, déambulant de long en large. La pièce était modeste, mais propre et bien tenue. Il avisa au-dessus du lit deux méchantes lithographies qui reproduisaient des paysages italiens avec leurs classiques décors : à droite le Vésuve, éclairant d'un reflet rouge le golfe de Naples nimbé de fumée, à gauche une *osteria* de la campagne romaine où des rouliers buvaient avec des femmes aux robes multicolores et aux rires généreux ; à l'arrière-plan, les colonnes brisées d'un aqueduc. « Voilà tout ce qu'elle connaîtra jamais de l'Italie », pensa Robert dont le regard s'attarda sur la chevelure de sa compagne, avec un mélange de pitié et de remords. Il était comme honteux de sa supériorité. Elle n'avait pas bougé, silencieuse. Elle portait un corsage de toile à pois bleus, un peu fripé et rigoureusement fermé à l'encolure. Ses grands yeux étaient clairs ; ses cheveux, blonds et drus. Sous la lumière jaune du plafonnier ses traits paraissaient encore plus fanés. Soudain elle l'épia et, sans émotion, d'une voix presque sèche, elle dit :

« Ne me jugez pas trop sévèrement, je suis si seule ! »

Il s'approcha d'elle, bouleversé, prit sa tête entre ses mains et l'embrassa sur la bouche.

Prête à partir, vers minuit, elle jeta un coup d'œil sur la table où demeuraient les restes du repas.

« C'est dommage de laisser perdre tout cela. »

Lui se mit à rire :

« On le réchauffera pour les clients demain. »

Elle répliqua simplement :

« C'est une besogne dont je me chargerais bien puisque c'est payé. »

L'étonnement de Robert ne put lui échapper.

« Y vois-tu quelque objection ? » s'enquit-elle.

Gêné, il repartit :

« Est-ce nécessaire, mon enfant ?... Excuse-moi de te parler franchement, mais si je... pouvais... t'aider... »

Elle coupa court d'un geste de la main ; cependant, elle ne semblait pas s'être formalisée :

« Merci ! fit-elle avec un sourire fatigué, je ne voudrais pas que tu me croies capable de cela. »

Sans plus attendre elle défit son rouleau, qui en s'ouvrant libéra une partition déchirée par endroits et plusieurs feuilles de papier blanc. Elle enveloppa la viande froide dans l'une d'elles, roula son paquet et le fit disparaître dans la poche de son imperméable. Ils descendirent. Robert la précédait, une bougie à la main. Dans la rue, il prit son bras.

« Oh ! ne te crois pas obligé de me reconduire, dit-elle.

– Je ne suis pas obligé, je sais, mais admets que cela me fasse plaisir. » Une voiture stationnait au coin de la rue. « Montons ! » proposa Robert. Elle secoua la tête : « Dépensier », rétorqua-t-elle de cette voix lasse qu'elle avait déjà prise lorsque, deux heures auparavant, il avait voulu commander une bouteille de vin fin.

Le cocher patientait, la jeune femme s'installa et Robert n'eut plus la moindre envie de l'accompagner. Indécis, il se tenait près du marchepied sans toutefois lâcher la petite main qu'elle lui abandonnait.

« Quand est-ce qu'on se reverra ? demanda-t-il.

– Tu connais mon adresse. Écris-moi si par hasard tu veux me revoir, moi je suis toujours libre.

– Tant mieux ! dit-il, et lentement il ajouta : Je te remercie beaucoup. »

Il s'inclina sur sa main. Ses doigts dégantés étaient frais. Lorsqu'il releva la tête, il crut lire dans son regard : « Jamais nous ne nous reverrons, c'est à peine si je t'ai plu, je le sais, ma chemise de tricot n'était pas à ton goût, et bien d'autres détails encore ; je ne peux pas te donner davantage et tu es habitué à mieux. Tu ne m'écriras pas. » Ses yeux exprimaient tout cela avec tant de netteté qu'il fut sur le point de se défendre, de la contredire, mais la voiture s'ébranla. Elle se retourna sur celui qui venait d'être son amant pour quelques heures et lui fit un signe d'adieu. Pendant quelque temps, Robert suivit des yeux le cabriolet. « Celle-là, je ne l'ai pas tuée », se dit-il. Pourtant il regarda machinalement si quelqu'un se trouvait là. Un jour, peut-être aurait-il besoin de témoins ? Il se mit à rire et chassa ces pensées stupides et persistantes. « Peut-être lui écrirai-je », songea-t-il, et à travers la ville nocturne il regagna lentement son hôtel.

6

Le lendemain, par une radieuse matinée automnale, Robert partit pour le Semmering. Installé dans sa chambre, il embrassa la vue et, par-dessus la cime des sapins, glissa un coup d'œil vers le sommet de la Rax[1] que faisait scintiller la neige nouvelle. Ce fut alors seulement qu'il se décida à avertir son frère, le Dr Leinbach, et, sans trop savoir pourquoi, l'écrivain Kahnberg. « J'ai besoin de repos après le long congé que je viens de prendre », leur écrivit-il plaisamment. Seul, pendant des heures il se promenait à travers les forêts ombreuses et les prairies ensoleillées, se livrant consciencieusement à l'air vivifiant des montagnes ; il s'interdit si bien de penser que même la faiblesse infime de sa paupière gauche cessa de le préoccuper. Dès le second jour il demanda à son chef une courte prolongation de ses vacances ; la réponse aimable qu'il reçut acheva de le mettre de bonne humeur.

Cependant, la troisième nuit après son arrivée, un vent violent s'éleva, balayant les montagnes. Robert, qui ne pouvait dormir dans sa chambre obscure, voulut se rappeler les détails de son adieu avec Alberte. Son incapacité à coordonner les faits, à fixer les événements, le tourmentait de plus en plus. Il se souvenait de sa vie avec Alberte, de certaines scènes où il avait eu

1. Montagne des environs du Semmering.

peine à maîtriser sa colère, sa jalousie toujours en éveil, et où il s'était senti prêt à malmener celle qu'il aimait. Cette fois il avait oublié ce qui avait suivi sa fureur première. N'était-il pas concevable qu'il eût enfin cédé à l'instinct vengeur qui si souvent l'avait sollicité ? Y avait-il une preuve qu'il n'eût pas réellement assassiné sa maîtresse ? Si la disparition d'Alberte n'avait alarmé personne à l'hôtel, c'était sans doute parce que Robert avait raconté qu'elle était partie avant lui et qu'elle l'avait chargé de lui expédier ses bagages. Il avait dû donner toutes les explications, indiquer son adresse, et avec le raffinement d'un criminel-né, effacer toutes les traces de son forfait. Oui, tout cela était non seulement possible, mais encore vraisemblable. Comment justifier l'étrange lacune de sa mémoire depuis l'instant de sa promenade tardive jusqu'à son départ du lendemain, sinon par le désir, par l'effort continu et subconscient d'oublier l'atroce vérité dont il n'eût pas supporté le souvenir ?

Son cœur s'arrêta de battre, il s'assit sur son lit. Si vraiment Alberte était morte de sa main, ne se pouvait-il pas qu'il y eût encore d'autres victimes ? Dix ans plus tôt, comme il entrait un matin dans la chambre de sa femme pour l'embrasser, il l'avait trouvée morte dans son lit. Qu'avait-il éprouvé ? Aucun bouleversement, il s'était à peine étonné. Il s'en souvenait maintenant avec épouvante. Le médecin, quelque peu surpris par cette mort soudaine, en avait attribué les causes à une obésité précoce qui avait provoqué des troubles cardiaques. Il n'y avait pas la moindre raison d'admettre le suicide ou le crime ; le corps de la défunte fut mis en terre sans qu'on procédât à l'autopsie. Tout le monde avait considéré leur ménage comme uni. Pendant trois ans, Robert avait entouré cet être aimant, passif, flegmatique, de soins affectueux. Sa galanterie, sinon sa tendresse, ne s'était jamais démentie à son égard, même dans l'intimité. Personne ne pouvait se douter à quel point il avait souffert d'emblée de la douceur, de la bonté même de sa compagne, à quel point ses réflexions insipides, son silence, sa façon d'arrondir la bouche dans l'attente d'un baiser, le simple fait de son existence, l'avaient souvent excédé. Quel mal il avait eu à dissimuler une agressivité croissante ! Quand elle faisait de la musique, il croyait devenir fou. Avec une rare persévérance, elle travaillait son piano une heure par jour comme lorsqu'elle était jeune fille. Sa façon gauche et puérile d'interpréter les sonates de Mozart ou de Beethoven désespérait Robert lorsque, après dîner, il lisait ou fumait dans la pièce attenante. Que de fois s'était-il révolté contre la muette tyrannie de son mariage, quand la vue d'une autre femme avait attisé son désir ! Que de fois, se souvenant de sa merveilleuse liberté passée, avait-il maudit l'attachement émouvant de Brigitte, cet esclavage bénin, mais irrémédiable ! Et si l'impatience, le besoin de liberté l'avaient étreint alors avec la force démesurée qu'il sentait aujourd'hui, comment savoir si ces deux éléments combinés ne s'étaient pas transformés en volonté de tuer, et la volonté de tuer en l'acte lui-même ? Quelle preuve y avait-il alors que Brigitte était morte d'un arrêt du cœur et non d'un poison sournois que lui avait fait prendre son mari ? Comment s'était-il procuré ce poison, comment le lui avait-il fait prendre, par ruse ou par force, voilà ce qu'il ne pouvait absolument pas se rappeler. Mais puisqu'il était avéré que sa vie contenait une foule d'heures insondables qui se dérobaient à sa mémoire, pourquoi ne pas admettre qu'il avait tué Brigitte comme il avait assassiné Alberte ? Alberte ? Qu'a-t-elle à voir là-dedans ? Robert étendit la main, et tourna le commutateur électrique. Les spectres qui venaient l'assaillir dans l'ombre s'évanouirent à la lumière. Il respira. « Je suis fou, pensa-t-il, jamais je n'ai empoisonné Brigitte. Pauvre créature si bonne, si tendre, à laquelle je ne puis songer sans regrets ! Si je racontais à Leinbach mes hallucinations de cette nuit, que trouverait-il à me répondre ? D'abord qu'il s'est toujours cru l'assassin de la plupart des gens décédés avant lui ; ensuite que du point de vue philosophique il n'y a pas de différence entre le désir de meurtre et le meurtre lui-même – enfin que tous les hommes sont plus ou moins des assassins, et qu'il ne m'en voudrait pas autrement si j'avais vraiment tué et Brigitte et Alberte. Te voilà démasqué, hein, mon vieux Leinbach ? Seulement tu n'auras pas l'occasion de faire l'esprit fort avec moi. Je préfère taire mes folles élucubrations ; il est des choses dont il ne faut pas parler, même à son meilleur ami, même à son frère. Non, je ne vous faciliterai pas la besogne. »

La lumière brûlait encore, tandis que Robert s'était endormi.

7

La matinée du lendemain s'annonçait grise et fraîche. De gros nuages mouvants couvraient le ciel. Déprimé par le temps, Robert quitta l'hôtel, tête basse, sans apercevoir une silhouette féminine qui occupait le banc près de la maison. Soudain, sentant deux yeux qui le regardaient fixement, il se retourna et reconnut Mlle Rolf.

« Vous ! s'écria-t-il avec un accent de surprise joyeuse qui lui parut aussitôt exagéré. Est-il possible ?

– C'est même certain, répondit Paule qui s'avança vers lui, la main tendue. Nous sommes arrivées à Vienne hier, ma mère et moi, et papa nous a immédiatement expédiées au Semmering. Mais je ne veux pas vous retenir ; vous partiez en promenade sans doute ?

– Je ne suis pas pressé. Si vous le permettez, je resterai près de vous jusqu'à ce que madame votre mère descende.

– Ce sera long, dit Paule, moi je n'ai pas l'intention de patienter. Je voulais justement faire un petit tour. »

Robert lui demanda l'autorisation de l'accompagner ; elle accepta, s'éloigna de quelques pas de la maison et, face à l'hôtel, modula un coup de sifflet. Mme Rolf, en déshabillé bleu clair, parut à sa fenêtre.

« Maman, dit Paule, je vais du côté du Kampalm, tu me rejoindras, puis, désignant Robert, elle ajouta : Je suis en bonne compagnie, tu vois. »

Mme Rolf répondit aimablement au salut de Robert.

« Quelle bonne surprise de vous retrouver ici ! A tout à l'heure, ne m'attendez pas. »

Ils partirent. Paule marchait vite, et sans tenir compte de l'interruption qui venait de se produire, elle reprit :

« Papa fait toujours ça quand un travail important l'absorbe.

– Que fait-il ? demanda Robert.

– Il nous expédie à la campagne, il ne supporte alors personne, et, moins que d'autres, les membres de sa famille. »

Robert observa simplement :

« C'est très curieux. »

Mais elle se récria :

« Pourquoi ? Moi je le comprends parfaitement. »

Elle lui parla alors d'une cause célèbre qu'avait défendue maître Rolf quelques années plus tôt. A la surprise générale, il avait fait acquitter un banquier en faillite qui devait des milliards. Paule se souvenait qu'à cette époque aussi son père l'avait priée de quitter Vienne avec Mme Rolf. Robert ne répliqua plus, mais il s'étonnait : la vie, le travail devaient être tellement facilités par la présence d'une femme comme Paule, à l'intelligence positive, aux yeux clairs ! Elle demanda des nouvelles d'Otto et de sa femme. Autrefois elle avait été en relations avec eux, mais détestant le monde, elle ne sortait plus et ne voyait personne. Robert se rappela avoir eu des échos, l'an passé, de certaines soirées musicales chez les Rolf où Paule avait joué. Il n'y avait jamais assisté. Paule, par contre, affirma l'avoir entendu improviser au piano, quelques années plus tôt, chez des amis communs dont elle avait oublié le nom.

« Jouez-vous toujours ? » demanda-t-elle.

Il répondit évasivement, distrait, il pensait au fiancé de Paule, un célèbre compositeur, mort depuis quelques années.

Ils s'assirent. De leur banc, pratiqué dans le creux d'un rocher, ils découvraient les méandres de la voie ferrée qui traversait des prés et des bois, se glissait sous un pont et se perdait dans la plaine qu'on devinait au loin. Elle sortit de son sac une petite boîte en argent, y prit une cigarette et en offrit une à son compagnon :

« Papa m'a rapporté cette boîte de Moscou, dit-elle, puis après un silence : L'année prochaine j'irai au Japon.

– Seule ? » s'exclama Robert, comme inquiet.

Elle sourit.

« Seule sans doute, puisque maman redoute le mal de mer. »

« Ah ! voyager avec elle, songea Robert, faire le tour du monde avec elle, quel bonheur ! » Il sentit qu'elle devinait sa pensée.

Une pluie fine se mit à tomber et tous deux prirent le chemin du retour. Mme Rolf les rejoignit dans la forêt. Ils parlèrent de cette île merveilleuse où ils avaient vécu, les uns à côté des autres, tout en s'ignorant.

« Vous ne nous échapperez pas aussi facilement ici », assura Paule en riant.

Durant le déjeuner ils évoquèrent des amis communs dont Paule fixait les traits saillants par des réflexions cinglantes, mais justes. Robert fit allusion à la crise de dépression nerveuse qui l'avait obligé à solliciter un congé assez long ; il se sentait maintenant à peu près guéri, disait-il. Il eut l'impression que Paule perçait à jour tout ce qu'il jugeait bon de taire. « Qu'importe ? pensa-t-il, eussé-je commis un crime, je pourrais le lui avouer. »

L'après-midi, pendant une promenade solitaire, il se demanda avec inquiétude s'il pouvait prétendre à la main de Paule. Elle lui plaisait particulièrement. Qu'elle fût près d'atteindre la trentaine et que, selon toute vraisemblance, elle n'en fût pas à sa première expérience sentimentale, ces deux faits, loin de le rebuter, lui apparaissaient comme autant d'avantages. Le soir il retrouva la mère et la fille dans le hall de l'hôtel et tous trois, bavardant comme de vieux amis, s'interrogèrent avec étonnement sur la cause de leur indifférence presque hostile pendant le séjour au bord de la mer.

« Que de temps perdu ! dit Robert, nous devrons le rattraper ici en quelques jours. »

Paule, le regard fixe, ne répondit pas, puis rejetant la tête de côté d'un mouvement qui lui était familier, elle parla de choses anodines.

La nuit, Robert rêva du professeur de piano, cette pauvre créature avec laquelle il avait passé sa dernière soirée à Vienne. Il marchait avec elle sur ce sentier qu'il avait emprunté avec Alberte au moment de l'adieu. Les deux mains dans les poches de son long imperméable, elle allait, marmonnant des mots inintelligibles sans se soucier de son compagnon. Lui savait que ce n'était pas là une promenade, mais sa vie sur le déclin déjà. Cette constatation le combla d'une émotion ridicule autant qu'agaçante. Au réveil il éprouva une vague tendresse, oui, de la tendresse, de l'amour même pour cet être déshérité dont la solitude était plus grande encore que la sienne. Après une nuit froide, les fenêtres couvertes de gelée blanche laissaient entrevoir un ciel impeccablement bleu.

Mme et Mlle Rolf devaient venir le retrouver en cabriolet sur une magnifique route, nouvellement construite. Tôt, sous ce ciel clair et frais, il partit allégrement, à grands pas, comme pour atteindre plus vite un but encore lointain, et l'âme au repos, le cœur content, il gravit la montagne. Plus rapidement qu'il n'avait osé l'espérer, une voiture le rejoignit et les dames Rolf l'invitèrent à monter. Installé en face d'elles, il apprit que la mère de Paule avait mal dormi, qu'elle souffrait d'insomnie à la montagne. A son tour il raconta que l'altitude agissait d'une façon curieuse sur son sommeil. Ses rêves se multipliaient et prenaient une grande intensité. Mais les objets et les gens qui lui apparaissaient ne rappelaient pas des êtres vivants. Ils se présentaient sous forme de symboles. Sans oser parler de son rêve de la nuit précédente, il cita en exemple celui qu'il avait fait des années auparavant : sur un champ de bataille, dans une plaine, deux armées étaient aux prises ; cependant la lumière terne et blafarde ne lui permettait pas de distinguer les combattants, ni de se rendre compte de leur position. C'est alors qu'il vit au firmament, à la place du soleil, se découper, obliquement suspendu, un lustre voilé d'organdi. Ce lustre, il le savait, était le symbole de la guerre, bien plus que la pâle image qu'il venait d'apercevoir... Paule remonta le col de sa jaquette blanche ; l'air frais colorait son visage. Avec ce brusque mouvement de tête, déjà familier à Robert, cet étrange mouvement qu'il commençait à aimer, elle se tourna vers lui :

« Est-ce que vous ne vous occupez pas un peu trop de vous-même ?

– Je ne crois pas, répondit Robert, comme pris en faute, je l'avoue plus franchement que certains, c'est tout... »

« M'aurait-elle sauvé si je l'avais rencontrée plus tôt ? se demanda-t-il. Serais-je alors un autre homme – un homme bien-portant – un homme meilleur ? La courbe de ma vie était-elle tracée d'avance, ou avais-je le choix ? Le choix entre la force et la faiblesse, entre la maladie et la santé, entre la clarté et la confusion. Et maintenant est-il trop tard ? Non ! » Il sentit qu'il avait encore le choix, mais que le délai serait court.

La voiture était sur le chemin du retour et descendait rapidement. Robert parla du ministère, de l'intérêt que lui inspirait sa profession, en termes précis, comme pour prouver aux deux femmes qu'il considérait les réalités de l'existence, qu'il n'était ni un rêveur, ni quelque chose de pire. Les questions intelligentes de Paule l'encourageaient dans cette voie. Durant le déjeuner il eut une véritable nostalgie de travail, de succès.

L'attention croissante que Paule portait à ses propos, ses signes de tête approbateurs lui semblèrent autant de présages heureux. La franche poignée de main qu'elle lui donna au moment de le quitter, son regard doux et compréhensif étaient presque une promesse.

Il avait l'âme d'un convalescent. Les pensées bizarres qui l'avaient tenaillé si longtemps, jusqu'à hier encore, ne s'expliquaient-elles pas d'une façon toute simple ? Abandonné par son propre Moi, privé de vie intérieure, il s'était complu à jouer un rôle ; et un autre Robert, auquel il avait laissé trop de latitude, avait menacé de subjuguer, de détruire la véritable nature du premier. Maintenant il se sentait la force de dissiper les miasmes dangereux de ce brouillard, de guérir, enfin de redevenir lui-même.

Il dîna seul. Mmes Rolf n'étaient pas descendues. Robert pensa qu'elles étaient fatiguées par leur promenade et ne désespéra pas de voir apparaître Paule après le repas. Installé dans le hall, il feuilletait des journaux illustrés, tout en guettant l'escalier. Personne ne vint, le hall se vida, il décida de monter se coucher. On lui tendit la clef ; connaissant de longue date la familiarité du portier avec les clients, ses confidences, Robert s'attarda auprès de lui dans l'espoir d'apprendre quelque chose. En effet, tout en collant consciencieusement des timbres sur des cartes postales, ce brave homme d'un ton légèrement compatissant lui dit bien des choses de la part de Mme et Mlle Rolf : elles avaient dû partir précipitamment. Un télégramme les avait rappelées. « Un télégramme ? » répéta Robert. « Que contenait-il ? » ajouta-t-il mentalement en regagnant sa chambre, et aussitôt il crut le savoir. On les avait mises en garde contre lui : inquiet, M. Rolf les avait priées de revenir. Elles avaient chargé le portier de lui transmettre leurs adieux... Quelle farce !... Elles avaient déguerpi, c'était tout. Sans doute parlait-on déjà de lui. Peut-être le cherchait-on, le poursuivait-on, le surveillait-on. Au réveil, demain sans doute, il serait arrêté. Comment prouver son innocence ? Alberte était en

Amérique, il ignorait le lieu de sa résidence ; à quoi bon nier le crime ? personne ne l'écouterait. Ne se pouvait-il pas aussi qu'on le soupçonnât d'avoir tué sa femme ? Que se passerait-il alors ? Le corps serait exhumé, les médecins l'examineraient et s'ils ne trouvaient pas trace de poison après dix ans cela ne suffirait pas à le disculper. Il voit soudain son portrait, en pardessus et chapeau haut de forme, publié par différents journaux et croit lire cet en-tête : « Un nouveau Barbe-Bleue » – il sent l'odeur écœurante du papier imprimé. Les visions se succèdent, rapides. Le voici devant le juge d'instruction. Il nie. Il jure devant Dieu que jamais il n'a tué personne. – « C'est une idée fixe, messieurs – comment peut-on me traduire en justice pour une idée fixe ? Je suis malade, messieurs les jurés, soit, mais je ne suis pas un criminel. Des circonstances malheureuses se liguent contre moi. Prenez vos renseignements. Vous saurez qu'Alberte se trouve en Amérique et que ma femme est morte d'une maladie de cœur. » Une voix stridente se fait entendre : « Accusé, expliquez-nous comment il peut se faire qu'on ait trouvé votre maîtresse morte sous des feuilles sèches dans la forêt ? – On l'a trouvée morte ? Un autre a dû l'assassiner, l'Américain sans doute. – Vous vous contredisez, accusé, ne veniez-vous pas d'avouer que l'Américain qui convoitait votre maîtresse était resté à l'hôtel tandis que vous vous promeniez avec elle ? Ne nous avez-vous pas raconté que la façon dont votre femme jouait du piano vous donnait envie de la tuer ? – Jamais, on m'impute des paroles que je n'ai pas prononcées. Je suis innocent – incapable de faire du mal à une mouche. » Un éclat de rire formidable secoue l'auditoire. « Silence ! crie le juge, nous ne sommes pas au théâtre, je vais faire évacuer la salle. »

Robert, qui arpentait fiévreusement sa chambre, s'arrêta tout à coup et regarda autour de lui. Comme toujours en pareil cas sa raison lui revenait à l'instant où ses pensées s'égaraient dans l'absurde. Non, le départ des deux femmes n'avait aucun rapport avec sa présence au Semmering. Il n'était coupable d'aucun crime et personne ne le soupçonnait. Ses nerfs étaient encore malades – voilà tout. D'ailleurs Paule n'eût pas ajouté foi à un télégramme calomniateur. Elle ne serait pas partie, l'abandonnant à son sort. Quoi qu'elle eût appris, elle aurait essayé avec lui d'élucider la question et de juger par elle-même. Et, en admettant qu'il eût commis un crime, n'était-elle pas femme à comprendre et à pardonner ? Toutes ces considérations étaient vaines, du reste, car bien des raisons plausibles pouvaient expliquer le départ des deux femmes. M. Rolf ou un autre membre de la famille était souffrant ; ce ne devait pas être grave – eût-on pensé sans cela à lui faire dire « bien des choses » par le portier ? Je ne suis pas un assassin, personne ne me suspecte. Paule m'écrira demain pour s'excuser et me donner toutes les explications. Et sinon je saurai percer le mystère par moi-même. Je suis libre, je ne suis pas interné et Höhnburg est mort depuis longtemps. Höhnburg ? Il n'a rien à voir là-dedans. Quant à mon frère, il ne songe pas à me présenter la reconnaissance de dette. Il n'y a ni reconnaissance ni dette... j'ai le choix...

8

Le lendemain, une carte postale de Leinbach annonçait gaiement sa visite. Robert, qui s'était éveillé dans un parfait état d'équilibre mental, décida d'aller à sa rencontre. Les deux amis se retrouvèrent sur la grand-route qu'ombrageaient les pins gigantesques de la forêt. Sous le ciel pâle, l'air frais sentait l'automne. Leinbach, travesti en touriste de la tête aux pieds, portait des bottines à clous, des pantalons courts, une canne et un bissac.

« Quelle ascension projettes-tu ? demanda Robert.

– Rien de spécial, répondit Leinbach, j'ai voulu

parer à toute éventualité et me mettre au diapason de ce panorama.

– Tant mieux, dit Robert, je n'avais nulle envie de faire de l'alpinisme.

– Moi non plus, je rentre par le train de 5 h 20.

– Pourquoi ce bissac, alors ?

– Pour pouvoir au besoin déjeuner sur l'herbe.

– Qu'as-tu emporté ?

– Du jambon, du fromage, du pain, une bouteille de vin, un volume de Goethe et une pharmacie de poche.

– J'admire ta prévoyance.

– La pharmacie se trouvait dans mon bissac, je l'y ai laissée de peur de tenter le Destin. – Il prit le bras de Robert. – Parle-moi de toi, que deviens-tu par ce beau temps ? »

Robert raconta qu'il passait ses journées en plein air et qu'il avait fait quelques jolies promenades. A dessein sans doute il omit Mme et Mlle Rolf.

« Je me sens très bien, ajouta-t-il, mais j'ai des rêves bizarres qui me tourmentent toute la nuit. »

Leinbach haussa les épaules : qu'étaient les rêves de son ami à côté des siens ? Il vivait des dizaines d'années en l'espace d'une seule nuit. Ainsi se souvenait-il, étant collégien, avoir rêvé toute la guerre de Trente Ans à la minute du réveil.

« Pas très détaillée, je suppose, demanda Robert avec un sourire ironique, un simple abrégé ? »

Mais Leinbach précisa gravement :

« Toute la période entre 1618 et 1648. »

Sur un étroit sentier ils gravissaient la côte.

« Autrefois, dit Leinbach, ma femme avait coutume de m'accompagner le dimanche. Mais maintenant qu'elle a quatre enfants, elle reste chez elle pour s'occuper de la maison – ou d'autre chose. »

Robert ne répondit pas. Connaissant Mme Leinbach, une brave ménagère qui ne pouvait avoir d'attraits pour aucun homme, il trouvait ridicule et déplacée la remarque de son ami. Du reste Leinbach se fût gardé, jadis, de choisir une épouse plus brillante, car il détestait les complications sentimentales plus encore que tout effort physique.

Ils arrivèrent sur un plateau où le soleil de midi dispensait une chaleur estivale. Leinbach trouva bon de comparer ces derniers rayons d'une saison mourante aux éclaircies fallacieuses qui se glissent souvent dans l'automne d'une vie.

« Il est dangereux de s'y fier », affirma-t-il.

Robert se rebiffa :

« Pourquoi fallacieuses quand la chaleur est réelle ? Aujourd'hui par exemple, on pourrait sans inconvénient aucun s'étendre sur cette prairie, qu'en penses-tu ? »

Leinbach ne fit pas d'objection. Déployant leurs manteaux par terre, ils s'installèrent dessus et jouirent de la vue qui avait ravi Paule et Robert l'avant-veille. Robert sentit une intense joie de vivre : « Je suis bien-portant, se dit-il, bien-portant et jeune. Quel est donc le mal étrange qui m'assaille et me tourmente souvent ? Peut-être d'autres que moi luttent-ils comme moi contre des spectres ? Ou peut-être y a-t-il vraiment des hommes qui peuvent oublier un crime après l'avoir commis ? Je lisais dans un journal anglais que tous les ans des milliers de personnes disparaissent sans laisser de traces. Combien d'entre elles meurent assassinées ? et combien d'assassins se promènent, oublieux comme moi de leur forfait ? » « Halte-là ! » cria-t-il, se dressant d'un bond. Il avait brusquement ouvert les yeux et le paysage scintillant l'aveuglait. D'un regard oblique Leinbach l'observa pendant une seconde. Que lui voulait-il, celui-là, et pourquoi était-il venu ? L'avait-on dépêché vers lui ? Otto l'avait-il chargé de le surveiller ? Insensé ! Otto jugeait Leinbach parfaitement incapable, « un spirituel imbécile », comme il le qualifiait non sans quelque justesse. Malgré tout, l'attitude de Leinbach avait quelque chose de louche. Pourquoi, après s'être prestement détourné, celui-ci fixait-il le ciel avec insistance ? Robert se mit à siffloter, soit pour l'ennuyer, soit pour lui faire perdre contenance, soit encore pour lui donner le change. Puis il proposa de rentrer. Leinbach se leva péniblement ; Robert l'avait précédé de quelques pas, il marchait vite :

« Eh bien, cette paralysie va mieux ? » lui cria sèchement Leinbach.

Saisi, Robert se retourna, mais le visage de son ami ne laissait paraître que cette ironie qui lui était familière.

« Jamais je n'ai cru être paralysé, répondit-il, j'ai beau être un malade imaginaire, je ne suis pas un idiot. Du reste, je me sens plus jeune et mieux portant que jamais.

– Oui, soupira Leinbach, six mois de congé, ce n'est pas rien ; si je voulais en prendre autant, je serais obligé de f... le camp. » Soudain, sans transition aucune, il lança : « A propos, que dis-tu de l'affaire Rolf ? »

L'affaire Rolf ? Robert sentit un choc brusque. Que signifiaient ces mots ? L'affaire Rolf ? Était-il mêlé à une affaire sans s'en douter ? Paule ? La mère et la fille s'en étaient allées la veille. Il ne pouvait pas avoir assassiné Paule. Du calme ! Allait-il recommencer ? Jamais il n'avait tué personne – il le savait bien. Très maître de lui, il demanda posément :

« Qu'est-ce que c'est que cette affaire ?

– Tu n'as pas lu les journaux de ce matin ? Maître Rolf a fichu le camp. Il paraît qu'il y a eu des malversations – il aurait même détourné des biens de mineurs. Il y a longtemps que tout ça était louche.

– Il a filé ! Vraiment ? dit Robert. Je le connaissais à peine, mais pas plus tard qu'hier je parlais à sa femme et à sa fille. Elles sont parties par le train du soir.

– Les journaux annonçaient en effet qu'elles étaient absentes – sans doute ce chef de famille prévoyant les avait-il éloignées pour faire plus tranquillement ses préparatifs. Il demeure introuvable depuis quarante-huit heures. Dommage ! c'était un homme très capable. »

Robert n'eut pas l'impression d'apprendre une nouvelle désagréable. Le désastre qui frappait la famille Rolf rapprochait Paule de lui, créant entre eux un lien de parenté secret. Il n'insista pas sur ce sujet, mais regagna Vienne avec Leinbach. Celui-ci, quoi qu'il prétendît adorer la solitude, fut ravi d'avoir un compagnon de voyage.

L'intimité de Robert avec les Rolf n'était pas telle qu'il pût songer à aller les voir immédiatement. Il se fit donc violence tout d'abord ; le soir, n'y tenant plus, après avoir dîné au restaurant, il se dirigea vers la rue où résidaient ses nouveaux amis. A son grand étonnement, toutes les fenêtres de leur demeure étaient éclairées. Réfléchissant, il se rendit compte qu'une catastrophe ne se traduisait pas nécessairement par des changements sensibles dans la façon de vivre. Paule avait beau être en ce moment plus pauvre que le professeur de piano qui, après une fugitive étreinte, avait emporté chez elle les restes d'un modeste repas, elle n'en continuerait pas moins pendant quelque temps encore à s'habiller avec recherche, à manger à sa faim, à habiter un appartement luxueux. Une ombre s'agitait à l'une des fenêtres. Robert ne la quittait pas des yeux. La lumière s'éteignit et se ralluma un peu plus loin. Plus tard une voiture s'arrêta devant la maison, un homme d'aspect distingué en sortit et monta l'escalier. Robert sentit le ridicule de sa situation et, fatigué d'arpenter le trottoir, rentra chez lui.

9

Les journaux du lendemain parlèrent avec discrétion de l'affaire Rolf. Si rien encore n'était définitivement réglé, disaient-ils, du moins pouvait-on affirmer que Maître Rolf n'avait pas « filé » et que sa famille et les autorités connaissaient parfaitement son lieu de résidence. Robert en conclut que le célèbre avocat espérait encore pouvoir trouver les fonds nécessaires pour éviter de passer en correctionnelle. Mais à sa propre surprise cette hypothèse fut loin de le satisfaire pleinement. Il se rendit au bureau d'assez méchante humeur. Le baron Prandter, son chef de service, le reçut avec bienveillance. Il lui annonça que le conseiller aulique Palm avait demandé sa retraite anticipée pour raison de santé et se retirerait l'année suivante ; Robert serait chargé de travailler avec lui pour se mettre dès à présent au courant de ses affaires, tandis qu'un jeune fonctionnaire qui venait de faire ses preuves continuerait à remplacer Robert. « Ils ont compté que je ne reviendrais pas », pensa Robert. Il s'aperçut que Prandter était en deuil et se souvint qu'il avait perdu sa femme au cours de l'été. Quoiqu'il lui eût écrit à ce sujet, il jugea poli de réitérer verbalement ses condoléances. Prandter, les yeux baissés, lui tendit la main sans mot dire, et Robert pensa : « L'aurait-il assassinée par hasard ? Ces choses-là doivent arriver plus souvent qu'on ne le croit. Il serait intéressant de le savoir. Peut-être me soupçonne-t-il lui aussi, peut-être est-ce la raison de sa trop grande amabilité. Existe-t-il une franc-maçonnerie pour nous, les meurtriers ? Curieuse chose : il me tient toujours la main. » La porte s'ouvrit, livrant passage au conseiller Palm. Les politesses d'usage furent échangées, puis les trois hommes s'absorbèrent dans une discussion professionnelle au cours de laquelle Robert exposa ses idées de réforme dans le domaine de l'enseignement musical. Palm et Prandter l'écoutèrent avec intérêt. Plus tard il alla voir quelques collègues qui s'exclamèrent sur sa bonne mine. Il eut l'impression que certains n'avaient pas pris sa maladie au sérieux.

Il déjeuna avec un collègue qui le divertit en lui rapportant tous les potins du ministère. Puis les deux hommes, fidèles à une habitude ancienne, jouèrent au billard. Le soir tombait quand Robert se rendit chez son frère. Comme la consultation d'Otto n'était pas terminée, ce fut chez Marianne qu'on l'introduisit. Pour distraire sa belle-sœur, il lui décrivit en termes humoristiques la tenue sportive de Leinbach lors de sa visite au Semmering, et dans l'énumération des provisions de bouche que celui-ci avait apportées, il ajouta des sardines, du cognac et autres denrées. Les deux petits garçons l'accaparèrent. Il prit le plus jeune sur ses genoux, et ce geste paternel l'emplit soudain d'un heureux pressentiment. L'avenir s'ouvrit devant lui, doux et consolant. Après ses consultations, Otto accueillit chaleureusement son frère et lui proposa, s'il n'avait rien de mieux à faire, de l'accompagner à Hietzing. Robert accepta. Quelques minutes plus tard, à travers la pénombre des rues, le coupé roulait vers la banlieue résidentielle.

Robert parla d'abord de ses chances d'avancement, puis de son séjour au Semmering et de sa rencontre avec Mme et Mlle Rolf. Otto n'avait que peu de sympathie pour les deux femmes. Il les jugeait en quelque sorte responsables du cours fâcheux qu'avaient pris les affaires de maître Rolf. Aussi ne s'étonnait-il pas que Paule, malgré sa beauté, quelque peu fanée maintenant, n'eût pas trouvé à se marier.

La voiture s'arrêta devant la grille d'un jardin. Un domestique vint ouvrir et introduisit Otto dans la maison. Robert, en l'attendant, se promena lentement dans les rues silencieuses, à l'ombre des arbres que l'automne déjà dépouillait de leurs feuilles. La remarque de son frère le troublait malgré lui. Alors que la veille encore tous ses projets d'avenir étaient concentrés sur la personne de Paule, cette même Paule lui apparaissait subitement étrangère et lointaine. Il essaya de l'imaginer. Il la voyait flétrie, vieillie, dans une robe d'intérieur peu soignée ; ses traits ressemblaient à ceux du professeur de piano. Une sourde rancune grondait dans son cœur. Il en voulait à Paule de s'être désintéressée de son père, d'avoir aimé un vieux musicien, de fumer des cigarettes – il lui en voulait surtout d'avoir quitté le Semmering sans un mot d'explication. Il reconnaissait, certes, l'injustice, la stupidité de ces reproches, simples prétextes à la haine qu'au cours de ses liaisons anciennes il avait si souvent ressentie envers l'objet aimé et qui précédait cette fois l'apogée même de l'amour. Il s'inquiéta de ces hauts et bas sentimentaux qui, du dévouement, de la tendresse, de l'ardeur, le faisaient passer brusquement à l'aversion, à la répugnance, à la colère, à la rage, au désir de tuer... « Quelle est la différence entre le désir de tuer et le meurtre ? s'interrogeait-il. Les pensées s'évanouissent, les actes demeurent. Oh ! perfidie de la Providence ! Les passions qui ont déterminé l'acte sont éteintes, peut-être des sentiments contraires leur ont-ils succédé, et l'acte subsiste irrévocablement. Admettons que le poison que j'ai fait prendre à Brigitte n'ait pas agi – elle se serait réveillée le lendemain, elle vivrait peut-être encore et personne ne soupçonnerait ce qui s'est passé, ou plutôt ce qui devait se passer. Moi-même je l'ignorerais, car je l'aurais oublié. Je l'ai oublié – vraiment ?... Non, non, je me souviens... »

« Ai-je été long ? demanda Otto, et le portail se ferma derrière lui.

– Du tout, répondit Robert qui se ressaisit. Je me promenais très agréablement. »

Ils montèrent en voiture. Otto nota quelques mots dans son carnet, puis il s'enquit :

« Où veux-tu que je te dépose ?

– Près de mon hôtel, si cela ne te dérange pas.

– C'est facile... quel dommage que tu aies liquidé ton appartement, je n'ai jamais très bien compris pourquoi.

– J'y ai été obligé.

– Obligé ?

– Puisque je ne savais pas si jamais je serais capable de reprendre l'existence des grandes villes et mon métier.

– Qu'est-ce que tu racontes là ? dit Otto, qui empocha son carnet.

– Ne te souviens-tu pas de mon état quand je suis parti ? répliqua Robert. Même le début de mon voyage a été empoisonné par... – il hésita – toutes sortes d'idées stupides. »

Otto considéra son frère avec une ironie bienveillante.

« Peut-on connaître ces idées ?

– A quoi bon ?... elles ont toutes la stupidité des obsessions.

– Allons, reprit Otto avec beaucoup de douceur, confie-les-moi tout de même.

– Imagine-toi, fit Robert qui hésitait encore, imagine-toi que j'ai cru longtemps que l'eau, qu'on montait dans ma chambre le soir, n'était pas potable, qu'on l'avait empoisonnée. Je soupçonnais les domestiques ou quelque autre habitant de l'hôtel.

– Et alors ? dit Otto.

– Alors, poursuivit Robert, mourant de soif je préférais ne pas avaler une gorgée, à moins de pouvoir me procurer d'autres boissons.

– Et puis ?

– Que te faut-il de plus ? Cette idée délirante a disparu comme d'autres.

– Je comprends bien, mais je te demandais si, tirant les conséquences logiques de tes craintes, tu avais fait analyser l'eau qui te paraissait suspecte ? As-tu arrêté tes soupçons sur quelqu'un, as-tu porté plainte ?

– Non, évidemment... mais ce n'est pas ce qui importe.

– Au contraire ! Savoir si l'obsession a des effets, si elle se transforme en acte ou si la raison à l'instant décisif remet les choses au point, voilà la seule chose qui importe. Tu m'excuseras, mon cher, quand on recule devant les conséquences de sa folie, on ne m'inspire aucune considération. La démence du fou furieux qui ne s'attaque qu'à des objets inanimés et qui brise de préférence des bibelots bon marché ne m'impressionne pas. Accuse-moi d'hérésie si tu veux, mais la folie – je me sers à dessein de ce terme général – la folie dont l'intensité varie suivant les besoins de la cause, la folie subordonnée aux nécessités pratiques de la vie, m'apparaît comme un jeu sinistre. Je n'y vois qu'un individu, un cabotin, qui se retranche dans le mensonge et qui cherche d'une façon déloyale un prétexte facile pour décliner les responsabilités. De pareilles dispositions sont morbides, si tu veux, mais elles n'ont rien de commun avec l'aliénation mentale. »

Robert se tut. Les arguments d'Otto frappaient juste, ils n'étaient pas sensiblement différents du raisonnement qu'il s'était tenu.

« Es-tu sûr, dit-il enfin, d'en pouvoir toujours déterminer les limites ?

– Oui, répondit Otto. Il y a longtemps sans cela que j'aurais abandonné mon métier. »

« Il se souvient, pensa Robert, il veut me rassurer, me prouver que, n'étant pas fou, je n'ai rien à craindre de lui. Mais comment sait-il que je ne suis pas fou ? Je viens encore de lui mentir. Je ne lui ai pas parlé du tour nouveau qu'a pris mon délire. Peut-être s'en doute-t-il. Il faut que je dise quelque chose, mon silence le surprend. Il a beau regarder la rue, je sens qu'il me guette. Je vais lui avouer la vérité. Tôt ou tard il faudra bien m'y résigner. Assez d'équivoque entre nous. »

Ce fut Otto qui, se tournant brusquement vers son frère, renoua le fil de la conversation :

« Nous nous sommes éloignés de notre sujet, n'aurais-tu pas encore d'autres symptômes par hasard ? »

L'air détaché, Robert repartit :

« Tu me prends pour un vil comédien parce que je n'ai pas fait arrêter tous les domestiques des hôtels où j'ai séjourné, alors à quoi bon parler du reste ? »

Mais Otto n'eut pas l'air de goûter la plaisanterie.

« Sais-tu ce que je crois ? demanda-t-il gravement, de ce ton sévère qui lui était particulier ; je crois que tu as assez paressé et qu'un travail sérieux et continu te fera le plus grand bien. Tiens, par exemple, tu as tort de t'inquiéter du tremblement nerveux de ta paupière gauche. »

Effrayé, Robert le dévisagea :

« Tu t'en es aperçu ? »

Otto soupira :

« Mon Dieu, qu'as-tu encore été chercher ?

– Tu dis que ma paupière tremble. Je... je ne m'en étais pas rendu compte. Je croyais plutôt à... à une paralysie naissante.

– Il n'en est pas question, c'est l'effet pur et simple de ton imagination. A force d'essayer la mobilité de ta malheureuse paupière, tu as fatigué le muscle – c'est la seule explication du tic nerveux que j'observe. N'y pense plus et tu seras guéri dans quelques jours. »

La voiture s'arrêta devant l'hôtel :

« Nous sommes arrivés, dit Robert. Viens voir ma chambre, Otto, elle est jolie.

– Une autre fois, je veux bien, ce soir je suis pressé. A demain, n'est-ce pas, et sois raisonnable ; il serait temps, je t'assure. »

Il lui serra cordialement la main et prit congé de lui.

Seul, Robert se sentit soudain merveilleusement soulagé. Les paroles d'Otto l'avaient non seulement délivré d'une crainte qui l'obsédait, elles avaient encore balayé comme par miracle toutes les autres chimères.

10

Les jours qui suivirent semblèrent agréables à Robert. Il avait repris son travail avec beaucoup d'ardeur et durant ses loisirs il revoyait ses anciens amis. Chaque soir il passait une heure chez son frère dont les deux petits garçons le distrayaient. Marianne se plaignit à lui que son époux, déjà surmené par sa clientèle, vouât le reste de son temps à des études scientifiques. Robert morigéna Otto, lui présenta les inconvénients d'un travail aussi assidu, mais celui-ci, qui l'avait patiemment écouté, ne tint aucun compte de ses observations.

Un soir, au café, on parla devant Robert de l'affaire Rolf. Aucune plainte n'avait été déposée contre l'avocat en fuite, ou alors elle avait été retirée. Cependant une certitude demeurait : le somptueux appartement que les Rolf avaient habité changerait de locataires sous peu. A cette nouvelle, Robert sentit un remords excessif. Il s'était montré bien dur envers ces deux femmes. Elles avaient été en droit d'espérer une marque de sympathie de sa part et il n'avait pas donné signe de vie. Il dormit mal, sa négligence le harcelait, et dès le matin il téléphona pour s'enquérir de la mère et de la fille et demander s'il pouvait aller les voir. Il ne reconnut la voix de Paule que lorsque celle-ci l'invita chez elle avec une grande simplicité pour le soir même.

Il se présenta vers six heures. Le grand salon semblait inhospitalier, presque triste. Les meubles étaient recouverts de housses grises ; les lustres voilés de mousseline lui rappelèrent vivement la vision de la bataille de Sedan qu'il avait eue en rêve. Sur le piano fermé étaient groupés des bibelots en bronze, en porcelaine et en cristal prêts à être emballés. Les murs, hérissés de clous, servaient d'appui aux tableaux qu'on avait descendus et retournés.

Paule entra, joyeuse, vêtue de clair, les yeux brillants. Robert s'était attendu à la retrouver mélancolique et dans une robe sombre. Ce fut pour lui comme une apparition lumineuse, et il ne put dissimuler sa surprise. Elle lui tendit la main d'un air dégagé, comme si rien de fâcheux n'était survenu depuis leur dernière rencontre.

« L'aspect de ce salon n'est pas très engageant, dit-elle simplement, mais vous savez sans doute que nous déménageons ?

– Bientôt ? demanda Robert.

– Non, guère avant le Jour de l'An, mais nous avons beaucoup de bibelots inutiles dont nous voudrions nous débarrasser tout de suite. Changeons de sujet. Je suis contente de votre visite. J'ai songé à vous écrire, mais je préfère que vous soyez venu.

– Si j'avais pu imaginer que ma présence... »

Elle ne le laissa pas achever.

« Les événements se sont précipités depuis que nous nous sommes vus, mais je remarque que certains incidents bouleversent les étrangers plus que ceux qu'ils frappent. C'est cela qui est le plus pénible dans les moments difficiles. »

Robert allait répondre lorsque Mme Rolf parut, répandant une atmosphère de sérénité que n'arrivaient à troubler ni les catastrophes extérieures ni les tempêtes morales. Elle parla du Semmering. Comme elle avait regretté de n'avoir pu prendre congé de Robert !... Hésitant légèrement, elle ajouta :

« Vous devez avoir appris et lu toutes sortes de choses... »

Toute rouge, Paule l'interrompit :

« Il ne faut pas croire les journaux... » Robert tenta de détourner la conversation, mais la jeune fille n'en tint pas compte : « La seule chose vraie, c'est que mon père est parti et qu'il ne reviendra pas à Vienne. Rien du reste ne l'oblige à cette détermination, mais il ne veut pas mener ici une existence dont le train serait absolument changé. Finalement, il appartient à cette espèce d'hommes qui ne peut commencer une nouvelle vie que dans un nouvel environnement. Ce n'est pas comme moi – comme nous – corrigea-t-elle avec un tendre regard vers sa mère.

– Je vous remercie de la confiance que vous me témoignez, murmura Robert.

– Et maintenant, dit Paule d'un ton qui clôturait résolument ce sujet, parlez-nous de vous. »

Comment supportait-il le joug du travail après le long repos qu'il venait de prendre ? s'inquiéta-t-elle. Robert, heureux de trouver des auditeurs attentifs, expliqua longuement ses projets de réforme touchant l'enseignement musical. Machinalement ses yeux s'arrêtèrent sur le piano fermé, et Paule, s'en apercevant, observa qu'il y avait longtemps que personne n'avait joué chez eux. Debout, Robert essaya de frapper quelques accords qui résonnèrent, lugubres, au milieu du tintement grêle des porcelaines. Paule vint débarrasser l'instrument et Robert l'aida à poser par terre les tasses, les assiettes, les candélabres et les vases. Puis il improvisa et se surprit à jouer un air de danse. Aussitôt, jugeant cette musique déplacée, il choisit un air de Chopin, dont les accords langoureux moururent sous ses doigts. Les deux femmes, assises dans le fond de la pièce, se taisaient. Il ne pouvait pas les voir, mais il sentait que son jeu leur avait plu. Paule, s'approchant, lui demanda s'il avait un bon piano.

« Plus maintenant, répondit-il. J'ai vendu le mien l'année dernière. Quand je serai définitivement installé, j'en rachèterai un. Vous savez que j'habite à l'hôtel ? »

Dans les yeux de Paule parut un sourire sur le sens duquel Robert ne put se méprendre. Leurs regards se rencontrèrent et scellèrent un pacte. Quand Robert prit congé, la poignée de main que lui donna Paule signifiait clairement : « Revenez. »

Dans la rue il s'étonna que le souvenir de Paule ait pu le laisser indifférent ces derniers jours, qu'elle lui soit même apparue comme déguisée et que son masque l'ait rebuté. Peut-être avait-il eu peur de la revoir ? Peur qu'en devenant sa maîtresse ou sa femme elle subît fatalement un jour le destin de ses compagnes. Comment, de ses compagnes ! Il se ressaisit aussitôt. Quel avait été leur sort ? Jamais il ne leur avait rien fait. Cette vérité était établie. Alors pourquoi ses pensées se fourvoyaient-elles sans cesse, pourquoi en dépit de tout raisonnement aboutissaient-elles toujours à une impasse ? Une impasse, répéta-t-il, c'est bien cela ; la comparaison qu'il avait trouvée le calma provisoirement.

Plein d'impatience, Kahnberg l'attendait au café. L'écrivain, qui avait décidément choisi Robert pour s'épancher, l'attira dans un coin et lui fit part de ses dernières déceptions amoureuses :

« La jalousie me ronge au point que je ne réponds plus de rien. Figurez-vous que cette nuit, tandis qu'elle dormait à mes côtés, ajouta-t-il avec cette horrible indiscrétion que Robert redoutait, j'étais prêt à en finir – je voulais la tuer et me tuer ; je ne sais vraiment pas ce qui m'a retenu. Notre âme est un abîme, monsieur, entendez-vous bien, un abîme !

– Je ne suis pas compétent, répliqua sèchement Robert, et je me demande pourquoi vous me faites l'honneur de vos confidences.

– C'est très simple, cher monsieur, je lis sur votre visage que la vie ne vous a pas épargné, et je vous crois capable de concevoir des choses qui rempliraient d'épouvante la majeure partie des hommes.

– Vous vous méprenez étrangement, monsieur Kahnberg, je ne comprends rien aux abîmes dont vous parlez. Mon âme n'abrite que des sentiments parfaitement bien réglés.

– Je n'en doute pas », repartit Kahnberg, légèrement blessé.

Robert reprit avec une irritation grandissante :

« Jamais non plus je n'ai saisi pourquoi vous m'aviez fait la grâce de m'envoyer votre tragédie, ni en quoi j'avais mérité votre dédicace trop flatteuse. Vous n'arriverez pas à faire de moi votre complice ! Est-ce clair, monsieur ?

– Je vous écoute avec un étonnement croissant.

– Je m'en aperçois, mais votre façon de m'écouter ne me convient pas, monsieur Kahnberg !

– J'en suis désolé.

– Ne me convient pas, monsieur Kahnberg », répéta-t-il avec violence en se levant. Puis d'une voix sourde il conclut : « Si vous désirez tuer cette demoiselle, faites-le à vos risques et périls ! J'ai bien l'honneur, monsieur... »

Il prit sa canne, son pardessus et s'éloigna. A peine se trouva-t-il dans la rue qu'il jugea ses propos absolument stupides et propres à éveiller des soupçons. Il résolut d'éviter Kahnberg et ses amis pendant quelques jours. Du reste était-il impossible que Kahnberg eût été délégué vers lui comme agent provocateur ? Robert avait beau être sûr de n'avoir assassiné personne, sûr de n'être pas fou, pouvait-il se mettre à l'abri d'éventualités fâcheuses ? Que ferait-il si Auguste Langer, le cousin de sa femme, qui lui avait lancé un coup d'œil étrange au cours de la soirée, l'accusait d'avoir tué Brigitte ? Que répondrait-il si Alberte venait à mourir en Amérique, et que son nouvel amant ou mari le suspectât d'avoir empoisonné sa maîtresse infidèle ? Le bel avantage d'être sain d'esprit si le monde regorge de déments ! Il ne manquait plus qu'une chose, c'est que la pauvre créature qui lui avait procuré quelques ternes instants de plaisir fût tombée malade, qu'elle fût morte pour avoir mangé les restes du repas qu'elle avait voulu emporter. Il serait tout simplement traité d'empoisonneur, il ne pourrait jamais prouver son innocence, d'autant plus que les accusateurs se dresseraient de tous côtés !

Un collègue du ministère le salua et lui posa quelques questions banales. Robert s'arrêta au milieu du va-et-vient des promeneurs. Il répondit, parfaitement maître de lui, fit même une plaisanterie sur leur chef commun, le baron Prandter, et quand l'autre eut disparu, il regarda autour de lui et crut sortir d'un mauvais rêve. Des passants le côtoyaient, des lumières brillaient de tous côtés, dans la clarté aveuglante des réverbères les maisons devenues gigantesques se dressaient vers le ciel nocturne. Robert se sentit profondément abandonné, puis il pensa à Paule et, comme délivré, comprit soudain qu'il n'était plus seul. « Sauve-moi ! », murmura-t-il, les mains jointes comme s'il lui adressait une prière. Puis, levant les yeux vers le ciel sombre, il rejeta ses folles pensées bien loin dans le néant d'où elles procédaient.

11

Trois jours plus tard il renouvela sa visite chez les Rolf, fut accueilli comme un vieil ami et dîna avec les deux femmes. Il eut la chaude impression d'avoir retrouvé un foyer. Le lendemain, il revit Paule dans la forêt de Dornbach où il lui avait donné rendez-vous. C'était une tiède et brumeuse journée de novembre. Ils se promenèrent sous les arbres dénudés et pour la première fois Paule lui parla de son enfance, de son adolescence. Elle prononça incidemment le nom du grand musicien avec lequel on l'avait crue fiancée, fit quelques réflexions sur ses parents, notamment sur le caractère de son père, si renfermé et cependant avide de tendresse. Robert crut comprendre que l'amour filial de la jeune fille souffrait de n'avoir su trouver le chemin du cœur de ce père bien-aimé. Cette conversation plus intime les rapprocha. Ils s'en souvinrent le jour suivant quand, se retrouvant chez Mme Rolf, ils décidèrent de faire de la musique. Paule prit son violon longtemps délaissé. Robert se mit au piano. Ils exécutèrent une sonate de Beethoven, et furent heureux de ce premier essai, très réussi, et des éloges que leur prodigua Mme Rolf. Dès lors ils renouvelèrent l'expérience quotidiennement, et comme Mme Rolf n'avait pas toujours le temps d'y assister, ils restaient seuls souvent, goûtant des heures de parfait bonheur. Ils n'échangeaient pas de paroles pour se comprendre ; sans un mot ils se sentaient de plus en plus unis. Robert, un soir, fermant le cahier de musique, vit les yeux de Paule fixés sur lui. Son regard l'interrogeait. Alors il posa tendrement ses lèvres sur le front de la jeune fille, puis sur sa bouche. Tous deux se turent. Lorsque Robert voulut parler, elle lui dit avec douceur :

« N'ajoute rien aujourd'hui, je t'en prie. »

Il partit, mais sur le seuil de la maison, s'arrêta. Une fenêtre venait de s'ouvrir. Levant la tête, il aperçut

Paule qui, tout enveloppée d'un châle blanc, se penchait vers lui et agitait la main.

Une lettre l'attendait à l'hôtel ; elle portait un timbre d'Amérique. Il reconnut l'écriture d'Alberte. Donc elle vivait ! Une joie immense s'empara de lui – une impression de délivrance qui lui prouvait clairement que l'obsession des dernières semaines n'avait pas cessé de le poursuivre. Courte et précise, la lettre décelait cette incapacité de s'étonner qu'Alberte partageait avec tant de femmes. Elle acceptait comme naturels les destins les plus extraordinaires. Mariée à Chicago, non pas avec l'Américain qui l'avait emmenée, mais avec un commerçant allemand qu'elle avait connu là-bas, elle écrivait : « L'été prochain nous viendrons en Europe, nous passerons par Vienne. J'espère te voir alors, et pouvoir te raconter un tas de choses qui t'intéresseront si tu ne m'as pas complètement oubliée. » Puis elle demandait à Robert s'il avait enfin trouvé la compagne qu'elle lui souhaitait, une petite femme gentille qui ne l'exaspérerait pas, comme souvent elle l'avait fait, à son grand regret et sans qu'il y eût de sa faute.

Fébrile et content, Robert arpentait sa chambre. Cette lettre clôturait une époque de sa vie, une période trouble, triste et grosse de menaces. Parfaitement rassuré sur son propre compte, il serra cependant soigneusement la missive de son ancienne amie, missive qui constituerait peut-être un jour un document important à sa décharge.

12

Ce fut dans la banlieue de Vienne que les nouveaux fiancés cherchèrent à se loger. Paule n'avait qu'une petite rente provenant de l'héritage de ses grands-parents, mais les modestes appointements de Robert devaient suffire à faire vivre le jeune couple. Paule, qui songeait à donner des leçons de violon pour grossir leurs revenus, fit part de ses projets à Robert. Au cours de la conversation elle prononça le nom du célèbre musicien mort depuis quelques années. Robert aussitôt laissa peser sur elle un regard qui semblait solliciter une explication.

Ils se tenaient sur le petit balcon de l'appartement qu'ils venaient de louer. Le soir tombait, la première neige tourbillonnait légère, le crépuscule estompait le petit jardin qui s'étendait devant eux, les arbres sans feuilles, et le mur gris qui séparait ce coin de terre blanche des autres jardins. Paule serra étroitement autour de son cou son boa de fourrure sombre et rentra avec Robert dans la pièce nue, fraîchement repeinte en blanc où les attendait la concierge, son trousseau de clefs à la main. Celle-ci les conduisit à un escalier étroit qu'éclairait mal une ampoule qui pendait du plafond. Ils gagnèrent ainsi le vestibule encombré de planches et de faïences et se trouvèrent dehors. En silence, ils marchèrent bras dessus, bras dessous, dans les rues peu fréquentées. Bientôt de petits jardins apparurent qui annonçaient le quartier des villas. La neige qui, quelques instants plus tôt, se transformait en boue triste sous leurs pas, scintillait maintenant dans les larges avenues qu'ils parcouraient. Enfin Paule l'interrogea :

« J'ai compris ton regard tout à l'heure. Toi aussi, tu as su l'histoire ?

– Évidemment, tout le monde en parlait ; elle était presque célèbre.

– Célèbre ? dit Paule en souriant.

– Quand est-il mort ? demanda doucement Robert.

– Il y a sept ans.

– Tu l'as aimé ?

– Il représentait beaucoup pour moi, mais ce n'était pas lui que j'aimais. J'en aimais un autre ! Personne ne l'a su, ce n'était pas un homme en vue, on ne s'inquiétait pas de lui – un jeune avocat que tu as peut-être connu. »

Elle cita le nom d'un homme que Robert se souvenait vaguement avoir rencontré dans le monde. Il observa simplement :

« C'était un joli garçon.

– Oui, fit-elle, et il avait vingt ans de moins que l'autre.

– Et comment se fait-il que ce projet ait échoué lui aussi ?

– Je ne sais pas. Probablement parce que ces histoires ont eu lieu en même temps, mon âme a hésité entre les deux, allant tantôt d'un côté, tantôt de l'autre.

– Ton âme ? » répéta-t-il tout bas, en saisissant sa main.

Elle serra ses doigts dans les siens.

« Tu as raison, ce n'était pas uniquement mon âme. Mais le danger n'a jamais été très grand. J'étais trop partagée. Peut-être ne savais-je pas quoi faire de moi... Voilà pourquoi tout cela n'a abouti ni au mariage ni à autre chose.

– Et tu n'as aucun regret ? Tu n'as pas eu quelquefois l'impression d'avoir manqué le bonheur ?

– Parfois, cela m'est arrivé, je ne te le cache pas. – Elle sourit, l'air las. – Seulement, vois-tu, mon cher, je suis une jeune fille de bonne famille. »

Il ne répondit pas, et continua à marcher sous la neige qui tombait doucement. Robert songeait : « Quelle vie pure, immaculée ! suis-je digne d'elle ? Elle ne sait rien de mon passé, mais elle ne m'interroge pas. Elle suppose que j'ai vécu ma vie de garçon, que j'ai eu quelques aventures. Les ténèbres de mon âme lui échappent. Elle ignore tout des désirs mauvais qui me sollicitaient autrefois et qui me hantent encore, tels des spectres. Elle ne sait rien de la peur trouble qui m'étreint à certaines heures, de la lettre que possède mon frère, cette lettre effroyable qui le rend maître de ma vie. » Une angoisse nouvelle, et cependant toujours la même, lui serra la gorge. Pourquoi pensait-il à cette lettre ? Que signifiait-elle aujourd'hui ? Plus rien. Il n'y était question que d'un cas spécial qui ne s'était pas présenté, qui ne se présenterait jamais. Robert n'était pas fou – il était sain d'esprit. Oui, mais si les autres en jugeaient autrement, si son frère le considérait comme fou, que faire alors ? Otto pouvait se tromper sur l'état de Robert, dont l'âme comme renouvelée s'ouvrait maintenant à la joie de vivre, au bonheur, à l'insouciance. Cette métamorphose sans nul doute devait inquiéter un esprit faussé comme l'était celui du grand praticien. Celui-ci avait beaucoup changé. Marianne, soucieuse, avait fait observer à Robert quelques jours plus tôt comme son époux avait mauvaise mine. Vainement cette fois-là encore Robert avait essayé de raisonner son frère. Il ne s'était attiré que des réponses brèves et désagréables, et il se souvenait combien l'énervement d'Otto, si calme par ailleurs, l'avait surpris ; combien la démarche, l'attitude de son frère avaient pris un caractère étrange. « Serait-il plus malade que moi, pensa Robert, serait-ce lui le malade, lui seul ? »

« Qu'as-tu, demanda Paule, t'ai-je peiné ? »

Il fit un effort, murmura :

« Ma chérie ! » et lui serra la main.

Mais rien ne calmait plus son trouble : quelle sournoiserie du destin si maintenant son malheureux frère, fort de sa lettre et de son prétendu droit, accomplissait l'abominable promesse, maintenant que la vie était rendue à Robert, qu'il avait trouvé un bonheur paisible ! Pour expliquer à Paule la subite altération de son humeur, il lui fit part de la grande inquiétude que lui inspirait depuis plusieurs semaines la santé de son frère. Vraiment Otto ne pouvait pas résister au surmenage continu qu'il s'imposait. Il présumait trop de ses forces. En parlant de lui, Robert sentit son cœur se gonfler d'amour et de pitié.

Paule l'écoutait, émue. Elle connaissait à peine Otto, mais les soins dévoués qu'il avait donnés l'année précédente à l'une de ses amies n'avaient fait qu'accroître l'admiration qu'elle lui portait déjà. Aussi les craintes qu'exprimait Robert l'alarmèrent. Elle demanda à son fiancé de ne pas remettre plus longtemps leur visite chez Marianne, et ils décidèrent d'y aller le lendemain.

13

La visite se passa fort bien. Les enfants adoptèrent immédiatement leur nouvelle tante qui leur avait apporté des bonbons et des livres. D'aimable, Marianne devint très vite cordiale. Quant à Otto, il impressionna favorablement sa belle-sœur, que l'ironie bienveillante du grand médecin mit tout à fait à son aise. La sympathie était générale et l'humeur inquiète de Robert parut se dissiper. Il lui semblait que le ciel définitivement serein lui permettait d'espérer en l'avenir.

Cependant, une nuit, après une soirée chez son frère, il ne put s'endormir. Il entendait l'horloge de l'église voisine sonner les quarts d'heure, sans trouver de repos. L'anxiété le gagna. Que s'était-il passé la veille pour qu'il fût à ce point troublé ? Il ne se souvint de rien. La réception qu'Otto avait donnée en son honneur avait été très agréable. Tout le monde avait chaleureusement félicité les fiancés ; on avait dîné, fait un peu de musique, puis, après avoir pris le café, des groupes s'étaient formés et la conversation n'avait pas langui. Mine de rien, un confrère d'Otto s'était entretenu avec Robert. Celui-ci se souvint qu'en voulant allumer le cigare de son interlocuteur, il avait laissé tomber l'allumette ; probablement sa main avait tremblé. Mais aussitôt il crut se rappeler le regard étrange et persistant que le professeur avait posé sur lui. Robert savait aussi qu'il avait parlé beaucoup, très vite et qu'il s'était plusieurs fois trompé de mot, ce qui lui arrivait quand il avait bu deux ou trois verres de vin. Toutes ces bagatelles n'avaient pas dû échapper à l'œil exercé d'un médecin qui certainement avait aussi remarqué l'asymétrie de ses paupières. Otto se méfiait-il de son propre diagnostic, doutait-il dans ce cas précis de sa perspicacité ? Avait-il demandé à un confrère de confirmer ses soupçons ? Ce qui était sûr, c'est que les deux médecins retirés dans l'embrasure d'une fenêtre avaient longuement conféré. Le regard d'Otto s'était même arrêté sur Robert pendant une seconde, mais croisant celui de son frère, il avait détourné les yeux.

Inquiet, Robert alluma, rejeta ses couvertures et courut vers la glace. Il aperçut un visage hâve, aux cheveux ébouriffés, aux pupilles démesurément grandes, qui le bouleversa. Il ne se connaissait pas ce pli à la bouche. Était-ce bien là sa figure ? Oui, sans nul doute, mais telle qu'elle apparaîtrait à quelqu'un qui aurait le don de se glisser derrière le masque soigné de tous les jours et de découvrir le véritable, l'authentique aspect de celui-ci : les traces des folles terreurs qui le traquaient, le persécutaient depuis des années, qui le chassaient à travers le monde. Qu'importait qu'il se fût senti mieux ces temps derniers ? Son entourage ne s'en était pas forcément rendu compte et probablement Otto, en psychiatre sérieux qui savait les nerfs de son frère malades, qui craignait chez celui-ci l'éclosion de la folie, ne cessait-il de l'observer ou de le faire observer. Jamais il n'avait rencontré ce professeur chez son frère – et ce n'était pas par hasard qu'on l'avait invité ce jour-là. Otto s'alarmait, se faisait plus de soucis qu'auparavant. Cependant, pour la première fois depuis vingt ans, le destin semblait favorable à Robert, pour la première fois son moral s'améliorait et il pouvait envisager l'avenir tête haute. Pourquoi Otto choisissait-il ces bons jours pour le suspecter davantage ? Robert ne devait-il pas chercher en son frère plutôt qu'en lui-même les motifs de cette méfiance croissante ? Constatant chez lui les premiers symptômes de dégradation et repoussant le moment de se l'avouer, le démoniaque Otto n'essayait-il pas de conjurer le sort et de transférer le mal dans l'âme tourmentée de son frère, cette âme qu'il jugeait prédisposée ? Que de fois les fous traitent-ils de malades les personnes de leur entourage ! Que de fois un dément s'acharnant à prouver la folie d'un homme bien-portant réussit-il à le faire interner ! Robert se souvenait de maints exemples de cette espèce. Il savait combien il était difficile de rectifier un pareil jugement, de combattre l'opinion publique égarée. Que d'erreurs, que de crimes commis au nom de la raison ! et combien ses propres craintes étaient fondées ! Sa vie durant, toutes sortes d'obsessions, de méchants délires l'avaient torturé, surtout depuis la maladie de Höhnburg et non seulement il l'avait avoué à son frère, mais il l'avait même supplié de le tuer si jamais tout cela s'avérait une atroce réalité. Il le lui avait demandé, il lui avait même délivré un document qui attestait cette obligation d'Otto et mettait sa responsabilité à couvert. N'était-ce pas justement ce malheureux écrit qui avait semé dans l'âme d'Otto le premier germe de perturbation ; sa folie en d'autres circonstances n'aurait-elle pas pris une direction différente ? Heureusement, Otto hésitait, il cherchait du renfort pour assurer son diagnostic. Certes il n'aurait aucune peine à trouver des alliés, puisqu'il était un psychiatre de renom dont personne ne douterait, dont personne ne suspecterait l'état mental. De plus le malade était son frère, un homme dont on connaissait la nervosité et la bizarrerie, un homme qui venait de prendre des mois de congé pour rétablir l'équilibre de ses nerfs. La prudence s'imposait, Robert devait être sur ses gardes, mais la lutte n'était pas vaine. Personne encore n'osait affirmer qu'il avait l'esprit dérangé, personne n'y croyait à l'heure présente, à moins qu'Otto, lui, n'en soit déjà là... Si les autres, même des médecins, n'avaient pas dépisté les troubles mentaux d'Otto — qui étaient sérieux bien qu'ils n'en soient pas au stade du délire — Robert, lui, voyait clair et il était le seul, il avait le droit et même le devoir d'avertir l'entourage du danger. Il ne s'agissait pas seulement de légitime défense, mais aussi de l'intérêt d'Otto. Certes, il fallait être vigilant et puisque Otto avait cherché des alliés, Robert était fondé à en faire autant, c'était ce qu'il devait faire. Aussitôt il pensa à Leinbach. Leinbach n'était pas très considéré par ses confrères, certains d'entre eux le jugeaient absolument nul, mais il était l'ami de jeunesse de Robert et l'aimait à sa façon. Le fait qu'il ne fût pas spécialisé lui facilitait la chose. Il serait un juge impartial. Mieux qu'un autre il comprendrait le cas étrange que lui soumettrait Robert, et, se rendant compte de la position difficile de son ami, ferait tout pour l'aider. Du reste point n'était besoin de l'instruire complètement, quelques allusions suffiraient pour le mettre au courant. Robert résolut de lui parler dès le lendemain, et de garder jalousement son secret vis-à-vis des autres, de n'en rien dire à personne, même à Paule.

Cette décision l'apaisa si bien qu'il sourit à son image ; le miroir lui rendit son sourire. Ce fait, si normal qu'il pût paraître, acheva de le rasséréner. Il s'endormit profondément, se réveilla frais et dispos, travailla sans fatigue, avec ardeur et joie, se sentit tout heureux en quittant le bureau, et se présenta chez Paule si parfaitement calme que la jeune fille n'aurait jamais pu se douter des affres de la nuit précédente d'autant qu'elle était absorbée par une lettre qu'elle venait de recevoir. Son père, raconta-t-elle, réfugié dans un petit port italien, attendait des nouvelles d'un ami d'Amérique. Peut-être deviendrait-il journaliste, et la carrière qui s'ouvrait devant lui le remplissait d'espoir, faisait renaître en lui le goût des voyages et des aventures, et un optimisme tout juvénile. Robert s'étonna que les deux femmes ne fussent pas froissées de tant d'inconscience, mais Paule et sa mère avaient l'air de trouver cela tout naturel. Bientôt il prit congé d'elles pour aller retrouver Leinbach, auquel il avait donné rendez-vous.

Ce fut vers le café qu'il ne fréquentait plus depuis quelque temps qu'il se dirigea. C'était l'occasion de se montrer à ses amis qui avaient pu s'inquiéter de sa longue absence. Tout le monde le félicita de ses fiançailles. Auguste Langer le fit avec une légère grimace qui semblait vouloir dire : « Heureusement que le sort de cette nouvelle victime m'est indifférent. » A peine Robert eut-il conçu cette idée qu'il la rejeta. La mimique de Langer ne signifiait rien et ce soupçon n'était qu'un dernier rappel d'une ridicule folie agonisante.

Leinbach était blessé que son ami et client ne l'eût pas prévenu de ses fiançailles, mais Robert lui fit si bien comprendre qu'il jugeait déplacés les faire-part de fiançailles que Leinbach bientôt abonda dans son sens. Il affirma même que les peuples civilisés devraient abolir les faire-part de mariage et les cérémonies pompeuses que nous ont légués nos ancêtres. Robert le laissa discourir pour l'amadouer, mais comme le médecin, fidèle à son habitude, se perdait en considérations philosophiques, il prit le parti de l'interrompre.

« Si je t'ai donné rendez-vous, lui dit-il, c'est pour te parler d'une chose assez sérieuse qui me préoccupe. »

Sous le sceau du secret il lui confia ses craintes pour Otto et lui demanda s'il n'avait pas remarqué le regard étrange de son frère, sa démarche bizarre, son extrême irascibilité.

« Je le vois rarement, répondit Leinbach, dont le front se barra de rides.

– J'ajoute, reprit Robert, qu'il n'y a pas que moi qui ai constaté ce changement, Marianne aussi. Si tu le voyais plus souvent, tu sentirais combien il est devenu morose, combien il s'est assombri.

– Assombri, répéta Leinbach l'air important, tu as peut-être raison. Il s'assombrit, c'est naturel. Il en est de même pour moi, seulement ma tristesse est moins apparente. Peut-être aussi ne le remarques-tu pas parce que je ne suis pas un de tes proches, parce que tu m'observes moins que ton frère. Quand arrive la cinquantaine, un médecin perd forcément toute joie de vivre, son caractère se rembrunit, à moins qu'il ne soit un propre à rien. Pense un peu – la voix de Leinbach trembla – pense que nous sommes destinés à porter tous les maux de nos malades ; souvent nous ne nous en rendons pas compte, nous les enregistrons dans notre subconscient, et c'est ce qu'il y a de plus grave. Les médecins sentimentaux sont moins à plaindre, ils savent réagir, l'émotion les libère. Mais nous, les forts, nous concentrons tout en nous. Personne ne s'en aperçoit, heureusement, car ce serait un tragique spectacle. Cependant ceux qui nous aiment soupçonnent le drame – et voilà pourquoi l'âme de ton frère te paraît obscurcie, à juste titre. Seuls ceux qui nous aiment savent. Nous-mêmes... »

Robert renonça à l'écouter, il comprit qu'il perdait son temps. Comment ne s'en était-il pas douté ? Pourquoi s'être confié à ce médiocre ? Quelle imprudence !

Kahnberg, qui paraissait avoir oublié le pénible incident lors de leur dernière entrevue, s'approcha. Langer vint à son tour proposer une partie de cartes à Robert. Il accepta, et bientôt le jeu l'intéressa si bien qu'il regretta de s'en être privé longtemps. Leinbach, sans mot dire, regardait les cartes. Mais très vite le silence pesa au médecin. Il s'étendit en considérations générales sur les hauts et les bas de la chance, et sur leurs causes mystérieuses, dont le secret échapperait toujours aux joueurs, mais qu'il se refusait pour sa part à attribuer au seul hasard. Robert était de plus en plus exaspéré. Subitement il jeta avec colère les cartes sur la table et s'écria :

« Trêve de philosophie ! »

Leinbach répondit par un ricanement, mais bientôt il s'éloigna et partit sans prendre congé de son ami. Robert regretta son mouvement d'humeur ; il lui semblait que ses partenaires le considéraient avec surprise et se jetaient des coups d'œil significatifs. Ils reprirent leur jeu ; une heure plus tard, lorsque les comptes furent réglés, Robert put croire que l'incident était oublié. Mais en rentrant chez lui il constata amèrement qu'étant venu chercher un allié il s'en retournait plus seul que jamais et que, si quelqu'un songeait à suspecter sa raison, il avait tout fait pour confirmer ce soupçon.

14

Au lieu d'aller au bureau le lendemain matin, Robert entreprit une promenade dans des chemins particulièrement isolés en cette saison, tout à fait déserts même en ce jour maussade de brouillard, et il aboutit au Prater. Personne ne pouvait soupçonner sa présence en cet endroit, il y était en sûreté, à l'abri de tout danger. Plus tard, comme il déjeunait dans la salle bien chauffée d'une auberge, il constata, non sans surprise, que de toute la matinée il n'avait pas pensé à Paule. Il essaya de la faire surgir devant lui, mais ses traits s'estompaient. Elle lui apparaissait comme un personnage flou appartenant au passé et non comme l'être unique auquel était liée son existence, le seul être qui dût lui importer désormais. Il la voyait sur un balcon, les deux mains appuyées à la balustrade, par-dessus laquelle elle se penchait, tandis que les flocons de neige dansaient autour d'elle. Mais les jardins entrevus quelques jours plus tôt du haut de ce balcon avaient disparu. A ses pieds se déroulait le panorama d'une ville italienne noyée dans la brume, où Robert avait séjourné jadis pendant son voyage de noces. Ce souvenir lointain n'éveilla en lui aucune nostalgie. En ce moment il ne désirait pas plus la présence de l'épouse décédée depuis longtemps que celle de sa bien-aimée. Si à tout prix il fallait qu'il souhaitât quelqu'un à ses côtés, ne serait-ce pas, à sa surprise, le pauvre professeur de piano, cette créature fanée qu'il croyait avoir oubliée ? De tous les humains, c'était elle dont le destin s'accordait le plus au sien, elle qui par de mystérieuses affinités se rapprochait le plus de lui. Si leurs chemins s'étaient croisés un jour pour se perdre à jamais, ce n'était pas l'effet du hasard. Cela avait un sens caché, une signification contenue dans l'avenir. L'image de cette femme pâle devint de plus en plus vivante. Il lui sembla voir sa silhouette passer dans la brume et se fondre lentement dans des plaines, sous les arbres dénudés. Robert se demanda : « Est-ce un avertissement, une mise en garde ? » Que l'apparition n'eût pas été réelle, qu'elle eût été projetée sur l'écran trouble du brouillard par sa seule imagination, il le savait. Il n'en était pas moins persuadé que cette vision voulait dire quelque chose. Présage heureux ? présage néfaste ? voilà ce qu'il ignorait. De pareilles conjonctions pouvaient être décisives dans une vie – mais à qui les révéler ? Personne ne le comprendrait. Et c'était bien là le secret de l'irrémédiable solitude des hommes.

Dans cette salle d'auberge où personne ne pensait qu'il se trouvait en cet après-midi de décembre, au crépuscule précoce, il sentit se dénouer soudain tous les liens qui le matin encore avaient pu lui paraître indissolubles. Sa fiancée, son frère, ses amis, autant d'ombres qui appartenaient au passé. Il lui semblait que de leur côté ils devaient n'avoir gardé de lui qu'un souvenir blême. Et cette pensée le secoua d'un frisson presque suave qui, insensiblement, se mua en inquiétude légère ; enfin monta en lui une telle angoisse que, bravant l'humide pénombre des allées désertes, il se rapprocha de la vie tumultueuse de la ville, comme si chacun de ses pas avait la vertu de ressusciter dans le cœur de ceux qui l'aimaient son souvenir pâli. Il réalisait maintenant qu'une femme l'attendait qui était sienne pour toujours, qu'un frère pensait à lui, un frère qui l'aimait plus encore que ne le faisait Paule, qui l'aimait plus qu'aucune autre créature, puisqu'il était prêt à assumer le pire pour lui épargner la déchéance de la folie. Il frémit. Le danger qui le menaçait redevint présent. La lettre ! Otto possédait la lettre dont dépendait le destin, la vie de Robert. Avant tout, cette lettre, il fallait la détruire. Robert devait la demander à son frère, le supplier de la lui rendre, la reprendre coûte que coûte, de gré ou de force. L'heure des explications avait sonné ; il devait parler de cette lettre à Otto – de cette lettre et de tant d'autres choses... de tout ce qui, profond et mystérieux, s'était noué entre eux depuis la prime enfance peut-être, de ce jeu ambigu de compréhension et d'incompréhension, de fraternité et d'étrangeté, d'amour et de haine ; tout cela devait être élucidé enfin. Il n'était pas trop tard. Robert tenait encore entre ses mains son existence. Otto, également, mais pour lui le moment était venu de se décider entre la santé et la maladie, la lucidité et la confusion, la vie et la mort. Robert, lui, avait pris son parti ; son esprit était clair, son âme sauvée. Une fois encore, la dernière, l'occasion de choisir était donnée à Otto.

En voyant entrer Robert, Otto quitta des yeux son carnet de notes. Dans son regard s'exprimaient à la fois l'étonnement, la désapprobation, un peu de frayeur. Robert, se sentant pris en faute comme un écolier qui se présente à un examen sans préparation suffisante, s'abandonna délibérément à l'inspiration du moment.

« C'est moi, dit-il, et à une heure qui ne m'est pas habituelle, j'en conviens. Est-ce que je te dérange ? »

Son ton joyeux et dégagé sonnait faux, il s'en rendit compte.

« Pas du tout, répondit Otto en consultant sa montre. Assieds-toi. Comment va ta fiancée ?

– Très bien, je te remercie. Elle a beaucoup à faire. Nous avons loué un appartement, je t'en ai parlé. Un petit coin perdu dans la verdure... Mais voyons, je ne voudrais pas te retenir trop longtemps. Ma visite a un but précis. Je te disais l'autre jour que je rangeais mes vieux papiers, comme c'est l'usage dans la situation où je suis. – Il sourit, l'air gêné, puis trouva cette réaction puérile. – J'ai trouvé quelques lettres de notre vieil ami Höhnburg, mort depuis longtemps. » Otto opina de la tête, comme pour affirmer qu'il se rappelait. « Et, poursuivit Robert, c'est à cette occasion que je me suis souvenu d'une lettre de moi, un document fort ridicule que tu as entre les mains, et que je te prie de me rendre.

– Un document ridicule ? »

Otto le regarda, l'air surpris.

« Tu ne peux pas l'avoir oublié, dit Robert, et tout en

sentant qu'il y mettait trop de hâte, il ajouta en éclatant de rire : Mon arrêt de mort.

– Ton arrêt de mort ? répéta Otto de plus en plus étonné, mais un éclair subit dans ses yeux trahit qu'il venait de comprendre.

– Je vois que tu te souviens », dit vivement Robert comme s'il prenait enfin son frère en faute, et il se remit à rire.

Le visage d'Otto n'exprimait plus maintenant que son ironie habituelle :

« Je ne peux pas te garantir que ce fameux document soit encore ici, car je range mes papiers de temps en temps et je brûle le fatras inutile. Il est donc possible que ta lettre ait été dévorée par les flammes. Cependant, si tu y tiens, je vais tâcher de la retrouver. »

Le calme avec lequel il parlait paraissait affecté.

« C'est ça, dit Robert vivement, un jour que tu en auras le temps, cela me rendrait service. Tu me comprends, n'est-ce pas ? Je ne veux pas que cette lettre tombe un jour entre les mains de mes neveux et qu'ils se moquent de leur vieux fou d'oncle mort depuis longtemps.

– Ta renommée posthume t'inquiète ? fit Otto, mais je crois qu'inconsciemment j'y avais songé avant toi. Le document assez ridicule dont tu parles n'existe plus, j'en suis presque certain. Du moins y a-t-il des années que je ne l'ai plus vu.

– Moi non plus je n'y pensais plus, mais vois-tu, avant de faire le pas décisif que je projette, je voudrais en finir avec un passé trop triste ; tu me comprends, Otto, n'est-ce pas – je voudrais détruire tout ce qui rappelle les périodes troubles de mon existence. Ah ! si tout pouvait s'anéantir comme ce morceau de papier ! »

Otto s'était levé ; il s'approcha de son frère assis dans un fauteuil en face de lui, et d'un geste amical qui parut excessif à Robert, il posa sa main sur son épaule. D'une voix trop douce, il dit :

« Crois-tu vraiment que j'aurais jamais profité de la généreuse permission que tu m'octroyais ? » Et il ajouta, en essayant de plaisanter : « Mais il y a longtemps alors que j'aurais dû m'acquitter de cette mission !

— Tu as raison sans doute, acquiesça Robert, l'air accablé. Mais vois-tu, tout cela n'est plus. Dieu merci ! Tout est changé depuis que j'ai Paule. Quelle chance pour moi de l'avoir trouvée, quelle chance imméritée ! Et tu sais, j'ai failli passer à côté. »

A son grand étonnement, il pouvait enfin parler à son frère à cœur ouvert et plus librement que d'habitude. Il lui conta ses misères passées, combien il s'était senti perdu, abandonné, dans un état crépusculaire ; son travail ne le satisfaisait pas, il ne pouvait avoir aucun plaisir, il était harcelé par toutes sortes de hantises, étranges et absurdes. Mais la rencontre de Paule l'avait sauvé, le monde à ses yeux reprenait des teintes plus claires, même ses affaires l'intéressaient comme jamais et surtout la musique, que Paule comprenait comme lui, avait reconquis son âme. Paule était la compagne rêvée ; elle avait su dissiper pour toujours le nuage menaçant si longtemps suspendu sur sa tête.

Il disait tout cela non seulement pour s'en persuader lui-même ou pour s'épancher, mais encore — il le savait — pour se concilier Otto, pour l'éclairer, pour dissiper sa folie.

« Oui, c'est un grand bonheur, observa Otto, interrompant le flot de paroles de Robert, tous nous sommes ravis que tu aies enfin trouvé la femme qu'il te fallait. Est-ce que la date de votre mariage est fixée ? »

« Que signifie cette question ? se demanda Robert. M'accorde-t-il un délai ? Veut-il simplement m'empêcher de transmettre une tare à mes descendants ? » Cependant il répondit simplement :

« Non, la date n'est pas fixée, ce sera pour le mois de mars, nous partirons aussitôt après. »

Otto sourit : « C'est un prétexte pour voyager que tu cherches en te mariant ?

— Non, dit Robert, du reste notre absence sera

courte – je ne peux pas de nouveau prendre plusieurs mois de congé.

– Où irez-vous ?

– En Dalmatie. Je voudrais montrer Spalato à Paule, le palais de Dioclétien, Raguse... »

Le médecin acquiesça. Dans leur jeunesse, les deux frères avaient fait à Pâques un voyage en Dalmatie avec leurs parents, et Otto en rappelait les détails à Robert. Sa voix devenait chaude et vivante ; se perdant dans leurs souvenirs communs, il finit par évoquer la maison familiale où s'était écoulée leur enfance. Cette vieille maison, située naguère dans le centre de la ville, n'existait plus. Robert, en l'écoutant, éprouva une miraculeuse paix intime, un sentiment de quiétude qu'il ignorait depuis longtemps. Mais soudain il fut honteux de cette émotion, ne voulut pas être dupe, et, levant brutalement la tête, il fixa sur son frère un regard inquisiteur et froid qui interloqua celui-ci. Lui-même, du reste, fut saisi d'épouvante. Ce visage qu'il avait devant lui, ce visage blême aux yeux écarquillés, à la bouche douloureuse, n'était-ce pas le même que la glace lui avait reflété un soir ? La ressemblance était trop frappante. L'espace d'un instant, il se demanda si les mystérieux liens de la parenté n'avaient pas accompli ce prodige, si ce n'était pas – plutôt que le sien – le portrait de son frère que le miroir avait fait surgir tel un avertissement ou une menace. Maintenant qu'il se sentait observé, démasqué, Otto se composait une figure. Il essaya de sourire, et ne réussit qu'une horrible grimace. Puis, l'air gêné, la voix contrainte, il dit :

« Oui, mon vieux, que de souvenirs ! nous pourrions en parler pendant des heures ! Malheureusement... » Il s'interrompit, ferma le livre ouvert sur son bureau, rangea ses papiers, porta la main à la poche de son veston où il serrait son carnet de notes, puis se tourna vers Robert qui venait également de se lever : « As-tu vu les enfants et Marianne ? » Robert secoua la tête. Otto dit avec empressement : « Ma femme raffole de Paule, tu sais ? »

Il avait sonné ; le domestique, interrogé, répondit que Madame était sortie. Ils se dirigèrent tous deux vers la chambre des enfants qui dînaient, et qui trouvèrent mauvais que leur oncle s'éloignât aussitôt avec leur père, dont il semblait ce jour-là partager la hâte.

Dans l'escalier, Otto invita Robert à dîner un soir avec sa fiancée dans l'intimité et à faire un peu de musique.

« Il paraît que Paule joue si bien du violon ! » dit-il.

Robert opina de la tête et répondit :

« Nous viendrons avec plaisir. »

Mais en son for intérieur il pensait : « Je m'en garderai bien. A quoi bon ? Pour me faire examiner une fois de plus par un soi-disant spécialiste ! » De la fenêtre du coupé, Otto sourit encore à Robert, qui lui rendit son sourire.

« Le temps presse, il faut prendre des précautions », se persuadait-il chemin faisant. Personne ne songera à mettre en doute le diagnostic d'un médecin célèbre comme lui. Et quand je serai interné j'aurai le temps de devenir fou avant que l'on ne s'aperçoive de son erreur. Peut-être vaudrait-il mieux que j'évite de le voir, que je disparaisse pour quelque temps. Sa folie se détacherait vraisemblablement de moi pour se poser sur un autre objet. J'ai fait des expériences analogues naguère, lorsque moi-même je souffrais d'obsessions. Hors de la vue, hors du sens... Hors de la vue, hors du non-sens. Mais je ne partirai pas seul. J'emmènerai Paule. Me suivra-t-elle ? Sans doute ! Il me suffit d'un mot ; elle sera prête.

Paule l'attendait, nerveuse.

« D'où viens-tu ? Où as-tu passé la journée ? »

Il fut surpris de sa question, ayant complètement oublié qu'il n'avait pas été au bureau le matin. Paule raconta qu'elle avait téléphoné au ministère, puis à l'hôtel, et que, ne pouvant le joindre, elle avait demandé deux fois son frère pour savoir où il était. Robert trouva singulier qu'Otto ne l'eût pas mis au courant de ces appels, mais il se tut, ne voulant paraître ni gêné ni méfiant. Il donna un tour humoristique à sa réponse et joua le pécheur pris en faute. Il avoua qu'il avait eu une envie irrésistible d'école buissonnière comme jadis dans sa merveilleuse enfance, et qu'il était parti tôt le matin à la campagne.

Paule parut rassurée, et ne lui reprocha que de ne l'avoir pas emmenée, ou du moins prévenue de sa fugue. Ils étaient, comme il leur arrivait souvent maintenant, dans la chambre de la jeune fille, dont les meubles laqués blancs, les tapis clairs et les gravures étaient teintés de rose par le reflet de la suspension. Robert attira Paule à lui et l'embrassa. Mais il était distrait. De vagues desseins de fuite traversaient son esprit ; il essayait de se concentrer, d'établir un plan pour l'avenir.

« Mais qu'as-tu ? » demanda Paule.

Il eut alors une idée qui lui parut merveilleuse et utile pour tout ce qu'il entreprendrait. L'air détaché, il dit :

« Sais-tu qui j'ai croisé ce matin ? Le fiancé de la jeune femme dont je t'ai parlé.

– Quelle jeune femme ? Malgré ta discrétion, tu en as cité plusieurs.

– Il s'agit de celle qui a passé l'été en Suisse avec moi.

– D'Alberte ? Tu l'as rencontrée ?

– Non, pas elle, son fiancé.

– L'Américain ?

– Oui, l'Américain.

– Son mari, alors ?

– Comment ? – Ah oui ! c'est vrai... »

Il avait oublié que Paule ignorait le contenu de la dernière lettre d'Alberte, et décida d'en profiter pour mettre son plan à exécution. Il répéta donc :

« Son mari, oui, à supposer qu'il l'ait épousée.

– Alors Alberte doit être à Vienne ?

– C'est possible, mais je n'ai vu que lui.

– Tu lui as parlé ?

– Non, il ne m'a pas vu, il était sur l'autre trottoir. »

Très vite, pour ne pas paraître attacher d'importance à cette rencontre imaginaire, il changea de sujet. Paule, sa mère et lui dressèrent ce soir-là une liste des objets qu'ils devaient acheter pour installer leur nouvel appartement, et il fut décidé que les deux fiancés feraient leurs emplettes le lendemain. Robert s'en alla tard, apparemment de fort bonne humeur, et persuadé d'avoir calmé toutes les inquiétudes de Paule.

15

Le lendemain matin, comme Robert s'apprêtait à sortir, il trouva son frère sur le seuil. Il pâlit, mais, arrivant vite à cacher son émotion, s'écria, l'air joyeux :

« C'est toi ! quelle chance ! Ne veux-tu pas...

– Tu étais sur le point de partir ? »

Otto se tenait devant lui, les deux mains dans les poches de sa pelisse ; sa figure réjouie exprimait une satisfaction de mauvais aloi.

« Non, non, ça ne fait rien, je ne suis pas pressé, entre. »

Il le poussa devant lui et ferma la porte.

« Je voulais te proposer, dit Otto, de venir dîner ce soir avec ta fiancée et sa mère.

– Volontiers, avec plaisir.

– Et je saisis cette occasion pour voir ta chambre ici ; tu ne l'habiteras plus longtemps. – Il jeta un regard circulaire autour de lui. – C'est très bien. »

Puis il s'approcha de la fenêtre, contempla longuement la statue de pierre de saint Christophe sur laquelle la neige était demeurée, et parut réfléchir. Derrière lui, Robert, également en pardessus, le chapeau à la main, observait la tête grisonnante de son frère. Elle émergeait du col de fourrure et se penchait en avant, étrangère, lasse et vieille comme si elle eût été celle d'un inconnu. « Que signifie cette visite ? se demanda

Robert. Que me veut-il ? A-t-il une drogue empoisonnée qu'il répand dans la pièce et dont les relents nocifs me tueront lentement ? » A tout hasard il résolut d'ouvrir la fenêtre aussitôt après le départ d'Otto. Celui-ci venait de se retourner. Robert prit un air détaché et crut voir les yeux de son frère se troubler tandis qu'Otto s'avançait vers lui et disait en souriant :

« J'espère que te voilà définitivement raisonnable.

– Définitivement ? répéta Robert, imitant le ton plaisant de son interlocuteur. Sait-on jamais ? Plus qu'un autre j'ai lieu de me méfier. Mais crois-tu qu'il soit nécessaire d'être absolument raisonnable, définitivement raisonnable ?

– Oui, à mon avis, repartit Otto, l'air grave, la voix presque dure.

– Prouve-le ! s'entêta Robert. Tiens, je te concède que je suis fou, je ne m'en défends pas. Mais si je le suis, je suis très heureux comme cela, et voilà ce qui importe. » Il lui semblait avoir trouvé une nouvelle chance de salut. « Jamais je ne me suis senti si bien, affirma-t-il en appuyant sur les mots. Ne te mets pas martel en tête pour moi. Ne te fais pas de soucis, je ne donnerais ma place à personne. »

Otto dont le visage était resté impassible répondit d'une voix distraite :

« C'est parfait alors. » Et subitement, comme s'il venait de se rappeler ce détail, il tira de sa poche un papier plié en quatre. « Tiens, dit-il, l'air très naturel, j'allais oublier de te rendre ta lettre.

– Quelle lettre ? »

Robert ne comprit pas tout de suite ce dont il s'agissait.

« Celle que tu m'as réclamée hier. J'ai pu la retrouver, Dieu merci. La voilà, allons, ajouta-t-il en souriant, regarde-la pour être sûr que c'est elle et que je n'ai fait aucune substitution. »

Robert respira profondément comme si une grâce venait de lui être accordée. Ses yeux se mouillèrent, il ne put retenir ses larmes et une force invincible l'attira contre la poitrine de son frère où il s'effondra en sanglotant. Pendant un moment il demeura ainsi et sentit, timides et bienveillantes, de douces mains glisser sur ses cheveux. Toute son enfance ressuscita, et les tendres caresses de ses parents. Mais à peine avait-il pris conscience de cette merveilleuse impression de sécurité qu'une autre idée lui traversa l'esprit : que signifie tout cela. Pourquoi a-t-il recherché cette lettre ? Pourquoi me l'a-t-il rapportée ? Veut-il endormir ma méfiance ? Oui, c'est cela. Il peut se passer de ce document. D'autres que lui doivent le connaître ; il en a une copie qu'il a fait légaliser par un notaire. Il n'a plus besoin de l'original. Maintenant il pense que je ne peux plus lui échapper. Maintenant il prononce mon arrêt de mort. Ses mains me caressent, mais ce geste n'a rien d'une bénédiction, c'est un adieu, un verdict. Il sentit en même temps qu'il ne devait à aucun prix se trahir, aussi resta-t-il pendu au cou de son frère jusqu'à ce qu'il eût repris son sang-froid et se fût composé un visage serein. Ensuite il se dégagea et, l'air joyeux, regarda la figure d'Otto, livide et figée dans un sourire. Otto était-il d'ores et déjà résolu à accomplir ce à quoi l'autorisait cette lettre ? La restitution du papier était-elle un acte délibérément sournois ? Robert n'en savait rien. Ce qu'il savait, c'était que la décision de son frère, pour peu qu'elle chancelât maintenant, pouvait l'instant d'après devenir irrévocable. Il n'y avait plus qu'à fuir, fuir le jour même, car le lendemain déjà pouvait être fatal. Où ? N'importe ! Tout s'arrangerait une fois que Paule et lui auraient quitté la ville. Il se maîtrisa si bien que rien dans ses traits ne révéla sa pensée. La lettre qu'Otto venait de lui rendre, il la tenait toujours. Distraitement il la parcourut sans vraiment la lire, puis il la déchira et la jeta au feu avec un rire narquois à l'adresse de son frère.

« La voilà réduite en cendres », proféra Otto d'un ton solennel et pathétique qui ne lui était guère habituel.

« Maladroit ! » pensa Robert, et du pied il ferma la porte du poêle.

« Tu devrais être au ministère depuis longtemps, observa Otto qui affectait la plus parfaite insouciance. Veux-tu que je t'y dépose ?

– Merci, avant le travail, je préfère marcher un peu, l'air pur de l'hiver me fait du bien. »

Les deux frères quittèrent ensemble la chambre, après que Robert eut consciencieusement ouvert la fenêtre.

« Nous comptons sur vous ce soir », reprit Otto dans l'escalier.

Robert acquiesça de la tête et songea : « C'est pour ce soir. C'est ce soir qu'il mettra une drogue dans le vin ou dans le café. On dira que je suis mort d'un arrêt du cœur et le tour sera joué. Que de fois pareille chose a-t-elle dû se produire sans que personne s'en doute ! »

Devant la porte ils prirent congé l'un de l'autre. Otto pria Robert d'être exact pour dîner, monta dans son coupé et s'absorba dans son journal avant que la voiture ne se fût ébranlée. Une fois seul, Robert réfléchit. Il avait du temps devant lui, rien ne le menaçait avant huit heures du soir, il pouvait aviser tranquillement et faire ses préparatifs. Il se rendit au bureau d'abord, tenant à y faire acte de présence pour ne pas éveiller de soupçons. A sa grande surprise, le travail l'intéressa si bien qu'il put annoter et corriger le projet qui lui était soumis. On eût dit que rien ne venait de bouleverser sa vie. Bientôt il regretta de ne pouvoir terminer cette tâche. Le baron Prandter le fit demander vers midi. Les deux hommes étudièrent ensemble quelques détails. Robert développa ses idées en termes concis et clairs, et sollicita un congé de quelques jours pour terminer à tête reposée, chez lui ou à la campagne, le travail commencé. Il était résolu à l'emporter, à le mener à bonne fin, à le renvoyer au ministère. Ne serait-ce pas là une preuve éclatante de son parfait équilibre mental ?

« Qu'avez-vous ? »

La voix de Prandter lui parvint comme à travers un rêve. Il se secoua. Se pouvait-il que ses pensées secrètes se fussent trahies dans ses yeux, dans l'expression de son visage ? Le regard effrayé de son interlocuteur révélait une inquiétude longtemps contenue. Aussitôt il se souvint d'une série d'incidents survenus depuis quelques jours et auxquels il avait eu le tort de n'attacher aucune importance : ses collègues l'épiaient, ses chefs avaient interrompu une conversation en le voyant entrer inopinément. Il frémit de honte et de peur en songeant que tout son entourage avait été mis en garde et prévenu de ses troubles mentaux. Peut-être à cette heure Otto était-il auprès de Paule, et semait-il la plus horrible méfiance dans le cœur de la jeune fille. Peut-être la préparait-il à l'acte épouvantable qu'il envisageait pour s'innocenter d'avance, pour lui apparaître après comme un sauveur, un bienfaiteur...

« Qu'avez-vous ? » répéta le baron en posant sa main sur l'épaule de Robert.

Robert fit un effort désespéré pour se ressaisir : il ne fallait pas surtout qu'un soupçon dangereux devînt par sa faute une certitude mensongère. Il passa la main sur son front, et répondit calmement :

« Je n'ai rien, baron, une vieille migraine, un mal subit, un dernier rappel de ma maladie nerveuse de l'an dernier. C'est passé. »

Soulagé, le baron respira.

« Allons, tant mieux ! dit-il, j'espère que ces dernières séquelles disparaîtront pendant votre séjour à la campagne. »

Robert se récria :

« Je n'ai pas besoin de repos, absolument pas ; j'emploierai les quelques jours que vous voulez bien m'accorder à terminer ce travail qui m'intéresse. Je vous soumettrai le projet sous sa forme définitive ; vous ne l'avez que trop attendu. »

Il compléta ses explications précédentes, fit un résumé précis, et obtint l'approbation de son chef. Quand Robert quitta Prandter, il put croire que ce petit incident était complètement oublié.

16

Les cloches de la ville sonnaient midi tandis que Robert se rendait en hâte chez sa fiancée. En le voyant entrer dans sa chambre à cette heure insolite, Paule parut surprise, presque effrayée. Mais il avait l'air si content qu'elle sembla se calmer. Robert constata avec satisfaction qu'elle du moins n'avait pas été prévenue contre lui, et qu'il était inutile, pour le moment, de lui révéler la sinistre folie d'Otto. Il la prit dans ses bras, l'embrassa tendrement et, poursuivant son idée de la veille, il lui demanda du ton passionné qu'il avait parfois :

« Serais-tu capable de partir avec moi ?

– De partir ?

– Oui, pour quelques jours à la campagne.

– Partir à la campagne ? avec toi seul ?

– Oui, avec moi seul – tout seul. »

Il l'attira à lui.

« Qu'est-il arrivé ? s'inquiéta-t-elle, les yeux écarquillés.

– Rien encore ; mais je t'ai parlé hier de l'Américain qui se trouvait à Vienne. Je peux te dire aujourd'hui qu'il est ici pour moi.

– Pour toi ? Que signifie cela ?

– Cela signifie qu'il a de sombres projets.

– De sombres projets ? Je ne comprends pas.

– Hier, comme je voulais rentrer à l'hôtel, je l'ai vu rôder dans l'ombre de l'église. Il me guettait. Tu me demandes pourquoi. C'est très simple. Il est jaloux, tardivement et rétrospectivement jaloux.

– Comment le sais-tu ? Alberte est-elle là ?

– Je... n'en sais rien... je ne crois pas, elle doit être restée là-bas. Peut-être l'a-t-il depuis longtemps assassinée.

– Assassinée ? »

Paule le regarda fixement.

Il répliqua, comme s'il traitait d'une affaire :

« Pourquoi pas ? Ces choses peuvent se produire, personne ne s'en doute et personne ne l'apprend. Du reste cela ne nous concerne pas. Admettons qu'elle vive. – Il se mit à rire. – Ce qui m'importe, à moi, et ce qui seul doit t'importer, c'est qu'il soit là, lui, et qu'il m'en veuille à mort. Je lui ai échappé hier soir, je me suis faufilé sous le porche, à son insu. Il a déambulé la moitié de la nuit sous ma fenêtre – peut-être la nuit entière, je ne sais pas, j'ai fini par me coucher.

– Et ce matin ?

– Je ne l'ai pas vu. Il se croit sûr de sa proie. Mais il se trompe. Je pars, et tu m'accompagneras. – Il la regarda dans les yeux. Elle inclina la tête. – Une fois parti, je ferai le nécessaire. Ce ne sera pas difficile. Mais je veux disparaître pour quelques jours ou quelques semaines. Je trouverais ridicule de rester à la merci d'un insensé. Me trouves-tu lâche ?

– Jamais de la vie.

– Paule, il faut que tu viennes avec moi ! Tu ne diras rien à ta mère. De la gare, tu lui écriras un mot ; ce sera suffisant. Paule, pourquoi ne réponds-tu pas ? Tu as des remords ? Tu regrettes de m'avoir promis de me suivre ? Dis-le, avoue-le ! Les préjugés bourgeois te retiennent ?

– Non, ce n'est pas cela, Robert, mais je pense...

– Que penses-tu ?

– Qu'il serait plus sage d'essayer de tout arranger sur place.

– De tout arranger ? Tu n'as pas l'air de me comprendre. Le temps presse. Personne ne doit savoir ce que je viens de te confier. Personne, entends-tu, au péril de ma vie et de la tienne. Oui, de la tienne, croismoi. J'ai bien réfléchi. Repose-toi entièrement sur moi. Je t'attends à la gare de l'Ouest au train de six heures. Ce n'est pas la peine d'emporter beaucoup de choses ; nous arrivons à dix heures à l'endroit que j'ai provisoirement choisi comme refuge.

– A quel endroit ?

– Permets-moi de ne pas te le nommer. Tu serais

capable de te trahir par pure inadvertance. Peut-être est-ce par superstition aussi que je préfère me taire. Fais-moi confiance, et jure-moi d'être à la gare à l'heure fixée. Sans cela tous mes efforts seraient vains. Je suis perdu sans toi, perdu, j'en ai la ferme conviction. Si tu ne viens pas, ou si tu ne viens pas seule, tout sera fini. Me comprends-tu ? Paule, tu seras là, n'est-ce pas ? et tu ne parleras à personne, à personne, tu m'entends... » Il voulut ajouter : Pas même à mon frère, mais il s'abstint. « Puis-je compter sur toi ? Viendras-tu ?

– Évidemment », dit Paule.

Elle se tenait devant lui, pâle comme une morte, avec un sourire douloureux. Mais il ne vit pas l'altération de ses traits.

« C'est parfait, dit-il. Je vais m'en aller, ma chérie.

– Déjà ? »

Sa voix était mal assurée.

« J'ai beaucoup de choses à faire, quoiqu'il ne s'agisse que d'un voyage de quelques jours ; excuse-moi. »

Il se leva ; elle lui serra fortement les deux mains.

« Veux-tu que je t'accompagne ?

– Chérie, non. Je préfère que tu restes ici et que tu fasses tes préparatifs. Ce n'est pas la peine d'emporter beaucoup de choses pour ce voyage... notre voyage de noces », ajouta-t-il très bas en l'attirant fougueusement à lui. Il la sentit tremblante dans ses bras, et crut à un trouble virginal. « Au revoir », dit-il avec un geste de tête allègre comme si tout cela n'était que plaisanterie. Il embrassa ses lèvres fraîches et quitta la chambre.

Il dévala l'escalier dans la crainte qu'elle le rappelât, et continua à marcher vite dans la rue. « N'est-ce que pour quelques jours ? se demandait-il. Est-il possible que ma seule disparition ramène Otto à la raison ? N'est-il pas infiniment plus probable que mon départ subit le conforte dans sa suspicion, qu'il me cherche, qu'il me poursuive ou me fasse poursuivre, et qu'il finisse par me repérer ? Non, cela ne sera pas. Je serai plus fin que lui. Ils ne me trouveront pas. Si je simulais le suicide ? L'idée n'est pas mauvaise. Un double suicide. Paule et moi, nous laisserions une lettre comme cela se fait communément. Personne ne s'en étonnerait, personne ! Ni le baron Prandter ni M. Kahnberg. Et Otto moins que les autres. Son idée fixe serait ainsi confirmée. Je lui aurais épargné un effort. Voilà certainement ce qu'il en penserait. Et ce serait lui le vainqueur. Le vainqueur ? S'agit-il d'une lutte ? Jouons-nous au plus malin ? Non, il faut que je m'y prenne autrement. Il faut que je prouve sa folie. Oui, voilà l'essentiel. Si je ne réussis pas, je n'aurai de paix nulle part. Nous ne pouvons pas nous cacher une vie durant, Paule et moi. Ce serait tentant, j'en conviens : disparaître, commencer une vie nouvelle, ailleurs, sous un nom d'emprunt... devenir un homme nouveau. Ah ! si c'était possible !... »

Arrivé dans la banque où était déposée sa modeste fortune, il entra et préleva une somme assez importante. Il bavarda avec un employé qu'il connaissait personnellement ; tout en riant, Robert lui confia qu'il projetait une transaction financière. Après avoir empoché l'argent, il déjeuna dans un petit restaurant où il n'avait jamais été, et regagna son hôtel avant deux heures. Le portier lui raconta qu'un monsieur l'avait demandé et n'avait pas laissé sa carte. D'après la description, Robert crut deviner qu'il s'agissait d'Auguste Langer, mais un détail l'inquiéta. A quelques pas de l'hôtel, un autre monsieur avait attendu ce visiteur dans une voiture. En était-on déjà là ? Robert monta l'escalier en hâte. Ces deux hommes, il n'en doutait pas, étaient venus le chercher pour le mettre provisoirement dans un établissement. Dans ce cas, c'en serait fait de lui. Il ne lui restait qu'un seul parti à prendre : filer. C'eût été folie que de séjourner un quart d'heure de plus en un endroit où sa liberté, sa vie étaient menacées. Il devait quitter immédiatement l'hôtel comme pour faire une simple promenade et partir par le premier train sans attendre Paule. Il mit dans sa poche quelques papiers importants, ferma ses armoires à clef, quitta sa chambre dix minutes après y être entré, alluma une cigarette sous le porche et s'éloigna lentement, l'air détaché. Quand il fut loin de l'hôtel, il héla une voiture, acheta tout ce dont il avait besoin pour les prochains jours, même un sac de voyage, y mit ses effets et fut à la gare un quart d'heure avant le départ du train de trois heures. Installé dans la salle d'attente, il griffonna quelques lignes à l'adresse de Paule : il était forcé de partir quelques heures plus tôt qu'il ne l'avait prévu, il lui en dirait les raisons de vive voix, il lui demandait de quitter Vienne à l'heure convenue et il serait à dix heures à la station pour l'accueillir. Cette fois il était obligé de nommer l'endroit qu'il avait choisi, mais il la suppliait d'être discrète, de se souvenir que leurs vies étaient en danger. Il terminait par ces mots : « Je n'ai pas le loisir de t'en écrire davantage. Tu sais tout. Ne me laisse pas attendre en vain. Ma bien-aimée, je t'en conjure, sois discrète, ma... nos vies sont en jeu. » Il confia cette lettre au cocher qui l'avait amené. Quelques minutes après, le train l'emportait.

17

Le soir tomba vite sur cette grise journée de décembre. Quand le train eut traversé la banlieue de Vienne et les agglomérations aux villas luxueuses, la neige se mit à tomber, légère d'abord, puis de plus en plus dense. Les toits, la forêt, les collines, la route scintillaient d'un blanc doux et apaisant. Seul dans son compartiment, Robert essaya de lire les journaux qu'il venait d'acheter, mais les nouvelles qu'ils contenaient l'intéressèrent si peu qu'il s'endormit.

Quand il se réveilla, le train se glissait à travers une vallée étroite. La chute des flocons avait cessé, mais la nappe glacée qui couvrait les hauteurs, les pins et les sapins, éclairait la nuit. Les rochers se resserrèrent à tel point que le grondement du fleuve paraissait centuplé par l'écho. Sur le ciel hivernal et bleu qui s'arrondissait au-dessus des cimes lointaines, quelques étoiles se détachaient. Le train s'arrêta. Robert ouvrit la fenêtre. La caresse de l'air vif le rafraîchit, le silence du dehors lui parut consolant et bon. L'étrange caractère de son voyage le troubla. N'était-ce qu'un voyage ? Cette fuite qu'il avait préparée ne finirait-elle pas par devenir simplement une aimable fugue ? Un dernier espoir l'effleura. Peut-être s'était-il trompé ; si son frère n'était pas fou, tout pouvait encore s'arranger. Il expliquerait à Paule qu'il n'avait inventé l'histoire de l'Américain jaloux que pour la faire consentir à ce voyage de noces prématuré. Mais l'accalmie ne dura pas. Il réagit contre un optimisme trompeur qui ne pouvait provenir que d'une détente nerveuse. L'illusion lui parut dangereuse. Il se rappela le dernier regard de son frère, le matin, et comprit qu'il n'était ni plus ni moins qu'un fuyard.

Le train venait d'entrer dans la gare du bourg où Robert avait passé naguère quelques jours avec Alberte ; c'était l'endroit qu'il avait choisi pour s'y réfugier provisoirement. Il eut peine à reconnaître sous cet aspect hivernal le paysage dont le souvenir était paré des couleurs éclatantes de l'été. Maintenant ce long village qui l'accueillait, couvert de neige, lui paraissait étranger, jamais vu. Il confia son sac à un commissionnaire et suivit celui-ci sur un pont. En bas grondait le torrent. Puis il s'engagea sous les arbres qui longeaient l'eau et dont les cimes dépouillées formaient l'été un dôme de verdure. Il arriva à une voûte où une lanterne en fer forgé éclairait d'une lumière orangée la place principale déserte, la fontaine silencieuse et l'auberge elle-même. On lui assigna une chambre spacieuse dont la fenêtre ogivale était orientée vers la montagne baignée d'une lueur blafarde. Au mur, au-dessus de la commode, se trouvait une gravure de la Vierge qui paraissait grandeur nature. Le lit large était encadré par des rideaux d'indienne. Robert se déclara satisfait et prévint que sa femme arriverait le même soir par le train de dix heures. La suspension éclairait si faiblement la pièce qu'il réclama deux bougies. On lui posa les bougeoirs de cuivre sur l'immense table boiteuse et il resta seul. Son regard, un moment, survola à travers la vitre les toits, les champs et les pentes boisées couverts de neige et contempla les pics sillonnés de crevasses immaculées ; la roche grise, aux parois minces, incorporelles, le fixait. Bientôt le gros poêle de faïence verte fit entendre le craquement du bois qui se consumait. Sans quitter sa pelisse, Robert s'assit dans le fauteuil de cuir noir à large dossier poussé contre le lit. Trois heures de solitude ! Il comptait mettre à profit ce temps pour consigner soigneusement, en formules brèves, les raisons de son brusque départ. Il ne savait pas encore si ce travail devait être montré à quelqu'un ou s'il l'entreprenait simplement pour se concentrer et se calmer. Quand on lui eut apporté du papier, il s'installa à la table et écrivit. Son style devenait clair et précis comme jamais il ne l'avait été tandis qu'il racontait point par point, en commençant malgré lui par sa date de naissance, les événements importants de son enfance, de son adolescence, de sa jeunesse, jusqu'à ce jour. Sa plume courut pendant deux heures. En guise de conclusion provisoire, il nota : « Impression de responsabilité dans les idées délirantes de mon frère. Lui et moi : deux incarnations de la même idée divine ? L'un de nous devait sombrer dans les ténèbres. C'est lui que le sort a désigné, bien que la balance penchât d'abord de mon côté. » Il enferma ce texte dans son sac de voyage et sortit prendre l'air.

Derrière les fenêtres embuées de la salle d'auberge, des gens du pays buvaient de la bière. Leurs voix arrivaient jusqu'à lui. Il traversa la place et continua sa promenade solitaire, rencontra çà et là quelques paysans en costume. Un couple d'amoureux insoucieux du froid était assis sur le banc près du fleuve. Il s'enflamma et réalisa qu'il attendait sa fiancée. « Elle sera là dans une heure, songea-t-il, je ne m'en rendais pas compte. Quand elle me sera rendue, tout sera lumineux. Depuis que je l'ai quittée, à midi, j'ai vécu en rêve. En fait, mon existence entière n'a été qu'un rêve. Voilà pourquoi l'instant où j'ai abandonné Paule me paraît presque plus lointain que le jour où je me promenais ici avec Alberte. »

Il traversa le pont et arpenta bientôt le quai de la gare. Les rails rectilignes et noirs tranchaient sur la voie blanche et se perdaient dans le lointain. Le chef de gare passa et le salua avec courtoisie. D'un point qu'il ne put déterminer, Robert entendit le chant des fils télégraphiques. Les rochers bleus pointaient dans la nuit. « Quelle paix ! pensa-t-il. Si tout allait s'arranger ? Otto ne pourrait-il pas guérir dans ce calme ? Il faut qu'il guérisse, il le faut. Comment pourrais-je jouir de la vie, respirer, s'il ne recouvrait pas la santé ? » Et il comprit qu'il n'aimait personne au monde autant qu'Otto. Une fois de plus, il sentit qu'il n'existait aucune autre relation, aussi intense, aussi stable par nature que celle de frère à frère. Ce qu'il ressentait pour Otto, chevillé aux fibres les plus profondes de son âme, était plus fort que l'amour paternel et filial, plus grand que ne pouvait l'être l'amour pour une femme. Et il résolut de maîtriser le destin qui menaçait de détruire ce lien si mystérieux et si puissant entre deux êtres humains.

Un sifflet retentit, puis le vacarme d'un train qui entrait en gare, vomissant des jets de fumée noire. Un monsieur vêtu d'un court manteau de fourrure descendit d'un des compartiments, quelques paysans suivirent puis une vieille femme. Le porteur s'empressa près du monsieur à la pelisse et avec force courbettes se chargea de ses bagages. Un second coup de sifflet ! Le train démarra et se perdit dans la nuit.

Robert, immobile, le vit disparaître. Il ne comprenait pas. Au bout de quelque temps, l'air calme, il s'éloigna, s'étonnant d'être à peine déçu. Il regagna lentement l'auberge, se disant : « Je vais trouver un télégramme ou alors j'en recevrai un dans le courant de la soirée. Paule doit avoir manqué le train, à moins qu'elle n'ait de graves raisons pour avoir remis son départ. Elle ne sera là que demain à midi ; je ne la vois guère arriver à deux heures cette nuit par le dernier train. »

Aucun télégramme ne l'attendait ; Robert entra dans la salle enfumée aux voûtes basses, où le groupe de buveurs était encore attablé près d'une fenêtre embuée. Un peu plus loin, un vieillard fumait sa pipe et, l'œil terne, regardait un journal qu'il ne lisait pas. Sans que personne s'occupât de son arrivée, Robert s'installa dans un coin, commanda son dîner et, tout en mangeant de bon appétit, réfléchit. Il sentait maintenant qu'en échafaudant des hypothèses optimistes, il n'avait cherché qu'à se leurrer. Si Paule avait voulu le rejoindre, rien ne l'aurait retenue. Elle n'avait pas voulu, elle n'était pas venue, elle l'avait abandonné. Il en comprenait la raison. La ridicule histoire de l'Américain avait éveillé ses soupçons, la conduite étrange de Robert l'avait inquiétée. Elle n'avait rien laissé paraître, elle l'avait trompé avec le raffinement propre aux femmes. Oublieuse de la parole donnée, affolée, elle avait pris le plus funeste parti. Elle avait couru chez Otto pour tout révéler. Oui, cela s'était passé ainsi, il en était sûr. Paule l'avait trahi, l'avait livré. Et le résultat ? Otto a une nouvelle raison spécieuse de croire à ma folie, son propre délire peut s'en repaître. Cette fois, il lui est facile de démontrer à quiconque, à Paule surtout, combien ses soupçons sont fondés. Quelle erreur d'avoir livré Paule à elle-même, de ne pas l'avoir emmenée tout de suite ! Maintenant tout est pire qu'avant. Otto sait où je suis. Il va me poursuivre. Ma fuite même l'a mis sur ma piste. Il estime l'heure venue de faire son devoir, de tenir sa promesse. Un danger imminent me menace ; la partie est perdue ! Serein en apparence, il mangeait et buvait, se rendant compte, étonné, que ses pensées, à peine teintées de peur, s'enchaînaient normalement. Il savait qu'il devait agir, qu'il lui fallait fuir plus loin. Mais cette certitude était la conclusion logique de son raisonnement, elle ne lui était pas dictée par la crainte. Où aller ? Ses persécuteurs pouvaient l'avoir rejoint le lendemain ou dans quelques jours. En admettant même qu'il réussît à quitter ce pays, ce continent, pour le nouveau monde, rien ni personne ne pouvait le protéger contre l'idée fixe d'un dément. Du reste, à force d'être traqué et poursuivi, il risquait de perdre réellement la raison, de justifier ainsi l'opinion des autres, de jouer le jeu de son frère dont le délire serait alors confirmé par un caprice diabolique du destin.

Il quitta la salle d'auberge, alluma son cigare et arpenta la place du marché enneigée et déserte. On aurait pu le prendre pour un paisible touriste venu dans ce pays pour les sports d'hiver. Il songea à ce qu'il avait écrit quelques heures plus tôt. « Ne pourrais-je me servir de ces notes pour engager la lutte ? se demanda-t-il. Celui qui les lirait serait incapable de me croire fou. Mais avant je recopierai le tout, je le développerai, je le rendrai plus clair. Demain je prendrai le premier train, un peu plus loin je bifurquerai en empruntant une autre ligne de chemin de fer, et retiré dans un endroit où personne ne soupçonnera ma présence, je rédigerai point par point l'acte d'accusation ou mon plaidoyer. Accusation ou plaidoyer ?... Qu'est-ce en réalité ? » Il s'absorba dans ce problème. Tel un pâle revenant, le pauvre professeur de piano lui passa par l'esprit. Peut-être cette misérable nuit d'amour avait-elle eu son importance ? Peut-être la vie lui avait-elle alors posé une dernière question. Que d'insouciante cruauté il avait mis à y répondre ! Il revécut l'instant où, alors que la voiture s'ébranlait, la pauvre créature solitaire, le visage grave et triste, se retournait pour lui faire un signe d'adieu. Lui, la regardait s'éloigner, sans émotion et le cœur froid. Mais dans cette scène, à mesure qu'il l'évoquait, sa propre silhouette, démesurée et maigre, ne ressemblait en rien à elle-même. Il se voyait vêtu d'un sombre manteau qui flottait autour de lui et son ombre noire se projetait, immense. Cette ombre, il venait de l'apercevoir réellement, à la lueur jaunâtre de la lampe qui éclairait la porte de l'auberge.

Il entra et, par acquit de conscience, demanda s'il y avait un télégramme. Le portier lui apprit que le bureau télégraphique était fermé à partir de sept heures du soir et qu'il n'avait rien à espérer avant sept heures du matin. Robert alors revint à sa première hypothèse, trouva plausible que Paule eût manqué le train et décida d'aller l'attendre à la gare à deux heures du matin. Il monta dans sa chambre, il était minuit passé, il se coucha tout habillé sur son lit pour prendre un peu de repos mais n'éteignit pas la lumière et fixa la fenêtre en face de lui. Elle ne s'ouvrait que sur le ciel obscur où se profilait la cime d'un pic. Au-dessus une étoile scintillait. L'horloge du clocher sonna minuit et demi : les sons se propagèrent dans le silence et se perdirent comme si la nuit se fût refusée à les rendre, puis ils vibrèrent à nouveau, se décuplèrent pour se muer en un jeu d'orgue assourdissant. Leinbach et Robert se promenaient dans une immense église complètement vide. A l'orgue se tenait le pianiste du bar, invisible quoique présent dans la conscience de Robert. Höhnburg actionnait les pédales de la soufflerie et, tel un pantin, surgissait au-dessus de la balustrade et disparaissait aussitôt. Leinbach expliquait que là-haut, on ne jouait pas une quelconque fugue de Bach mais qu'on improvisait comme le font parfois les pianistes. Tout de suite après, il marchait entre les rails du chemin de fer vers la rase campagne. Il brandissait sans interruption un drapeau rouge qu'il finissait par planter sur un tertre sous lequel Alberte était ensevelie. Puis il avançait sur la crête d'une montagne bordée de précipices. La nuit hivernale était bleue, merveilleuse. Il se retrouvait enfin à son bureau, avide de reprendre le travail, ragaillardi et les joues fraîches. Quelqu'un frappa à la porte. Ce ne pouvait être que le mari d'Alberte, venu lui demander des comptes. Non, il n'ouvrirait pas. Bien plus, il quitta la chambre par la porte opposée et se précipita à travers une suite de pièces. Dans chacune d'elles un scribe, installé à une table, faisait courir sa plume sur le papier avec une hâte incroyable et de sa main restée libre, il jetait les feuilles dans un sac de voyage qui s'ouvrait et se fermait de lui-même, happant tout comme une gueule de crocodile. Cependant on frappait de plus en plus fort, avec insistance. Machinalement Robert prit sur la table de nuit son revolver qu'il gardait toujours à portée de la main pendant ses voyages. Il se leva rapidement, enfouit l'arme dans la poche de sa veste, sut qu'il était réveillé et pensa : « Un télégramme. »

« Qui est là ? demanda-t-il.

– C'est moi, Robert. »

Son sang se figea. Il avait reconnu la voix de son frère. Déjà ! Otto l'avait déjà rejoint, Otto venait pour accomplir son œuvre abominable. Comme Robert avait bien fait de mettre le verrou !

« Peut-on entrer ? » s'enquit Otto.

Avant que Robert eût eu le temps de répondre, la porte qu'il avait en réalité oublié de fermer s'ouvrit.

« Que me veux-tu ? » cria Robert, les yeux écarquillés et torturé par l'idée qu'entre ses deux paupières, il n'y avait plus la moindre différence.

Otto se tenait près de la porte, vêtu de sa pelisse de fourrure, le cou entouré d'une écharpe épaisse. Il parla nerveusement :

« Le portier m'a dit que tu voulais aller à la gare pour le train de deux heures, mais tu as dormi trop longtemps. Je ne t'aurais pas dérangé si je n'avais pas vu ta chambre éclairée.

– Où est Paule ? demanda Robert, la voix rauque.

– Paule viendra demain, pour l'instant il faut te contenter de ses amitiés. »

Otto gardait un sourire figé sur les lèvres.

« Que me veux-tu ? Pourquoi es-tu venu ? dit Robert, se dressant sur son lit et sentant que ses yeux brillaient, menaçants.

– Pourquoi je suis venu ? Mais c'est pour... – Otto

parut réprimer un sanglot – je suis venu parce que tel est mon bon plaisir. Mon Dieu ! qu'as-tu encore été chercher ? Qu'est-ce que tu as en tête ?

– Pourquoi es-tu là ? répéta Robert. Que me veux-tu ? Sors... sors les mains de tes poches. »

Interdit, Otto le dévisagea sans paraître comprendre. Puis brusquement, avec des gestes exagérés, il lui présenta ses deux mains, secoua la tête, sa bouche se contracta comme pour sourire, puis il se mordit les lèvres.

« Tu rêves, dit-il. Réveille-toi ! C'est moi, Robert, ton frère, ton ami. Qu'imagines-tu ? Ton frère. Robert, crois-moi, entends-moi donc ! Ce n'est pas sérieusement que tu... »

Les mots lui faisaient défaut, ses yeux où tremblait une larme exprimaient la pitié, l'angoisse et un amour sans pareil. Robert pourtant n'y lut que duplicité, menace et mort, et son visage parut terrorisé. Bouleversé, Otto ne put se contenir plus longtemps ; il s'approcha tout près de lui pour le prendre dans ses bras et par ce geste d'extrême abandon, l'assurer de sa vive tendresse. Mais à peine Robert eut-il senti les mains fraîches d'Otto se resserrer autour de son cou qu'il jugea l'instant du suprême danger venu, l'instant où les lois humaines et divines permettent, commandent même de se défendre par tous les moyens. Dans la poche de sa veste il arma avec précaution son revolver et en braqua le canon sur la poitrine de son frère qui était toujours pendu à son cou. Alors seulement Otto comprit ; il voulut détourner l'arme, reculer, appeler... trop tard ! La balle l'atteignit au cœur ; il s'effondra en silence.

Robert, sans avoir vraiment pris conscience de son acte, en pressentait néanmoins l'irrémédiable atrocité. Etouffant d'angoisse à la pensée de comprendre ici même ce qu'il venait de faire, il se précipita, passa à côté du cadavre de son frère, enfila le couloir, dévala l'escalier et sortit par la porte laissée ouverte depuis l'arrivée d'Otto. Il traversa la place du marché, emprunta la longue rue du village et gagna la campagne. Là, ses pas s'enfonçaient dans la neige épaisse. Il jeta son manteau qui entravait sa course démente et alla plus loin, plus loin encore. Il n'avait qu'une volonté ferme : ne jamais reprendre conscience, fuir toujours, plus loin, fuir à travers la nuit bleue, la nuit qui chantait, à travers la nuit qui pour lui ne finirait jamais. Et il savait qu'il avait déjà parcouru mille fois ce chemin, qu'il le parcourrait encore mille fois, cent mille fois, éternellement, à travers une infinité de nuits mélodieuses et bleues.

Trois jours plus tard, on découvrit son corps. Il gisait sur la pente abrupte d'un rocher, la tête tournée vers le torrent glacé qui grondait au-dessous de lui, les mains écorchées, le front et les cheveux couverts de sang séché. Sept heures de marche le séparaient de l'endroit d'où il s'était enfui.

Les pages qu'on trouva dans son sac furent remises à la justice. On en publia quelques extraits. Du reste, le cas, si obscur fût-il, n'était-il pas intelligible ? Folie de la persécution – personne n'en pouvait douter. Pourtant Leinbach avait là-dessus des idées personnelles, qu'avec sa ponctualité coutumière il nota sans hésitation dans son journal. « Mon pauvre ami – écrivait-il – souffrait de l'idée fixe qu'il devait mourir par son frère – idée fixe, c'est ainsi qu'on dit communément. Eh bien ! le cours des événements lui a finalement donné raison. Certes, il ne pouvait pas prévoir par quelles voies étranges son destin s'accomplirait, mais il en avait le pressentiment, c'est indubitable. Et que sont les pressentiments ? Rien d'autre que des successions de pensées dans l'inconscient. La logique dans le domaine métaphysique, si l'on peut s'exprimer ainsi. Mais nous, nous parlons d'obsessions ! En avons-nous le droit, ce mot comme tant d'autres ne nous sert-il pas de prétexte pour nous réfugier dans le système et esquiver l'inconfort de l'individualité ? Mais ceci est une autre question. Et un cas comme celui de mon pauvre ami... »

DOCTEUR GRAESLER

Titre original de la nouvelle
DOKTOR GRÄSLER, BADEARZT

Traduit de l'allemand par
DOMINIQUE AUCLÈRES
pour la première moitié
et par P. HOFER-BURY
pour la seconde

1

LE bateau était prêt à appareiller. Le Dr Graesler, vêtu de sombre, le pardessus gris déboutonné, un brassard de deuil sur la manche, se tenait sur le pont. En face de lui se trouvait le directeur de l'hôtel, tête nue, dont les cheveux bruns séparés par une raie droite se mouvaient à peine sous le souffle léger du vent de la côte.

« Cher docteur, observa le directeur de ce ton condescendant qui depuis toujours agaçait Graesler, je vous répète que nous comptons fermement vous revoir l'an prochain en dépit du déplorable malheur qui vous a frappé ici. »

Le Dr Graesler ne répondit rien. L'œil humide, il regardait la rive de l'île où l'on voyait étinceler le grand bâtiment de l'hôtel avec ses volets blancs précautionneusement clos en raison de la chaleur. Puis son regard, cherchant plus loin, glissa sur les maisons jaunâtres ensommeillées et les jardins poussiéreux qui, sous la brume de chaleur méridienne, grimpaient paresseusement jusqu'aux restes clairsemés du vieux mur couronnant les collines.

« Nos hôtes, poursuivit le directeur, dont certains ne manqueront pas de revenir l'an prochain, ont eu l'occasion de vous apprécier, cher docteur, de sorte que nous espérons pouvoir être assurés de votre retour à la petite villa malgré les tristes souvenirs que vous y laissez – il désigna une maisonnette modeste à proximité de l'hôtel –, cela d'autant plus que nous ne pourrions pas évidemment disposer du numéro 43 pour vous en pleine saison. »

Et comme Graesler secouait tristement la tête, tout en retirant son chapeau melon noir et en passant la main gauche sur ses cheveux raides, d'un blond qui grisonnait légèrement, le directeur reprit :

« Cher docteur, le temps accomplit des miracles et, si vous redoutez la solitude dans la petite maison blanche, il y a un moyen de l'éviter. Ramenez-nous d'Allemagne une gentille petite femme. »

Cette fois, le docteur ne répondit que par un coup d'œil, sur quoi le directeur déclara vivement et presque sur le ton de commandement :

« Mais vous en trouverez dix pour une ! Une gentille petite femme blonde ou brune si vous préférez, voilà ce qui vous manque pour que tout soit parfait. »

Le Dr Graesler haussa les sourcils, comme si ses yeux cherchaient à capter les images évanescentes du passé.

« Quoi qu'il en soit, conclut le directeur toujours condescendant, célibataire ou marié vous serez toujours le bienvenu. Le 27 octobre, n'est-ce pas – car le trafic des bateaux reste très précaire malgré nos efforts et, autrement, vous ne pourriez arriver que le 10 novembre, ce qui ne serait pas souhaitable puisque nous ouvrons le 1er. »

Il avait repris le ton péremptoire d'un jeune lieutenant en prononçant ces dernières phrases, un ton que le docteur détestait particulièrement. Il serra et secoua vigoureusement la main du docteur – une habitude qu'il avait rapportée des États-Unis –, échangea un bref salut avec l'un des officiers de l'équipage, descendit l'escalier et reparut sur la passerelle d'où il fit un signe de tête au docteur, debout près du bastingage. Quelques minutes plus tard le vapeur leva l'ancre.

Durant le voyage de retour, par un temps merveilleux, le Dr Graesler ne manqua pas d'évoquer souvent les paroles d'adieu du directeur et, l'après-midi, tout en faisant sa sieste sur le pont, commodément installé sur un transatlantique, un plaid écossais sur les genoux, il voyait comme en rêve une jolie jeune femme rondelette, en robe d'été blanche, se déplacer, légère, dans la maison et le jardin, avec le visage rebondi et les joues rouges d'une poupée qui n'avait rien de réel, mais devait sortir d'un livre d'images. L'apparition de rêve possédait le mystérieux pouvoir de chasser le fantôme de sa sœur défunte dont il éprouvait alors la mort comme un épisode lointain et en quelque sorte naturel. La vérité était différente. Elle s'imposait à lui à d'autres moments, et il revivait alors l'événement atroce dans son intolérable actualité.

Le malheur était arrivé une semaine avant que le docteur ait quitté l'île. Comme souvent, il s'était endormi au jardin après déjeuner sur sa revue médicale. Au réveil, il avait calculé qu'il avait dormi pendant au moins deux heures, en constatant que l'ombre du palmier avait glissé sur toute la largeur du sentier couvert de graviers. Cela le contraria, car à quarante-huit ans il était tenté de croire que c'était le premier symptôme du déclin de sa jeunesse. Il se leva, empocha la revue et, pensant avec nostalgie aux vents printaniers et rajeunissants d'Allemagne, il se dirigea vers la petite maison qu'il habitait avec sa sœur, légèrement plus âgée que lui. Il aperçut celle-ci près de l'une des fenêtres et s'en étonna, car en ces heures accablantes, les volets étaient clos habituellement. Quand il fut plus près, il vit que Frédérique ne lui souriait pas, comme il l'avait cru de loin, mais que, tout à fait immobile, elle lui tournait le dos. Saisi d'une inquiétude qu'il s'expliquait mal, il pressa le pas, entra dans la maison et s'approcha de sa sœur demeurée contre la fenêtre. C'est alors qu'il s'aperçut avec horreur que sa tête était inclinée sur sa poitrine, ses yeux grands ouverts et qu'une corde enserrant son cou était fixée à l'espagnolette de la fenêtre. Il interpella Frédérique à haute voix, tout en sortant de sa poche un canif avec lequel il trancha la corde, de sorte que le corps inanimé tomba lourdement dans ses bras. Il appela la servante qui arriva de la cuisine sans pouvoir comprendre ce qui s'était passé, se fit aider par elle pour allonger sa sœur sur le divan et pratiqua aussitôt sur elle les mouvements de respiration artificielle que son métier lui rendait familiers. La servante était partie entre-temps avertir le directeur mais lorsque celui-ci arriva, Graesler, épuisé et déconcerté, ayant compris l'inutilité de ses efforts, était tombé à genoux auprès du corps de sa sœur. Il avait vainement essayé au début de trouver une explication à ce suicide. L'hypothèse suivant laquelle cette sœur célibataire, qui vieillissait dignement, avait eu une crise de folie subite était exclue. A l'heure du déjeuner encore, ils s'étaient entretenus tout naturellement, lui et elle, de leur prochain départ commun. Il était plus vraisemblable que Frédérique avait joué, depuis des années peut-être, avec la pensée du suicide et que pour une raison quelconque, le silence de cet après-midi où personne ne la dérangerait lui avait semblé propice pour mettre son projet à exécution. L'idée que, sous l'humeur égale de Frédérique, pût se cacher une certaine mélancolie avait bien effleuré parfois l'esprit de son frère, mais, accaparé par ses devoirs professionnels, il ne s'y était jamais arrêté. Peu à peu seulement, il se rendait compte que jamais, depuis sa petite enfance, il ne l'avait vue vraiment gaie. A l'époque où elle était jeune fille, il avait été engagé comme médecin de bord et avait passé son temps à naviguer sans savoir grand-chose d'elle. Enfin, quand quinze ans plus tôt, Graesler avait quitté le Llyod pour revenir à la maison paternelle dans la petite ville où étaient morts très vite, l'un après l'autre, son père et sa mère, elle s'était proposée pour tenir sa maison et le suivre dans ses différents déplacements. Elle avait alors trente ans, sa silhouette demeurait gracieuse et jeune, ses yeux brillaient d'une lueur mystérieuse, de sorte que son frère Émile, témoin des hommages dont elle ne cessait d'être l'objet, craignait parfois que l'un ou l'autre de ses soupirants ne la lui enlevât pour conclure un tardif mariage avec elle. Au fil des années, lorsque les dernières perspectives de cette sorte disparurent, elle sembla accepter son sort sans se plaindre, bien que son frère se rappelât certains regards où il avait cru lire un léger reproche, comme s'il avait quelque responsabilité dans le destin de sa sœur. La conviction d'avoir perdu sa vie devait s'être ancrée en elle au cours des ans, d'autant plus profondément qu'elle ne l'exprimait pas. Un jour, pour faire taire la souffrance qui la rongeait, elle avait décidé d'y mettre un terme. De ce fait, elle avait placé son frère, qui, lui, ne se doutait de rien, dans une situation d'un extrême inconfort à un âge où l'on redoute de contracter de nouvelles habitudes, comme celle de s'occuper du ménage, du ravitaillement, ce que la prévoyance de Frédérique lui avait évité jusque-là. Aussi, durant la traversée éprouva-t-il, en dépit de son deuil, une fraîche et en quelque sorte consolante sensation de détachement vis-à-vis de la morte qui, sans adieu et sans préparation aucune, l'avait abandonné seul sur cette terre.

2

Après un court séjour à Berlin, où il se rappela au souvenir de différents professeurs cliniciens en vue de la saison thermale qui allait commencer, le Dr Graesler arriva par une belle journée de mai dans la petite ville d'eaux nichée dans des collines boisées où il exerçait depuis six étés. La propriétaire de son logement, une femme d'un certain âge, veuve d'un commerçant, le reçut avec sympathie et les modestes fleurs des champs dont elle avait orné l'appartement lui plurent. Ce ne fut pas sans appréhension qu'il entra dans la petite chambre que sa sœur avait habitée l'année précédente, mais il n'en fut pas aussi bouleversé qu'il l'avait craint. Du reste, la vie lui parut supportable dès le début. Le ciel restait d'une clarté douce et l'air printanier, tiède. Parfois même, en prenant son petit déjeuner sur l'étroit balcon où le couvert était proprement mis, il éprouvait un sentiment de confort qu'il n'avait plus ressenti en compagnie de sa sœur, du moins pendant les dernières années, même s'il devait maintenant saisir lui-même la cafetière en porcelaine blanche à fleurettes bleues pour en verser le contenu dans sa tasse. Il prenait ses autres repas dans le restaurant principal de l'endroit, souvent en compagnie de personnes respectables qu'il connaissait depuis longtemps et dont la conversation était distrayante. Dès le début, son activité fut prometteuse et sa clientèle ne comporta pas de cas particulièrement graves, pouvant tourmenter sa conscience professionnelle. Ainsi, le début de l'été se passa sans événement notable, jusqu'à ce qu'un soir de juillet, le Dr Graesler, après une journée bien remplie, fût appelé chez le garde forestier dont la maison se trouvait à une bonne heure de la ville en voiture. Le messager qu'on lui avait dépêché avait aussitôt disparu sans autre explication. Le docteur n'en fut pas satisfait, car il considérait que les soins aux gens du pays ne lui apportaient ni gain ni gloire. Néanmoins il sentit un bien-être croissant quand, un cigare à la bouche, il respira la douceur de l'air vespéral et goûta le charme de la route, bordée de jolies maisons près des champs dorés. L'attelage devait gravir le coteau avant de s'engager dans la haute futaie de hêtres. Quand Graesler aperçut la maison du forestier qu'il connaissait de vue pour s'être promené aux alentours, il se prit presque à regretter que le trajet eût été si bref. Il fit arrêter la voiture au bord de la route et s'engagea à pied sur un sentier de gazon entre une haie de jeunes sapins. La maisonnette paraissait le saluer de loin, avec ses fenêtres étincelantes, l'énorme ramure fixée au-dessus de l'étroite porte d'entrée et le soleil couchant sur le toit rougeoyant. Il gravit les marches de bois et, arrivant sur une terrasse latérale relativement spacieuse par rapport à la maisonnette, il vit venir à lui une jeune femme qu'il reconnut aussitôt. Elle lui tendit la main et lui dit sans préambule que sa mère souffrait de maux d'estomac.

« Elle dort très calmement depuis une heure, ajouta-t-elle, la fièvre a dû baisser, mais à quatre heures elle avait encore 38°4. Comme elle se sent très mal depuis hier soir, je me suis permis de vous demander de venir, docteur. J'espère que ce ne sera rien. »

Son œil cherchait timidement celui du médecin et exprimait une prière, comme si l'évolution du cas avait dépendu de son diagnostic.

Le docteur répondit à son regard avec le sérieux qui convenait, mais non sans y mettre quelque douceur. Assurément, il connaissait la jeune femme, il l'avait rencontrée quelquefois en ville, mais l'avait toujours prise pour une curiste.

« Si madame votre mère s'est endormie calmement, ce ne doit pas être très grave, dit-il. Pourriez-vous me donner quelques détails avant que nous réveillions la malade, peut-être inutilement ? »

Elle lui fit signe de la suivre plus avant sur la terrasse, le précéda et lui offrit une chaise alors qu'elle restait appuyée au chambranle de la porte qui donnait accès à l'intérieur de la maison. Elle lui fit un tableau clinique très objectif du déroulement de la maladie qui convainquit le Dr Graesler qu'il ne s'agissait que d'une indigestion passagère. Il n'en fut pas moins obligé de poser quelques questions médicales à la jeune fille et fut surpris de l'absence de fausse pudeur avec laquelle elle lui expliquait les phénomènes naturels qu'il devait connaître. Ces descriptions, sur les lèvres d'une jeune fille, lui paraissaient inaccoutumées et il se demanda un instant si elle aurait usé de la même liberté d'expression vis-à-vis d'un jeune médecin. Il estimait qu'elle ne devait pas avoir plus de vingt-cinq ans ; toutefois, ses grands yeux au regard calme conféraient une certaine maturité à son visage. Ses nattes blondes étaient retenues sur le haut de sa tête par un peigne d'argent sans ornement. Ses vêtements simples convenaient à la vie campagnarde, une fine boucle dorée retenait sa ceinture blanche. Le docteur fut surtout frappé et intrigué par ses souliers de daim beige très élégants, dont la nuance était identique à celle des bas.

Elle n'avait pas terminé son exposé sur le cas de sa mère et le docteur détaillait encore son physique, qu'une voix venant du fond de la maison appela : « Sabine ! » L'un et l'autre se levèrent et la jeune fille, guidant le médecin à travers la grande salle à manger déjà plongée dans la pénombre, le fit entrer dans une chambre plus claire. La malade, assise dans l'un des deux lits, coiffée d'un bonnet blanc, revêtue d'une liseuse blanche, fixait sur lui, non sans surprise, des yeux très vivants, presque gais.

« Le Dr Graesler », présenta Sabine qui, s'étant approchée de la tête du lit, caressa le front de sa mère.

La femme d'un abord avenant paraissait bien nourrie et n'était pas vieille. Elle secoua la tête en signe de réprobation :

« Je suis ravie de vous connaître, docteur, dit-elle, mais pour quoi faire, ma chère enfant ?

– Il semble en effet, observa le docteur en saisissant la main qui lui était tendue et en tâtant le pouls de la malade, que ma présence ici soit superflue, d'autant, ajouta-t-il avec un fin sourire, que mademoiselle votre fille paraît disposer de connaissances médicales stupéfiantes. Mais puisque me voilà... »

Résignée, la patiente se soumit à l'examen du médecin que les yeux de la jeune fille suivirent attentivement. Le Dr Graesler rassura pleinement et la malade et sa fille. Les difficultés ne surgirent que lorsque Graesler prescrivit un régime alimentaire sévère à observer pendant quelques jours. La femme s'en défendit véhémentement ; elle affirma que dans le passé elle avait rapidement soigné des indispositions occasionnelles, qu'elle qualifiait de nerveuses, en absorbant du rôti de porc, de la choucroute et des petites saucisses d'une sorte que l'on ne trouvait pas hélas ! dans la contrée ; cette fois-ci, influencée par Sabine, elle avait renoncé à prendre un repas copieux à l'heure du déjeuner et cette privation devait avoir provoqué la fièvre constatée dans l'après-midi. Le docteur, qui crut tout d'abord à une plaisanterie, comprit au cours de la conversation que, contrairement à sa fille, la femme avait sur la médecine des idées absolument profanes et même hérétiques quand elle se permettait des remarques ironiques sur la valeur curative de la source thermale de l'endroit. Elle affirmait que les bouteilles expédiées à travers le pays ne contenaient qu'une vulgaire eau de source additionnée de sel, de poivre et d'autres épices moins inoffensives. Le Dr Graesler, qui se sentait toujours solidaire des villes d'eaux où il exerçait sa profession et se jugeait responsable de leurs succès ou de leurs échecs, en fut blessé et ne réussit pas entièrement à le cacher. Toutefois, il ne contredit pas sérieusement la mère de Sabine, mais se contenta d'échanger avec celle-ci un regard souriant qui devait suffire à confirmer son point de vue.

Quand il sortit de la maison, accompagné par Sabine, il insista encore sur la bénignité du cas, diagnostic qu'approuva la jeune fille. Celle-ci trouva néanmoins nécessaire d'ajouter que certains malaises passagers qui n'avaient que peu d'importance quand il s'agissait de personnes jeunes réclamaient en revanche plus d'attention quand le malade avait atteint un âge plus avancé. C'était la raison pour laquelle ce jour-là, en l'absence de son père, elle avait fait demander le médecin.

« Monsieur votre père est sans doute en tournée d'inspection, s'enquit le docteur.

– Qu'entendez-vous par là, docteur ?

– Une tournée d'inspection à travers le district ? »

Sabine sourit.

« Mon père n'est pas garde forestier et ce pavillon n'est plus depuis longtemps un logement de fonction. On a gardé l'habitude d'en parler comme il y a six ou sept ans, lorsqu'il abritait le garde forestier du domaine princier. La maison n'ayant pas perdu sa dénomination, mon père reste pour les gens de la petite ville le garde forestier, bien que, de toute sa vie, il n'ait jamais été quelque chose d'approchant.

– Vous êtes enfant unique ? demanda le docteur tandis qu'elle le raccompagnait, comme si cela allait de soi, sur le sentier bordé de jeunes sapins, qui aboutissait à la route.

– Non, répondit-elle, j'ai un frère. Mais il est plus jeune que moi, quinze ans seulement. Évidemment il vagabonde toute la journée dans la forêt quand il est en vacances chez nous. Il lui arrive même de dormir à la belle étoile et, comme le hochement de tête du docteur exprimait quelque perplexité, elle ajouta : Pourquoi pas ? J'en ai fait autant autrefois. Pas souvent, bien sûr.

– A proximité immédiate de la maison ? s'inquiéta le docteur qui ajouta hésitant : quand vous étiez petite fille ?

– Pas du tout, j'avais dix-sept ans quand nous avons emménagé ici. Nous n'habitions pas la campagne avant, mais en ville, dans différentes villes. »

Comme elle paraissait réticente, le docteur crut bon de mettre un terme à ses questions. Ils se tenaient sur le bord de la route, le cocher était prêt à partir. Sabine tendit la main au docteur, qui ne voulut pas la quitter sans ajouter quelque chose :

« Si je ne me trompe, nous nous sommes rencontrés à plusieurs reprises en ville ?

– Certainement, docteur. Je vous connais depuis longtemps mais il se passe parfois des semaines sans que je quitte le chalet. L'an passé, j'ai rencontré mademoiselle votre sœur, nous nous sommes dit quelques mots chez Schmidt, au magasin. Sans doute est-elle revenue avec vous ? »

Le docteur regardait devant lui ; son regard se posa par hasard sur les souliers de Sabine, mais ne s'y arrêta pas.

« Ma sœur n'est pas avec moi, dit-il, elle est morte il y a trois mois à Lanzarote. »

Il avait le cœur lourd, mais, du simple fait de pouvoir prononcer le nom de l'île lointaine, il ressentait une certaine satisfaction.

Sabine dit : « Oh ! » et rien de plus. Ils restèrent silencieux pendant un instant jusqu'à ce que le docteur se forçât à un sourire conventionnel et tendît la main à Sabine.

« Bonne nuit, docteur, dit-elle gravement.

– Bonne nuit, mademoiselle », répondit-il en montant en voiture.

Sabine demeura immobile jusqu'à ce que la voiture se mît en marche, puis elle s'en fut. Le Dr Graesler se retourna pour la voir encore. Elle marchait entre les sapins vers sa maison, tête baissée, sans regarder en arrière. Un rayon lumineux venant de l'intérieur du chalet brillait sur le sentier, puis un tournant de la route lui cacha l'image. Le docteur se carra au fond de la voiture et leva les yeux vers le ciel d'une fraîcheur crépusculaire où paraissaient quelques rares étoiles.

Il pensait à des temps lointains, à de jeunes et joyeuses journées lorsqu'il avait connu l'amour dans les bras de jolies créatures. Ce fut d'abord la veuve d'un ingénieur de Rio de Janeiro qu'il évoqua, embarquée sur le vapeur où il était médecin ; elle descendit à Lisbonne, sous prétexte d'emplettes à faire, et ne revint pas, bien que son billet mentionnât « Hambourg » comme lieu de destination. Il la revoyait toute vêtue de noir dans la voiture qui l'emmenait vers la ville et son geste amical de la main qu'il put suivre jusqu'à l'instant où un tournant de la route la lui déroba pour toujours. Il songea ensuite à la fille d'un avocat de Nancy avec laquelle il s'était fiancé à Saint-Blasien, la première station thermale où il avait exercé, et qui dut subitement rentrer en France avec ses parents en raison d'un important procès. Il attendait encore la confirmation de son arrivée à Nancy et les nouvelles qu'elle lui avait promises. Il n'oubliait pas non plus Mlle Lizzie qu'il avait connue quand il faisait ses études à l'université de Berlin. Elle s'était « un peu suicidée » pour lui, et il se remémorait sa répugnance à lui montrer la trace noire que la poudre avait laissée sous son sein gauche. Pas un instant il n'avait été ému, contrarié tout au plus, et ennuyé. Il pensa également à la gentille Henriette, si bonne ménagère, qu'il ne manquait jamais, quand il faisait escale à Hambourg, d'aller voir dans son petit logement haut perché d'où l'on découvrait l'Alster. Il la retrouvait toujours, joyeuse et sans malice, prête à se donner à lui comme avant qu'il ne la quittât, et jamais il n'avait su, ni même essayé de savoir ce qu'il lui était arrivé entretemps. Toutes sortes de réminiscences s'imposaient à son esprit et certaines d'entre elles n'étaient pas bien belles, quelques-unes même scabreuses. Il ne comprenait plus comment il avait pu tenter de pareilles aventures. N'importe, la nostalgie de sa jeunesse n'en dominait pas moins l'ensemble de ses réflexions, alors qu'il s'imaginait avoir perdu le droit d'attendre quelque chose d'heureux de la vie.

La voiture avançait sur la route bordée de champs, les collines se dressaient plus hautes qu'à la lumière du jour, les lampes des petites villas brillaient, sur un balcon un homme et une femme se tenaient plus serrés l'un contre l'autre qu'ils n'eussent pu se le permettre dans la journée. Il entendit des voix sonores et des rires venant d'une terrasse où l'on dînait en plein air. Le Dr Graesler ressentit quelque appétit et se réjouit à l'idée du repas qui l'attendait au « Lion d'Argent » dont il était l'habitué. Il demanda au cocher qui ne se pressait pas d'accélérer l'allure. A sa table où étaient déjà réunis tous ses commensaux familiers, il but ce soir-là un verre de vin de plus qu'à l'ordinaire car il se rappelait que le léger étourdissement qui en résultait faisait apparaître la vie plus douce et moins pesante. Il avait eu l'intention de raconter sa visite au chalet forestier, mais il y renonça sans savoir pourquoi. Le vin n'agissait pas, cette fois, et il se leva de table plus mélancolique qu'il ne s'y était assis. En rentrant chez lui, il avait mal à la tête.

3

Au cours des jours qui suivirent, Graesler trouva moyen d'emprunter plus souvent que de coutume la rue principale de la petite ville dans l'espoir d'y rencontrer Sabine. Un jour qu'à l'heure de la consultation sa salle d'attente se trouvait vide, il courut, comme poussé par un pressentiment, jusqu'à la buvette et revint chez lui, déçu. Le même soir, il mentionna sans insister sa récente visite au chalet forestier, l'oreille aux aguets et prêt au combat pour le cas où quelqu'un se permettrait une remarque leste sur Sabine, ainsi qu'il arrive dans les réunions d'hommes. Mais la famille Schleheim ne semblait pas beaucoup intéresser ses interlocuteurs, à en juger par le peu d'échos qu'eurent ses propos. On parla simplement de quelques membres berlinois de la famille du pseudo-garde forestier, chez lesquels la jeune fille – dont la beauté ne semblait avoir frappé personne – devait passer les mois d'hiver.

Graesler décida, quelques jours plus tard, de faire une promenade en fin d'après-midi et se retrouva à proximité du chalet. Il l'aperçut au bord de la route, silencieux à l'ombre de la forêt. Un homme se tenait sur la terrasse sans que le docteur pût discerner ses traits. Il fut tenté d'entrer dans la maison en feignant de passer par hasard, et de s'enquérir de la santé de Mme Schleheim. Il y renonça, jugeant que sa dignité professionnelle lui interdisait de s'exposer à une fausse interprétation de sa visite. Il rentra de cette promenade plus fatigué et plus chagrin que ne le justifiait une si légère déconvenue. Les jours suivants, comme il n'avait toujours pas rencontré Sabine en ville, il espéra qu'elle était partie en voyage ou qu'elle avait disparu pour toujours, ce qui lui semblait souhaitable pour reconquérir son équilibre psychique.

Un matin, tandis qu'il prenait son petit déjeuner sur le balcon ensoleillé sans retrouver le bien-être éprouvé les premiers jours, on lui annonça qu'un jeune homme désirait lui parler. Sitôt après parut, en tenue sportive de cycliste, un grand garçon dont les traits rappelaient à tel point ceux de Sabine que le médecin ne l'accueillit pas comme un étranger.

« Vous êtes le jeune Schleheim, dit-il d'un ton plus affirmatif qu'interrogateur.

— Oui, c'est bien moi, dit le garçon.

— Je vous ai reconnu à votre ressemblance avec... votre mère. Asseyez-vous, jeune homme. J'en suis encore au petit déjeuner, vous le voyez. Que se passe-t-il ? Madame votre mère est-elle souffrante à nouveau ? »

Il avait l'impression de parler à Sabine.

Le jeune Schleheim restait debout, tenant poliment sa casquette à la main.

« Ma mère va bien, docteur. Depuis que vous l'avez mise à la raison, elle est devenue plus prudente. »

Le docteur sourit. Il comprenait que Sabine avait, par son truchement, exprimé ses propres inquiétudes afin d'obtenir gain de cause. Mais soudain, il pensa que Sabine elle-même pouvait être malade et il sentit, à l'accélération de son pouls, combien il attachait de prix à la santé de cette jeune fille. Avant qu'il ait eu le temps de poser une autre question, le jeune garçon dit :

« Cette fois, il s'agit de mon père. »

Le Dr Graesler respira.

« Qu'a-t-il ?

— Si seulement on le savait, docteur. Il a tellement changé ces derniers temps. Peut-être ne s'agit-il pas d'une véritable maladie. Il a déjà cinquante-deux ans ! »

Le docteur haussa machinalement les sourcils et demanda sèchement :

« Quels sont les symptômes qui motivent votre inquiétude ?

— Mon père souffre de vertiges depuis quelque temps et hier soir, quand il a voulu quitter sa chaise, il a failli tomber et s'est péniblement rattrapé au bord de la table. Et puis, cela nous l'avons remarqué depuis longtemps, quand il prend son verre pour boire, sa main tremble.

– Hum ! »

Le docteur leva les yeux par-dessus sa tasse :

« ... Sans doute votre père saisit-il son verre assez souvent et probablement n'y a-t-il pas que de l'eau dans ce verre ? »

Le jeune garçon fixait le sol des yeux.

« Sabine pense qu'il peut y avoir de cela et puis mon père fume du matin au soir.

– Il ne s'agit pas forcément de symptômes de vieillesse. Monsieur votre père désire-t-il ma visite ? ajouta-t-il poliment.

– Ce n'est pas si simple. Il faudrait que mon père ignore que vous venez pour lui. Il n'a jamais voulu entendre parler d'un médecin. Sabine propose d'organiser votre venue comme s'il s'agissait d'un hasard.

– D'un hasard ?

– Mettons, docteur, que vous passiez à côté du chalet comme vous l'avez fait récemment un après-midi. Sabine qui se tiendrait sur la terrasse vous ferait signe ou vous interpellerait. A ce moment-là vous vous approcheriez... et... pour le reste on verrait bien. »

Le docteur se sentit rougir jusqu'au front. Tournant la cuillère dans sa tasse vide, il dit :

« Ce n'est pas souvent, hélas ! que j'ai le loisir de faire une promenade. Cela m'est arrivé il y a peu de temps, en effet, et je suis passé tout près de votre chalet. »

Il eut enfin le courage de lever les yeux sur le jeune homme et fut rassuré par la candeur de son regard.

« S'il n'y a pas d'autre moyen, poursuivit-il de son ton le plus professionnel, il me faut accepter votre proposition... mais une conversation sur une terrasse ne peut pas donner grand-chose. Aucun diagnostic n'est possible sans un examen approfondi.

– Cela va de soi, docteur. Nous espérons que mon père s'y décidera, à la longue. Si seulement vous pouviez le voir, docteur, vous avez tant d'expérience ! Peut-être pourriez-vous venir un jour, après votre consultation. Nous préférerions, bien sûr, que ce soit dès aujourd'hui. »

« Aujourd'hui, se dit en lui-même Graesler, je pourrais la revoir aujourd'hui ! C'est merveilleux ! » Mais il resta muet et feuilleta son carnet de rendez-vous en secouant la tête comme s'il se trouvait devant d'insurmontables difficultés. Il finit par prendre un crayon et par barrer d'un air décidé quelque chose d'imaginaire ; après quoi il inscrivit sur la page suivante le mot « Sabine », le premier qui lui vint à l'esprit. Amène, mais distant, il articula :

« D'accord pour aujourd'hui entre cinq heures et demie et six heures. Cela vous convient-il ?

– Oh, docteur ! »

Graesler se leva, se défendit des mots de gratitude que murmurait le jeune garçon, le chargea de son bon souvenir pour sa mère et sa sœur et lui tendit la main en guise d'adieu. Du balcon, il regagna sa chambre et vit par la fenêtre le jeune Schleheim sortir de la maison, enfoncer sa casquette sur son front et s'élancer, alerte, sur sa bicyclette pour disparaître au tournant. « Si j'avais dix ans de moins, pensait le docteur, je pourrais m'imaginer que Sabine a trouvé ce prétexte pour me revoir. » Il soupira doucement.

Il quitta la maison peu après cinq heures, vêtu d'un complet gris clair, sans oublier de passer le brassard noir qui marquait son deuil. Son intention était de faire arrêter la voiture à proximité du chalet, mais une fois que les chevaux eurent dépassé le quartier des villas, il fut agréablement surpris d'apercevoir, venant à sa rencontre, Sabine et son frère sur le sentier gazonneux qui ourlait la grand-route. Il sauta du véhicule qui gravissait lentement la côte et serra la main de Sabine et celle du jeune garçon.

« Nous vous devons beaucoup d'excuses, docteur, dit Sabine, légèrement embarrassée. Nous n'avons pas pu retenir notre père à la maison et il ne rentrera guère avant ce soir. Je vous supplie de ne pas m'en vouloir. »

Le docteur aurait dû paraître contrarié, mais il n'y parvint pas et minimisa l'incident.

« Aucune importance ! »

Il consulta sa montre, les sourcils froncés comme s'il lui fallait disposer différemment du reste de sa journée. Quand il leva les yeux sur le frère et la sœur, arrêtés sur le bord de la route, il ne put s'empêcher de sourire : ils avaient l'air de deux écoliers dans l'attente d'une réprimande. Sabine était vêtue ce jour-là d'une robe blanche ; un chapeau de paille à larges bords était suspendu à son bras gauche par un ruban jaune. Elle paraissait beaucoup plus jeune que la dernière fois.

« Et vous êtes venus à ma rencontre à pied par cette chaleur, dit-il avec un reproche dans la voix, cela ne s'imposait pas.

– Docteur, reprit Sabine un peu gênée, je voudrais éviter tout malentendu. Cette visite manquée devra être honorée comme toute autre consultation médicale. »

Le docteur l'interrompit vivement :

« Pardon, mademoiselle, même si notre complot avait réussi cet après-midi, il n'aurait pas pu être question d'une visite médicale. Je me considérais en l'occurrence comme l'un des trois conjurés.

– Si c'est ainsi que vous voyez la chose, docteur, rétorqua Sabine, il me sera impossible à l'avenir... »

Le docteur l'interrompit à nouveau :

« J'avais projeté une promenade pour cet après-midi et puisque me voilà, permettez-moi de vous offrir ma voiture pour rentrer. Et si vous m'emmenez jusque chez vous peut-être m'autoriserez-vous à prendre des nouvelles de madame votre mère. »

Il se jugeait très « homme du monde » et résolut de choisir une grande ville d'eaux l'été suivant, bien qu'il n'eût jamais eu de chance dans aucune d'elles.

« Ma mère va très bien, dit Sabine, mais puisque le docteur a perdu sa soirée, ajouta-t-elle en se tournant vers son frère, nous pourrions peut-être lui faire visiter notre forêt, qu'en penses-tu, Karl ?

– Votre forêt ?

– Nous la nommons ainsi, dit Karl, elle n'appartient qu'à nous. Aucun des curistes ne s'aventure jusqu'à elle. Il y a des coins absolument ravissants, certains ressemblent à la forêt vierge.

– Ça vaut la peine d'être vu. J'accepte avec reconnaissance. »

Le cocher fut avisé d'avoir à les attendre près du chalet et Graesler, escorté par le frère et la sœur, s'engagea sur un sentier si étroit qu'on ne pouvait y marcher qu'en file indienne ; des épis à hauteur d'homme le bordaient jusqu'à un terrain planté d'herbe qui aboutissait à la forêt. Le docteur avoua qu'il ne la connaissait pas vraiment, bien qu'il vînt dans la région tous les étés depuis six ans. C'était un peu son destin ; du temps qu'il était médecin de bord, il n'apercevait souvent que les rivages, quelquefois les ports, ou les villes portuaires et leur banlieue. Jamais il n'avait l'occasion de visiter l'intérieur du pays, son service ne le lui permettait pas. Karl posait tant de questions que le docteur nomma au hasard des endroits du littoral qu'il avait côtoyés des années plus tôt. De se sentir promu au rang de grand navigateur, il acquérait une vivacité d'élocution et une bonne humeur qui n'étaient pas toujours son fait. Une trouée dans la forêt permettait d'apercevoir au loin le joli panorama de la ville d'eaux et l'étincellement du toit de la buvette sur lequel jouaient les rayons du soleil couchant. On décida de se reposer un instant. Karl s'étendit de tout son long dans l'herbe, Sabine s'assit sur un tronc d'arbre sans écorce, Graesler pour sa part ne voulant exposer son complet gris clair à aucun risque resta debout et poursuivit le récit de ses voyages. Sa voix, sourde en général, bien qu'il se raclât souvent la gorge, sonnait douce et comme étrangère à ses propres oreilles. On l'écoutait avec une sympathie qui depuis longtemps lui était refusée. Il finit par proposer de raccompagner les deux jeunes gens chez eux, de sorte que si leur père était revenu entre-temps, l'hypothèse d'une rencontre de hasard devenait crédible. Ce serait la façon la plus simple de faire connaissance. Sabine inclina brièvement la tête plusieurs fois à sa façon, ce que le docteur, mieux qu'une parole, interpréta comme un acquiescement. Le sentier qui descendait en pente douce s'élargissait peu à peu et c'était surtout Karl qui parlait, développant des projets de voyages et d'explorations dans lesquels on discernait le goût d'un adolescent aventureux, inspiré par de récentes lectures. Ils se trouvèrent devant la clôture du jardin du chalet plus vite que le docteur ne s'y attendait. A travers les hauts sapins, l'arrière de la maison, avec ses six étroites fenêtres toutes pareilles, apparaissait d'un blanc qu'atténuait le couchant. Sur le gazon piétiné entre la clôture et la maison, il y avait une table rustique oblongue, un banc et quelques chaises. Comme Karl était parti en reconnaissance, le docteur resta seul sous les sapins avec Sabine. Ils se regardèrent, le docteur sourit timidement et, comme Sabine demeurait grave, il dit en jetant un regard aux alentours :

« Quelle paix, ici ! »

Puis il se racla doucement la gorge.

Karl apparut à une fenêtre ouverte et leur fit signe de la main. Le docteur prit son air professionnel et suivit Sabine à travers le jardin jusqu'à la terrasse où le garde forestier et sa femme écoutaient leur fils leur raconter la rencontre de l'après-midi. Graesler, que l'appellation « garde forestier » égarait toujours, s'était attendu à trouver un homme fruste, à longue barbe, en tenue de chasse, fumant la pipe. Il fut surpris de se trouver en face d'un monsieur à la silhouette mince, au visage glabre, aux cheveux noirs à peine grisonnants dont la raie était tracée avec soin, qui l'accueillit aimablement, mais avec une dignité un peu théâtrale. Le docteur entama la conversation en vantant les beautés de la forêt que lui avaient révélées Karl et Sabine. Tandis que les deux hommes s'entretenaient de la difficulté de lancer la petite ville d'eaux en dépit de son aspect pittoresque, le docteur n'omit pas d'observer son interlocuteur sous l'angle médical, mais ne nota rien en dehors d'une mobilité frappante du regard et d'un fréquent tressaillement un peu dédaigneux à la commissure des lèvres.

Quand Sabine vint annoncer le dîner, le docteur voulut partir, mais le maître de maison, d'une hospitalité presque excessive, le retint. Il se trouva assis à la table familiale entre les parents et les enfants sous le plafond lambrissé d'où pendait la lampe abritée par un abat-jour vert. Il parla du bal annoncé pour le samedi au petit casino et, s'adressant à Sabine, lui demanda si parfois elle prenait part à ces festivités.

« Non, pas ces dernières années, répondit Sabine. Autrefois, quand j'étais plus jeune. » Et comme le docteur souriait incrédule, elle ajouta très vite – ce qu'il prit pour un avertissement : « J'ai déjà vingt-sept ans. »

Son père fit une remarque ironique sur les coutumes mesquines de la petite ville et vanta vivement la magie des grandes stations mondaines. Il ressortit de ses propos ultérieurs qu'il avait été chanteur d'opéra et n'avait abandonné cette carrière que longtemps après s'être marié. Il citait maints noms d'artistes aux côtés desquels il s'était produit, de mécènes qui l'avaient apprécié et enfin de médecins dont les traitements inadéquats l'avaient privé avant l'heure de sa superbe voix de baryton. Tout en parlant, il vidait un verre après l'autre, jusqu'à l'instant où il parut soudainement fatigué et prit l'aspect d'un vieillard usé. Le docteur trouva le moment venu de prendre congé. Le frère et la sœur l'escortèrent jusqu'à la voiture et, anxieux, lui demandèrent l'impression que leur père lui avait faite. Bien que Graesler osât dès l'abord exclure l'éventualité d'une grave maladie, il insista sur la nécessité d'approfondir ses observations et mieux encore d'être bientôt appelé en consultation. Faute d'un examen approfondi, il ne pourrait en toute conscience établir un diagnostic sérieux.

« Ne trouves-tu pas, dit Karl en s'adressant à sa

sœur, que père s'est montré beaucoup plus communicatif ce soir que d'habitude ?

– C'est vrai, acquiesça Sabine et jetant un regard reconnaissant au docteur, vous lui avez été sympathique dès le début, cela se voyait. »

Modeste, le médecin se retrancha derrière un signe de la main en montant en voiture et promit aux deux jeunes gens de donner suite à leur requête et de revenir les voir bientôt. Karl et Sabine restèrent encore un bon moment sur la route à regarder l'attelage s'éloigner. Le docteur rentrait chez lui sous un ciel constellé et froid. La confiance de Sabine lui procurait une satisfaction d'autant plus douce qu'il pensait ne pas la devoir seulement à ses capacités médicales. Il ne se cachait pas que, l'âge et la fatigue venant, il éprouvait une certaine indifférence à l'égard de ses malades et qu'il manquait souvent de contact humain avec eux. Pour la première fois depuis longtemps, il reconnut la noblesse d'un métier qu'il avait choisi avec enthousiasme, quand il était jeune, mais dont il ne s'était pas toujours montré digne, faute d'avoir su maintenir intacts sa conviction et son élan intérieur.

4

Le lendemain, quand le docteur ouvrit la porte donnant sur la salle d'attente, il fut surpris de voir, entre autres patients, M. Schleheim qui, étant arrivé le premier, le suivit aussitôt dans son cabinet de consultation. D'entrée, le chanteur fit promettre au médecin que sa famille ne saurait jamais rien de sa visite et, rassuré sur ce point, il n'hésita pas à énumérer ses malaises et à se soumettre à un examen approfondi. Graesler ne lui découvrit aucune atteinte physique grave, mais un penchant indéniable à la mélancolie, ce qui n'était pas étonnant de la part d'un homme qui, dans la force de l'âge, avait dû abandonner une carrière brillante à laquelle il ne parvenait à trouver de compensation ni à son foyer, ni dans l'amour des siens, ni dans la richesse de sa propre vie intérieure. Le fait de pouvoir s'en expliquer à fond lui faisait manifestement du bien. Aussi accepta-t-il la suggestion du docteur qui, ayant décrété en riant qu'il ne pouvait pas le compter au nombre de ses malades, lui proposa adroitement d'aller bavarder avec lui au chalet à l'occasion de ses promenades.

Profitant de cette autorisation dans la matinée du dimanche suivant, Graesler trouva le chanteur seul et celui-ci s'empressa de lui dire qu'il avait informé « la famille » – c'est par ce terme collectif qu'il désignait toujours les siens – de l'examen auquel il s'était soumis et du verdict rassurant : ainsi était-il débarrassé des mines anxieuses qui le rebutaient et des fâcheuses allusions qui l'exaspéraient. Le médecin fit valoir le souci, peut-être excessif mais tout au moins touchant, qu'avaient les enfants de la santé de leur père. Le chanteur fit d'abord chorus avec lui, mais déclara aussitôt n'avoir à leur reprocher qu'une chose, d'être justement trop parfaits.

« Voilà pourquoi, ajouta-t-il, ils ne profiteront pas de la vie et sans doute ne la connaîtront-ils jamais. »

Ses yeux reflétaient le souvenir lointain d'aventures licencieuses. Ils étaient restés assis pendant quelque temps sur le banc devant l'entrée lorsque les autres membres de la famille Schleheim arrivèrent, tous endimanchés, comme des petits-bourgeois. Sabine, qui parut s'en rendre compte, retira son chapeau lourdement chargé et, plus tranquille, lissa des deux mains sa coiffure toute simple. Le docteur fut retenu à déjeuner ; la conversation garda un caractère anodin jusqu'à l'instant où il fut question de la retraite du directeur d'une clinique privée, sise aux environs de la petite ville d'eaux. Mme Schleheim, mine de rien, demanda alors à son hôte s'il ne serait pas tenté de succéder à ce directeur pour avoir l'occasion d'expérimenter ses célèbres cures de jeûne. Le docteur s'en défendit en riant et observa qu'il n'avait jamais pu se décider à occuper de pareilles fonctions.

« Il m'est impossible de renoncer à mon goût de la liberté. Même si je reviens une demi-douzaine de fois au même endroit, comme c'est le cas ici et comme cela peut se reproduire. Je ne supporte pas la contrainte. Elle pèserait sur l'exercice de ma profession et même sur le plaisir que j'éprouve à admirer la nature. »

Sabine parut vouloir exprimer son assentiment par une légère inclinaison de tête. On put s'apercevoir par la suite qu'elle était très au courant de la situation de la clinique et qu'elle estimait que, bien administrée, cette entreprise serait beaucoup plus rentable qu'elle ne l'était actuellement sous la gestion de son vieux directeur, devenu négligent. Elle était d'avis que l'activité dans une clinique devait être souhaitable pour tout médecin, puisque les relations suivies entre les patients et les médecins y étaient assurées.

« Ce sont certainement là des arguments valables, observa le docteur avec cette réserve dans le ton qu'il jugeait opportune devant un auditoire de profanes. »

Sabine ne s'y trompa pas. Elle dit très vite, en rougissant légèrement :

« J'ai été infirmière à Berlin pendant quelque temps.

– Vraiment, s'écria le docteur, pris au dépourvu. Il se retrancha derrière une généralité : "Quel noble et beau métier, mais difficile, et dur !" Je comprends que vous ayez voulu revenir à votre foyer et respirer l'air de la forêt. »

Sabine ne dit mot, les autres se taisaient aussi, Graesler soupçonna qu'il venait de frôler la zone qui abritait le modeste secret de la vie de Sabine.

Karl insista pour faire sa partie de dominos au jardin après le repas, comme s'il s'agissait de faire valoir un droit imprescriptible. Le docteur fut prié de participer au jeu et tandis que les plaques claquaient vivement, en toute innocence, Mme Schleheim s'endormait dans un fauteuil sous les sapins, son ouvrage sur les genoux. Graesler pensa à certains tristes après-midi dominicaux, vécus en d'autres années aux côtés de sa sœur mélancolique. Il lui semblait avoir échappé comme par miracle à une époque de sa vie, lugubre et pesante. Quand, afin de le tirer de sa distraction, Sabine lui jetait un regard souriant ou lui touchait légèrement le bras pour qu'il se décide à poser ses dominos, il voyait dans cette familiarité comme l'esquisse d'un espoir incertain mais doux. Les dominos rangés dans leur boîte disparurent et une nappe à dessin fleuri vint s'étaler à leur place sur la table. Comme on ne pouvait pas trouver de voiture, le docteur n'eut pas d'autre choix que d'avaler une tasse de café avec ses hôtes avant d'aller, vers le soir, retrouver ses malades qui, pas plus le dimanche que les autres jours, ne pouvaient se passer de lui. Le sourire de Sabine et sa poignée de main l'aidaient dans sa marche sur la grand-route, poussiéreuse et chaude.

Il n'en jugea pas moins qu'il serait bienséant de laisser passer quelque temps avant de retourner au chalet. Cela lui fut plus facile qu'il ne l'avait imaginé, car son métier recommençait à l'absorber. Non seulement il consignait la genèse des maladies de ses patients, mais il étudiait des revues médicales pour parfaire son savoir. Même s'il savait que cette ardeur professionnelle reconquise était due à l'influence de Sabine, il ne se laissait pas aller à l'espoir que la jeune fille serait sienne un jour. Quand, par hasard, il imaginait une demande en mariage et un destin commun avec elle, il apercevait subitement et sans plaisir la silhouette du directeur de l'hôtel de Lanzarote recevant le vieux médecin et sa jeune femme avec son sourire insolent. L'apparition du directeur était inévitable, comme si Lanzarote eût été l'unique lieu où Graesler pût exercer son métier en hiver et comme si ce directeur était le seul être au monde capable de perturber son jeune bonheur conjugal.

Le docteur rencontra Sabine en ville vers la fin de la

semaine. Elle lui demanda pourquoi il s'était fait si rare.

« Nous ne voyons presque personne, dit-elle, et on ne peut parler de choses intéressantes avec quiconque. La prochaine fois que vous viendrez, j'aimerais que vous m'en disiez davantage sur votre propre vie... On aimerait connaître les choses lointaines... »

Il y avait un rêve de langueur dans ses yeux.

« Comment se fait-il, mademoiselle Sabine, que vous vous cantonniez dans ce coin perdu, alors que vous pensez que la vie du vaste monde aurait pour vous un si grand intérêt ?

– Il n'en sera peut-être pas toujours ainsi, dit-elle simplement, et il en a déjà été autrement. Mais pour l'instant je ne demande pas autre chose que ce que j'ai ! »

Dans son regard, la lueur de nostalgie s'était éteinte.

5

Ce ne fut pas sans s'y préparer que Graesler entreprit sa visite suivante au chalet. Il s'était remémoré les épisodes de sa vie qui méritaient d'être racontés, mais avait dû bientôt s'avouer qu'une existence si riche en apparence péchait par la pauvreté de sa substance. Il n'en restait pas moins que certains faits marquants tenaient de l'aventure, comme l'assaut des indigènes dans une petite île de l'Antarctique qui avait même coûté la vie à un enseigne de vaisseau ; il y avait aussi le suicide en haute mer d'un couple d'amoureux, un cyclone au large de l'océan Indien, le débarquement dans l'île japonaise qu'un séisme avait ravagée la veille. Il y avait eu aussi la nuit dans une fumerie d'opium, une histoire qu'il conviendrait d'épurer, la fin n'étant pas de celles qui se racontent en famille. Tout cela donnait matière à des récits attrayants, d'autant que le docteur gardait également un souvenir assez précis de certains de ses malades, des originaux ou des aventuriers. Il y avait eu aussi un grand-duc russe assassiné au cours de l'hiver qui suivit sa cure, et qui avait prévu le sort qui l'attendait...

Chez les Schleheim, un tiède après-midi dominical, le docteur s'appuyait légèrement à la balustrade de la terrasse en répondant aux questions que Karl lui posait fort opportunément. Pris à sa propre éloquence, il voyait s'éclairer des scènes que le temps avait estompées. Les images surgissant de l'oubli étaient si nombreuses qu'il constata soudain avec surprise qu'il était capable d'inventer les maillons qui manquaient. Cette faculté était certes à double tranchant, mais Graesler ne s'en inquiéta pas, trop heureux de jouer le premier rôle devant un auditoire sympathisant et conquis. Il avait le privilège de ressusciter dans le chalet propice au rêve un passé à tel point révolu qu'il doutait de l'avoir vécu.

Une autre fois, pendant que Sabine et sa mère recevaient des visiteuses au jardin – chose rare – il resta seul sur la terrasse avec le vieux chanteur qui lui parla de son passé et de sa carrière de façon approfondie. Quand il avait prématurément perdu la voix, il aurait pu trouver en Rhénanie un emploi, grâce à son beau-père, négociant en vins fort aisé, mais il avait choisi de se réfugier dans la nature. Mieux valait goûter de bon cœur ce qui vous reste, avait-il estimé, que de regretter sans cesse ce qui vous est refusé !

« Ainsi, ajouta-t-il non sans ironie : le bonheur du foyer, et – avec une nuance de regret : la perfection des enfants. Ah, si Sabine avait hérité de mon tempérament, comme elle a hérité de ma voix, quel avenir se serait ouvert devant elle ! »

Schleheim raconta au docteur que, logée à Berlin dans la famille de sa femme, beaucoup trop bourgeoise à son gré, elle avait pris des leçons de chant et suivi des cours d'art dramatique, mais qu'elle avait tout abandonné, ne pouvant tolérer le ton et les libertés de langage que se permettaient ses condisciples vis-à-vis d'elle.

« Mlle Sabine a l'âme pure, fit Graesler en hochant la tête d'un air approbateur.

– En effet ! Et après, cher docteur ? Que cela vaut-il comparé à l'immense profit que l'on retire de la connaissance de la vie, avec ses sommets et ses abîmes ? Une âme, qu'en fait-on ? »

Le regard du chanteur errait dans le vague ; il reprit d'un ton maussade :

« Donc, un beau jour, elle a envoyé promener tous ses projets, ou plutôt ceux que j'avais formés pour sa réussite. Puis pensant avoir trouvé sa vocation, elle s'est fait inscrire à un cours d'infirmière. »

Son intonation indiquait la différence qu'il faisait entre l'un et l'autre métier. Le docteur secoua la tête.

« D'ailleurs, si j'ai bien compris, ce métier ne l'a pas entièrement satisfaite non plus puisqu'elle l'a abandonné peu d'années après.

– Ça, c'est une autre affaire, répondit Schleheim, elle avait fait la connaissance d'un jeune médecin et s'était fiancée à lui. On le disait brillant et plein d'avenir. Je n'ai pas eu l'occasion de le connaître, car tout cela s'est terminé très vite... Il ajouta en baissant la voix, parce que Karl arrivait en courant : ce jeune homme est mort.

– Mort », murmura Graesler en écho sans ressentir la moindre compassion.

Karl venait annoncer que le café était servi sous les sapins. Les deux hommes descendirent au jardin et le docteur fut présenté aux visiteuses, une veuve et ses deux filles, un peu plus jeunes que Sabine. Graesler les connaissait de vue, de sorte que gâteaux et café s'accompagnèrent d'une conversation plaisante et animée. Les deux jeunes filles expliquèrent au docteur qu'installées tous les jours à leur fenêtre en tirant l'aiguille, elles l'apercevaient toujours à trois heures moins le quart, au sortir du restaurant où il déjeunait. Elles soutenaient toutes deux qu'il ne manquait jamais de consulter sa montre, de la porter à son oreille, de secouer la tête et de presser le pas pour gagner son domicile. Pourquoi tant de hâte ? demandait la plus jeune des sœurs dont les yeux étaient pleins de malice. L'heure de la consultation ? Quelle plaisanterie ! Chacun savait qu'aucun malade ne se risquait jamais dans cette petite ville thermale dont les eaux étaient prétendues curatives. L'intéressant jeune homme que l'on poussait vers la buvette de l'établissement dans une chaise roulante était appointé par le syndicat d'initiative. Il s'agissait d'un acteur berlinois à qui on payait son séjour d'été à la condition de jouer le rôle d'un malade. Quant à l'élégante aux dix-sept chapeaux, elle n'était pas américaine et moins encore australienne comme voulait le faire croire la liste des étrangers, mais européenne comme tout le monde. Elle avait même reçu une visite la veille, un officier en civil, venu d'Eisenach ; ils s'étaient assis ensemble sur un banc, au jardin du Casino, et elle s'était entretenue avec lui non point en anglais mais en pur dialecte viennois.

Le docteur leur abandonna l'Américaine, qui n'était pas sa cliente, mais celle d'un confrère. Il avait en revanche à leur offrir un ménage français qui avait déjà fait le tour du monde et trouvait ce petit coin de terre incomparable. L'aînée des sœurs, quittant le ton badin, prit le parti d'exalter les charmes de la contrée, la forêt au milieu d'une plaine ondulée, ainsi que la petite ville elle-même, dont les habitants retrouvaient tout le charme et le confort quand les étrangers la désertaient. Mme Schleheim fit chorus.

« Vous devriez passer un hiver ici, docteur, pour apprécier ce superbe paysage. »

Graesler ne répondit pas, mais ses yeux reflétaient les images lointaines de contrées à jamais perdues pour lui et que ses interlocuteurs ignoreraient sans doute toujours.

Quand il fut question de partir en promenade, le maître de maison préféra rester chez lui pour continuer la lecture d'une histoire de la Révolution française, époque qui l'intéressait particulièrement, assurait-il.

Ils ne formèrent qu'un seul groupe au départ, mais peu à peu, comme par un fait exprès, on laissa Graesler et Sabine précéder les autres et le docteur se sentit plus assuré vis-à-vis d'elle, plus proche aussi que les fois précédentes. Il n'excluait pas la possibilité que Sabine ait eu des relations plus intimes que ses parents ne le soupçonnaient avec son défunt fiancé. S'il en était ainsi, il pouvait la considérer comme une jeune veuve, ce qui réduisait un tant soit peu l'écart d'âge entre elle et lui. On décida de clore cette agréable journée aux sons de l'orchestre, en dînant sur la terrasse du casino où M. Schleheim les rejoignit. Il était d'une élégance si outrancière que Graesler eut peine à imaginer qu'il émergeait des rigueurs de la Révolution française. Les jeunes amies de Sabine masquèrent sous des plaisanteries la réelle admiration qu'il leur inspirait, tandis que, dans le regard de Sabine, le docteur crut lire une légère désapprobation à l'égard de l'accoutrement de son père. La bonne humeur n'en était pas moins générale et la plus jeune des demoiselles ne se priva pas de se moquer des autres dîneurs. Elle découvrit bientôt, à la table voisine, la dame aux dix-sept chapeaux, entourée de trois jeunes gens et d'un homme d'âge mûr. D'un mouvement de tête très peu australien, elle accompagnait le rythme d'une valse viennoise que jouait l'orchestre.

Quand, tout à coup, Graesler sentit qu'un pied touchait le sien, il faillit avoir peur. Sabine ? non, sûrement pas, et puis ce n'était pas ce qu'il aurait désiré. Sans doute s'agissait-il de la gentille petite péronnelle qui arborait pour la circonstance le visage de l'innocence. Le frôlement avait été si léger qu'on pouvait l'attribuer au hasard. Adopter cette supposition était dans la nature de Graesler, s'en satisfaire ne l'était aucunement. Il avait toujours souffert d'un défaut majeur, une trop grande modestie liée à une sous-estimation de soi. S'il en avait été autrement, sans doute n'aurait-il pas échoué dans cette ridicule petite ville d'eaux, et serait-il, aujourd'hui, muni de titres ronflants, à la tête d'une célèbre station thermale comme Wiesbaden ou Ems. Bien que Sabine le gratifiât de coups d'œil presque amicaux, bien que, souriante, elle bût une fois à sa santé, il devait s'avouer que chaque gorgée le rendait plus mélancolique. La dégradation de son humeur se répercuta sur tout le groupe. Les dames d'un certain âge eurent sommeil, le babillage des jeunes s'arrêta, le chanteur fumait un gros cigare en lançant autour de lui un regard sinistre. Et quand on se fut séparé, Graesler se sentit plus solitaire que jamais.

6

Les vacances prirent fin et Mme Schleheim accompagna son fils Karl à Berlin, d'où elle revint – ce qui ne surprit personne – atteinte d'une gastrite. Tous les soirs, le Dr Graesler, requis en tant que médecin, se rendait au chalet et, l'habitude étant prise, il la garda même lorsque sa malade fut complètement guérie.

Souvent, il restait seul avec Sabine et s'entretenait avec elle des heures durant, alors que Schleheim et sa femme usaient d'une discrétion concertée en espérant que ces tête-à-tête permettraient peu à peu une entente secrète entre le docteur et leur fille.

Graesler parlait à Sabine de sa jeunesse, de sa ville natale avec ses remparts aux multiples tourelles. Il lui décrivait l'immeuble qu'il tenait de ses parents et l'appartement vieillot qui attendait patiemment d'année en année qu'il y vînt, comme avec sa sœur naguère encore, prendre un bref congé automnal ou printanier. Quand Sabine l'écoutait, attentive et apparemment captivée, il ne pouvait s'empêcher de penser que ce serait pour lui une grande joie que de la conduire là-bas et il se demandait ce qu'en dirait son vieil ami Böhlinger, le seul être qui, de très loin, le rattachât encore à la ville de ses pères.

Aussi, quand un automne précoce et particulièrement rude eut mis en fuite les curistes, Graesler, qui ne pouvait aller constamment au chalet, souffrit de sa solitude et fut saisi d'une telle angoisse à la perspective de reprendre seul son existence itinérante, sans but réel et sans espoir, qu'il se crut décidé, par moments, à demander la main de Sabine en bonne et due forme.

Le courage de le faire par la voie la plus directe lui manqua. Il essaya des approches prudentes, s'en remettant au destin pour savoir si la clinique dont Sabine avait parlé deux fois était réellement à vendre et à quelles conditions. Mais comme aucun écho ne fut fait à son enquête, il s'adressa au directeur lui-même, le Dr Franck, qu'il avait connu jadis.

Il aperçut, devant la clinique, un vieillard installé sur un banc peint en blanc, et qui fumait sa pipe d'un air maussade. Avec son vêtement de toile jaune sale, il ressemblait davantage à un paysan qu'à un clinicien. Graesler, cette fois, alla droit au but pour savoir si les rumeurs qui circulaient au sujet de la mise en vente de la clinique étaient fondées. Franck ne parut pas très fixé sur la réponse à donner. Son désir de vendre ne perçait que par instants, à travers de vagues allusions. On eût dit que lui aussi attendait un signe du destin pour agir. Il n'en était pas moins évident qu'il voulait se débarrasser de son établissement pour vivre les quelques années qui lui restaient aussi loin que possible de malades imaginaires ou vrais et pour se remettre des cent mille mensonges que son métier lui avait imposés.

« Vous pouvez vous en charger, vous êtes encore jeune », dit-il à Graesler qui, d'un mouvement mélancolique de la main, fit signe que non.

Graesler procéda tout de suite après à la visite de la clinique et regretta de la trouver plus dégradée qu'il n'avait prévu. Les malades qu'il rencontra au jardin, dans les couloirs, dans la salle des inhalations, ne lui firent pas l'impression de gens allègres sur le chemin de la guérison ; il nota tout au contraire de la méfiance, une sorte d'inimitié dans la façon dont ils saluaient leur médecin et dans les regards qu'ils lui jetaient. Toutefois, quand il se trouva sur le petit balcon attenant à l'appartement privé du propriétaire et qu'il put voir, au-delà du jardin, la plaine souriante environnée de vallons que couvrait une brume légère derrière laquelle on devinait le chalet, il pensa à Sabine avec un sentiment si vif, un désir si lancinant de sa présence que pour la première fois il s'avoua qu'il était amoureux. Il avait enfin un but : elle serait sa femme, il reviendrait avec elle à cette place même, la serrerait sur son cœur et mettrait à ses pieds la propriété restaurée et embellie. Il fallut qu'il se fît violence pour simuler encore l'indécision en prenant congé du Dr Franck, que son attitude parut laisser indifférent. Il crut bon de taire cette visite durant la soirée qu'il passa chez les Schleheim, mais, dès le lendemain, il emmena à la clinique l'architecte Adelmann, son commensal quotidien au « Lion d'Argent », pour connaître l'avis d'un expert. Ce dernier jugea que les réparations et transformations indispensables n'iraient pas chercher des sommes inabordables, comme Graesler l'avait redouté ; M. Adelmann se faisait même fort de remettre la maison de santé en état avant le premier mai de l'année suivante. Graesler, toujours apparemment indécis, s'éloigna avec l'architecte, qui, seul avec lui, insista plus vivement encore pour qu'il procédât à l'achat de la propriété.

Le même soir, la douceur estivale étant revenue, Graesler se tenait sur la terrasse du chalet avec Sabine et ses parents. Il leur rapporta alors, sans insister, la conversation qu'il avait eue avec le Dr Franck, comme s'il avait rencontré son vieux confrère par hasard, alors qu'il passait près de la clinique. Le père de Sabine, qui trouva l'offre intéressante, conseilla au médecin de renoncer sur-le-champ à sa clientèle méridionale de Lanzarote et de s'engager sans tarder dans cette affaire. Graesler s'en défendit. Il ne pouvait pas se libérer ainsi de ses engagements à Lanzarote, d'autant qu'un bon architecte comme Adelmann mènerait l'entreprise à bien, même en son absence. Sabine, avec son habituelle simplicité, lui proposa de surveiller les travaux en son absence et de lui rendre compte de leur bonne marche, régulièrement. Schleheim et sa femme s'éclipsèrent, comme s'ils en étaient convenus, et rentrèrent au chalet. Sabine et le docteur marchèrent, ainsi qu'ils aimaient à le faire, sous les sapins de l'allée qui, de la maison, conduisait à la route. Ils revenaient sur leurs pas et leur conversation très animée permettait à Sabine de soumettre au docteur tant d'idées ingénieuses pour la transformation de la vieille bâtisse, qu'on eût dit que depuis longtemps elle avait réfléchi à la question. Il lui paraissait indispensable, surtout, qu'on engageât une dame, une vraie dame, insista-t-elle, pour superviser la gestion et conférer à l'ensemble de la clinique une distinction en quelque sorte mondaine qui lui avait manqué tout au long des dernières années. La perche semblait tendue. Graesler, le cœur battant, se crut prêt à la saisir, mais elle enchaîna, comme pour l'en empêcher, avec une hâte inaccoutumée :

« Cela pourrait se trouver par l'intermédiaire des journaux... ou alors, à votre place, je ne reculerais pas devant la perspective d'un voyage pour dénicher la personne capable d'occuper un poste à ce point important ! Vous pouvez prendre votre temps, je suppose que tous vos malades sont partis ? Quand comptez-vous partir à votre tour ?

– Dans quatre ou cinq jours, mais je dois commencer par aller chez moi, dans ma ville natale. Ma sœur est morte sans laisser de testament... et... mon vieil ami, l'avocat Böhlinger, vient encore de m'écrire que ma présence est indispensable pour régler différentes questions. Avant de partir, je reverrai la clinique dans le détail, mais une décision définitive ne me sera possible que lorsque j'aurai parlé à mon ami Böhlinger. »

Il discourait, prudent et maladroit, mécontent de

lui-même, sentant qu'une claire résolution serait préférable en cette circonstance. Comme Sabine ne disait plus rien, il prétexta une visite à rendre à une malade pour prendre congé d'elle. Au moment de partir, il saisit la main de Sabine, la porta soudain à ses lèvres et y déposa un long baiser. Sabine le laissa faire et lorsqu'il redressa la tête, il lui trouva l'air satisfait, plus serein que tout à l'heure. Graesler savait qu'il fallait surtout ne rien ajouter ; il monta en voiture, étala le plaid sur ses genoux et se retourna. Sabine n'avait pas bougé, mais ce n'était pas dans la direction où allait disparaître sa voiture qu'elle regardait, elle contemplait le vide et la nuit.

7

Dès la matinée du lendemain, Graesler retourna à la clinique, sous un ciel triste d'où tombait la pluie. Il était lui aussi de méchante humeur en visitant les salles, comme par acquit de conscience, pour la troisième fois. Un très jeune assistant l'escortait, usant à son égard d'une politesse choisie qui, sans doute, concernait davantage l'éventuel directeur que le confrère plus âgé et plus expérimenté. Le jeune clinicien qui guidait Graesler ne se faisait pas faute de faire entendre au passage qu'il était au courant des méthodes curatives les plus modernes, mais que malheureusement, il n'y avait pas eu moyen de les appliquer encore. Après cette nouvelle visite au cours de laquelle la maison lui avait paru plus négligée que la veille et le jardin plus abandonné, il revit le directeur qui, dans son bureau, prenait son petit déjeuner au milieu de factures éparses et de papiers officiels. Graesler lui expliqua qu'il ne pouvait prendre aucune décision avant le séjour qu'il allait faire dans sa ville natale, d'où il reviendrait trois semaines plus tard. Le propriétaire prit acte de cette déclaration avec l'indifférence qui lui était habituelle et observa simplement que de son côté il gardait donc les mains libres. Graesler ne trouva rien à objecter et se sentit comme soulagé lorsque, à l'abri de son parapluie, il se retrouva dans les rues de la petite ville. Pourtant de lourdes gouttes d'eau ruisselaient des bords du parapluie, les collines environnantes étaient noyées dans le brouillard. La température avait fraîchi, il avait froid aux mains et ce ne fut pas sans mal qu'il réussit à mettre ses gants tout en gardant son parapluie déployé. Contrarié, il secoua la tête. Pourrait-il s'habituer à ce climat dit, à tort, tempéré et y passer l'automne et l'hiver ? Il aurait été soulagé de pouvoir annoncer à Sabine, le soir même, que la clinique lui avait échappé au bénéfice d'un acheteur plus hardi que lui, mais dont l'avenir n'était pas enviable.

Arrivé chez lui, il trouva une lettre sur l'enveloppe de laquelle il reconnut l'écriture de Sabine. Il sentit son cœur s'arrêter : que pouvait-elle avoir d'indispensable à lui écrire ? Sans doute lui demandait-elle de ne jamais revenir. Hier, ce long baiser sur sa main avait tout gâché, il l'avait senti immédiatement. Ce geste ne lui ressemblait pas, il avait dû se couvrir de ridicule. L'enveloppe sembla s'être décachetée sans que Graesler sût comment. Il lut :

Cher ami,

Je peux bien vous appeler ainsi, n'est-ce pas ? Ce soir, vous reviendrez nous voir et je veux que vous ayez cette lettre auparavant. Sinon, Dieu sait si vous ne me quitterez pas aujourd'hui comme vous l'avez fait tous les jours qui ont précédé, de sorte que vous finiriez par partir en voyage sans vous être expliqué et en vous imaginant, de surcroît, avoir agi avec sagesse et lucidité. Je n'ai donc pas d'autre ressource que de parler moi-même ou plutôt de vous écrire, car parler serait trop diffcile. Voilà, mon cher docteur, ce qui me préoccupe gravement, je vous le mets en toutes lettres en espérant que cela vous fera plaisir et que vous ne trouverez pas que j'agis de façon peu féminine.

Mais si, je sens que j'ai le droit de vous l'écrire, de vous dire que je n'aurais pas d'objection à ce que vous me demandiez d'être votre femme. Ça y est, c'est dit. Oui, j'aimerais être votre femme car je vous porte une profonde et cordiale amitié comme jamais je n'en ai éprouvée auparavant. Ce n'est certes pas de l'amour, pas encore, mais c'est quelque chose d'approchant qui pourrait devenir de l'amour. Ces derniers jours, quand vous parliez de votre départ, je me sentais toute drôle et j'avais le cœur serré, et quand vous m'avez baisé la main ce soir, c'était très bien. Mais quand vous avez disparu dans le noir, j'ai eu l'impression que tout était fini et j'ai eu peur que vous ne reveniez jamais. Cette angoisse-là s'est dissipée. Ce sont de ces pensées qui ne vous viennent que la nuit, n'est-ce pas ? Je suis sûre que vous reviendrez dès demain soir. Je sais aussi que vous avez de l'amitié pour moi comme j'en ai pour vous. Il n'est sans doute pas besoin de le dire. J'ai simplement l'impression parfois que vous manquez de confiance en vous-même. Je me suis demandé pour quelle raison. Je crois comprendre que c'est parce que votre existence nomade vous a privé de racines profondes et que vous n'avez pas pris le temps d'attendre l'être qui, de tout cœur, se serait rallié à vous. Peut-être en est-il ainsi, peut-être aussi est-ce autre chose qui vous retient ? Ça, c'est plus difficile à écrire, mais puisque je me suis lancée, je ne peux pas m'arrêter à mi-chemin. Vous savez, cher ami, que j'ai été fiancée, il y a quatre ans de cela. Il était médecin comme vous, mon père a dû y faire allusion devant vous. Je l'ai aimé et j'ai éprouvé une profonde douleur de sa mort. Il était si jeune, vingt-huit ans. A l'époque, j'ai cru que tout était fini pour moi, comme on l'imagine dans ces moments-là. Je dois du reste à la vérité de vous avouer que ce n'était pas mon premier amour. Avant, j'avais été folle d'un chanteur. C'était à l'époque où mon père croyait de bonne foi faire mon bonheur en m'engageant dans une carrière qui n'était absolument pas faite pour moi. Cet amour a été le sentiment le plus passionné que j'aie vécu. Vécu est trop dire, mettons simplement ressenti. L'issue en a été stupide : lui pensait avoir affaire à une créature du genre de celles qu'il rencontrait dans son milieu et se conduisit en conséquence ; alors, ce fut la fin. Ce qu'il y a de curieux, c'est que je pense plus souvent à cet homme qu'à mon fiancé, que je chérissais. Nous avons été fiancés pendant six mois et – voilà qu'arrive la chose la plus diffcile à dire – je pense, cher docteur Graesler, que vous imaginez quelque chose qui n'est pas vrai. Vos hésitations pourraient venir de là. Cela prouverait que vous avez un véritable penchant pour moi, mais que, pardonnez-moi de le dire, vous êtes tatillon et tributaire d'un brin de vanité. Oui, je le sais, la vanité et ce genre de préjugés sont très répandus chez les hommes. Mais je tiens à vous dire que, sur ce point, vous n'avez rien à craindre. Me suis-je exprimée assez clairement ? Donc, cher ami, je n'ai pas de confession à vous faire. Quant à mes fiançailles, elles ont consisté en de bien curieuses relations, je ne crois pas qu'en six mois mon fiancé m'ait embrassée plus de dix fois.

Comme il est étrange de penser qu'on écrit toutes ces choses la nuit en s'adressant à un ami cher, surtout quand on pense que, tout bien pesé, on n'est pas obligé d'expédier la lettre ! Mais cette missive n'aurait pas de raison d'être si je ne vous disais pas tout ce qui me passe par la tête. Et pourtant je chérissais mon fiancé, peut-être même parce qu'il était si sérieux et si sombre. Il appartenait à cette espèce rare de médecins qui souffrent de toute la misère sur laquelle ils doivent se pencher. La vie lui paraissait si difficile ! Où aurait-il puisé le courage d'être heureux ? Je le lui aurais enseigné à la longue, je m'en faisais fort. Les choses ont évolué différemment. Je veux aussi que vous connaissiez son portrait que je garde bien entendu avec soin. Je n'ai plus celui du chanteur, ce n'est pas lui qui me l'avait offert, je l'avais acheté dans une galerie d'art avant de le connaître personnellement.

Que ne vais-je encore vous raconter ? Il est plus de minuit, je me tiens toujours à ma table et n'ai aucune envie de conclure. A côté, j'entends mon père qui fait les cent pas. Il souffre à nouveau d'agitation nocturne. Nous nous sommes bien peu préoccupés de lui ces derniers temps, vous comme moi, cher docteur. Mais cela changera. Il me faut ajouter quelque chose qui, justement, me passe par la tête. Vous le prendrez comme je le dis. Mon père imagine au sujet de la clinique que vous manquez peut-être d'argent liquide pour l'acquérir. Il serait prêt très volontiers à vous aider, le cas échéant. Je le crois même désireux d'investir une certaine somme dans cette affaire et puisque nous en sommes à parler de la clinique et si vous avez bien compris cette lettre, ce qui n'est pas très difficile, vous pouvez faire l'économie d'annonces de journaux et peut-être aussi de voyages, car je vous propose en toute conscience de superviser moi-même la gestion de l'entreprise. Ne serait-ce pas charmant, cher docteur, si de bons camarades comme nous, j'allais presque dire deux confrères, collaboraient dans cet établissement, la clinique s'entend ? Car je vous avoue qu'elle me plaît depuis longtemps, depuis plus longtemps même que son futur directeur. Son site et le dessin du parc sont merveilleux. Quelle tristesse que l'abandon dans lequel la laisse le Dr Franck ! Il y a eu maldonne aussi au sujet des malades qui y ont été acceptés ces derniers temps et qui n'y sont pas à leur place. Je crois qu'il faudrait à nouveau la réserver aux grands nerveux, en excluant bien entendu les vrais malades mentaux. Mais que vais-je chercher encore... ? Nous aurons le temps d'en parler, ne serait-ce que demain, même si pour le reste nous ne tombons pas tout à fait d'accord. Vous pourriez mettre à profit les voyages que vous envisagez pour faire, à Berlin et dans d'autres grandes villes, de la publicité au profit de la clinique. Pour ma part, j'ai connu à Berlin différents professeurs, du temps où j'étais infirmière ; peut-être se souviennent-ils de moi ?

Je vous vois sourire et je le conçois, une lettre comme celle-ci n'est pas une chose ordinaire. De méchantes personnes pourraient trouver que je me jette à votre tête. Mais vous, vous n'êtes pas méchant et vous lisez ces pages dans l'esprit où elles ont été écrites. Je vous aime, mon ami, ce n'est pas un amour de roman, mais il vient du fond du cœur. Il s'y ajoute que j'ai de la peine de vous voir si solitaire en ce bas monde. Oui, c'est possible, je n'écrirais peut-être pas cette lettre si votre chère sœur vivait encore. Elle était bonne, je le sais. Il se peut que je vous aime aussi parce que j'admire votre savoir médical. Oui, je l'admire. On peut quelquefois vous trouver froid. Mais c'est un air que vous vous donnez, car vous êtes certainement compatissant et bon au fond de vous-même. Ce qui importe, c'est que vous inspirez confiance dès l'abord, comme nous l'avons constaté pour ma mère et mon père. Et c'est par là, cher docteur, que tout a commencé. Quand vous viendrez demain, je vous faciliterai les choses : vous n'aurez qu'à sourire ou à me baiser la main comme vous l'avez fait ce soir. Alors, je comprendrai.

Et si les choses étaient différentes de ce que j'imagine, vous me le direz tout bonnement. Vous pouvez le faire, je vous tendrai la main en songeant aux belles heures que j'aurai passées cet été. Il ne faut pas en demander trop et vouloir être appelée « madame » ou encore « madame la directrice ». Non, ce n'est pas cela que je cherche. Comprenez-moi bien. Quoi que vous fassiez, même si vous nous ramenez l'an prochain de Lanzarote une belle Américaine ou Australienne, mais authentique, moi je n'en surveillerai pas moins les travaux à supposer que vous vous décidiez à l'achat de l'établissement. Ce sont là deux choses différentes qui sont sans rapport entre elles. Il est temps maintenant de m'arrêter ; je me demande si je vous enverrai ce mot demain, qu'en pensez-vous ?

Je vous quitte, au revoir, à bientôt. Je vous aime bien et je resterai quoi qu'il arrive votre amie.

SABINE

Graesler médita longuement sur cette lettre. Il la lut et la relut deux et trois fois sans savoir si son contenu le rendait heureux ou triste. Une chose était claire : Sabine était prête à devenir sa femme. Elle se jetait à sa tête, comme elle le constatait elle-même. Mais elle déclarait en même temps n'être pas amoureuse de lui. Elle le regardait d'un œil trop clairvoyant et même trop critique pour l'être. Elle l'avait bien jugé : vaniteux, tatillon, froid et indécis, défauts qu'il ne pouvait discuter. Mais Sabine aurait-elle insisté sur sa manière d'être s'il avait eu dix à quinze ans de moins ? Et puisque, vivant loin de lui, elle avait dénombré ses défauts et les avait soulignés dans sa lettre, il se demanda ce qu'il en adviendrait au cours d'une vie commune alors qu'elle lui découvrirait d'autres faiblesses encore. Il lui faudrait s'observer sans répit pour s'imposer, ne jamais se laisser aller, en un mot : jouer la comédie. A son âge, la chose n'était vraiment pas facile, aussi difficile à peu près que de transformer un vieux célibataire tatillon, aimant ses aises, en un jeune époux charmant et empressé. Il n'y aurait pas de problèmes au début, car elle avait une indéniable sympathie pour lui et même, pour ne pas reculer devant les mots, une sorte de tendresse maternelle. Mais combien de temps durerait cette tendresse ? Jusqu'au moment où surgirait un autre chanteur au charme démoniaque ou un autre jeune médecin ténébreux, n'importe quel séducteur qui trouverait grâce d'autant plus facilement auprès de la jolie jeune femme que l'expérience du mariage l'aurait mûrie entre-temps.

L'horloge murale sonna une heure et demie, l'heure normale de son repas était dépassée de beaucoup ; il en fut désagréablement impressionné et il se mit en route pour son restaurant habituel, tout en se morigénant sévèrement d'être à ce point maniaque. Il trouva l'architecte Adelmann installé dans un coin avec un conseiller municipal ; ils prenaient leur café en fumant. Le conseiller municipal lui fit un signe de tête plein de sympathie et le reçut en disant :

« Eh bien, il y a matière à vous féliciter, paraît-il.

– De quoi ? demanda Graesler presque effrayé.

– Vous avez acheté la clinique de Franck. »

Graesler se sentit plus calme.

« Acheté, répéta-t-il, mais non, il ne peut pas encore en être question. Cela dépend de toutes sortes de choses. La baraque est dans un état affreux. Il faudrait, pour bien faire, la reconstruire de fond en comble et notre ami, ajouta-t-il en désignant incidemment l'architecte, tout en s'absorbant dans le menu, me demande des sommes... »

L'architecte s'en défendit vivement, déclarant qu'il ne voulait rien gagner dans cette affaire et que les dégradations constatées seraient faciles à réparer. Si la décision en était prise sans tarder, la clinique serait flambant neuve avant le quinze mai.

Graesler haussa les épaules et ne manqua pas de rappeler que la veille encore l'architecte avait parlé du premier mai comme date limite pour l'achèvement des travaux. Au reste, observa-t-il, chacun sait que ni les devis ni les délais ne sont jamais respectés en pareille matière, et il ajouta qu'il ne se sentait plus assez jeune pour tenter pareille expérience, d'autant plus que le propriétaire exigeait une somme excessive.

« Qui sait, fit-il en manière de plaisanterie, si notre architecte n'est pas de mèche avec lui ? »

L'architecte bondit, le conseiller municipal tenta d'aplanir les choses et Graesler fit amende honorable. Mais la bonne entente ne se rétablit pas, de sorte que l'architecte et le conseiller municipal prirent fraîchement congé de Graesler qui resta seul et mécontent de lui. Il ne toucha pas au dessert et se hâta de rentrer chez lui où l'attendait un malade qui demandait des conseils sur le traitement à suivre durant l'hiver.

Graesler, impatient et distrait, lui fit quelques recommandations et empocha ses honoraires, la conscience en déroute. Il éprouvait de la rancune non seulement contre lui-même, mais contre Sabine aussi qui, dans sa lettre, lui avait reproché son indifférence vis-à-vis des malades. Il sortit sur le petit balcon, ralluma son cigare refroidi et considéra le pauvre jardinet où la propriétaire de la maison, installée sur un banc blanc, à côté de sa corbeille à ouvrage, tricotait comme tous les jours à la même heure. Cette personne vieillissante avait eu, il y a trois ou quatre ans seulement, des vues sur lui ; du moins sa sœur Frédérique, qui imaginait toujours son frère guetté par des vierges ou des veuves en mal de mariage, l'affirmait-elle alors. Dieu sait qu'il n'en était pas ainsi. Il était né pour rester vieux garçon, c'était un maniaque, un égoïste et un petit-bourgeois. Sabine l'avait bien senti et le lui avait fait comprendre dans sa lettre de façon nette et incontestable, même si pour diverses raisons, parmi lesquelles l'amour n'avait pas grand-chose à faire, elle s'était censément « jetée à sa tête ». L'eût-elle fait réellement, comme les choses seraient différentes ! Mais le papier qu'il entendait se froisser dans la poche de son veston n'avait rien d'une lettre d'amour.

On lui annonça que la voiture qui le conduisait tous les soirs au chalet était avancée. Le cœur de Graesler se mit à battre vivement ; le moment arrivait, il ne pouvait se le cacher. Il aurait dû se hâter d'aller chez Sabine, de saisir ses chères mains et de les baiser en remerciant cette ravissante créature de s'offrir à lui et de vouloir être sa femme, même s'il ne devait s'agir que de quelques années ou seulement de quelques mois de bonheur. Mais au lieu de descendre l'escalier quatre à quatre, il restait debout, comme cloué au sol. Il croyait qu'une mise au point s'imposait avant tout, mais il ne savait pas laquelle. Brusquement, il pensa qu'il devait relire la lettre de Sabine, il la tira de la poche de son veston et passa dans son cabinet de consultations où il était tranquille, pour laisser agir sur lui les paroles de

Sabine. Il lut lentement, attentivement, et d'instant en instant son cœur se durcissait. Tout le charme, toute l'affection lui parurent lointains et même ironiques, et quand il en arriva à l'endroit où Sabine parlait incidemment de sa réserve, de sa vanité, de ses préjugés, il lui sembla qu'elle répétait ce que depuis ce matin, elle ne cessait à tort de lui reprocher. Comment avait-elle pu le traiter de tatillon, de petit-bourgeois, lui qui aurait été prêt à lui pardonner – avec quelle joie ! – un vrai faux pas ? Elle ne se contentait pas d'ignorer qu'il en était capable, elle imaginait que ses préjugés le retenaient. Elle ne savait rien de lui, c'était la pierre d'achoppement et, sous l'angle de cette incompréhension, il aperçut son existence entière dans un éclairage nouveau. Il se rendait compte que jamais personne ne l'avait compris, ni homme ni femme. Ses parents ne l'avaient pas compris, sa sœur non plus, pas plus que ses confrères ou ses malades. Sa réserve était taxée de froideur, son amour de l'ordre, de manie, sa gravité, de sécheresse. Ainsi, depuis toujours, la solitude était-elle son lot parce qu'il manquait d'entrain et de brio. Tel il était et ne pouvait changer, et, en plus, bien plus âgé que Sabine ! Voilà pourquoi il n'avait pas le droit d'accepter le bonheur qu'elle était prête à lui offrir, ou se croyait prête à lui apporter, alors que ce bonheur était peut-être illusoire. Il prit rapidement une feuille de papier à lettres et se mit à écrire :

Chère mademoiselle Sabine.
Votre lettre m'a ému. Comment vous en remercier, moi pauvre vieil homme solitaire ?

Idioties, pensa-t-il et, déchirant la feuille, il recommença aussitôt :

Chère amie, chère Sabine,
Je suis en possession de votre belle lettre, de votre bonne lettre. Elle m'a ému. Comment vous en remercier ? Vous me montrez la possibilité d'un bonheur

dont je n'aurais pas osé rêver et c'est pourquoi – laissez-moi vous le dire sans tarder et en corrélation avec ce qui précède – je n'ose pas le saisir, du moins dans l'immédiat. Accordez-moi quelques jours de réflexion. Permettez-moi de prendre clairement conscience de mon bonheur et, chère Sabine, interrogez-vous une fois de plus pour être sûre que vous désirez confier votre radieuse jeunesse à l'homme mûr que je suis.

Sans doute le départ pour ma ville natale, qui s'impose comme vous le savez, vient-il à propos. Je vais avancer mon voyage de quelques jours et prendre le train demain matin au lieu de jeudi. Nous resterons donc quinze longs jours sans nous voir et durant ce temps la décision se fera en vous comme en moi. Je n'ai pas, hélas, comme vous, l'art de choisir de jolis mots, Sabine, chère amie. Ah, s'il vous était donné de lire dans mon cœur ! Mais je suis sûr que vous ne pouvez pas vous méprendre. Je crois qu'il vaut mieux que je ne vienne pas au chalet ce soir, je préfère prendre provisoirement congé de vous à travers cette lettre. Je vous demande aussi la permission de vous écrire et voudrais recevoir de vos nouvelles. Voici mon adresse chez moi : « Burggraben numéro 17. » Comme vous le savez, je pense parler à mon vieil ami, l'avocat Böhlinger, de l'achat de la clinique. De ce fait, il m'est impossible d'accepter dès maintenant l'aimable proposition de Monsieur votre père. Je ne puis pour l'instant que l'en remercier. Peut-être serait-il utile de demander conseil à un architecte étranger à la ville, ce qui n'est aucunement une pointe dirigée contre celui que j'ai consulté. Nous en reparlerons en temps voulu.

Et maintenant, chère Sabine, je vous dis « au revoir ». Transmettez mes sentiments les meilleurs à vos parents en leur expliquant qu'un télégramme de mon avocat m'a décidé à avancer mon voyage. Je vous dis « à dans quinze jours » ; puissé-je tout retrouver ici comme je le quitte ! Avec quelle impatience je vais attendre votre réponse chez moi ! Je n'ajoute rien. Je vous remercie, je baise vos chères mains.

A un heureux revoir. Votre ami.

GRAESLER

Il plia la feuille. Par moments il avait senti ses yeux se mouiller tout en écrivant. Il s'était attendri sur lui-même et sur Sabine. Maintenant qu'une décision provisoire était prise, il cacheta sa lettre, l'œil sec, sans la moindre émotion, et la tendit au cocher qui devait la déposer au chalet. De sa fenêtre, il suivit des yeux pendant quelques instants la voiture qui s'éloignait. Il était sur le point de héler le cocher pour qu'il fasse volte-face, mais l'appel mourut sur ses lèvres tandis que le véhicule se dérobait à sa vue. Il se mit alors à préparer son départ brusqué. Il avait tant à faire qu'il ne put penser à autre chose, du moins dans l'immédiat. Puis, quand il songea que Sabine avait sa lettre entre les mains, il éprouva une douleur physique au cœur et il se mit à attendre le retour de la voiture, peut-être avec une réponse, ou avec Sabine elle-même qui aurait décidé de venir chercher ce fiancé indécis. Dans ce cas-là, elle aurait eu raison de dire qu'elle se jetait à sa tête, mais son amour n'était pas assez fort pour subir cette épreuve. Elle ne vint pas, elle n'envoya pas de lettre et Graesler ne revit la voiture que beaucoup plus tard, au crépuscule. Elle passa sous sa fenêtre avec un inconnu installé au fond. Graesler dormit mal, d'un sommeil agité, et le matin, grelottant et morose, il partit pour la gare tandis qu'une pluie aiguë fouettait la capote de sa voiture.

8

Une surprise agréable attendait Graesler dans sa ville natale. Bien qu'il n'eût annoncé son changement de programme qu'en dernière heure, il trouva les pièces non seulement bien rangées, mais beaucoup plus avenantes qu'à l'époque où il les avait quittées l'année précédente. Il se rappela alors que Frédérique était restée seule pendant l'automne et qu'elle lui avait raconté qu'elle avait acheté des ustensiles de ménage et vu des ouvriers pour la rénovation de l'appartement. Il se souvenait qu'elle avait, durant l'hiver, correspondu à ce sujet avec l'ami Böhlinger. Quand il eut arpenté toutes les pièces deux fois de suite, il finit par se rendre dans la chambre sur cour qui avait été celle de sa défunte sœur. Il poussa un soupir autant par égard pour la femme qui l'accompagnait et qui depuis des années veillait sur le bon ordre de la maison, que sous l'effet d'un chagrin sincère à la pensée que la chère disparue ne verrait pas la chambre familière dans sa nouvelle toilette, sous l'éclairage électrique.

Graesler défit ses bagages. Il se saisissait au hasard d'un livre dans la bibliothèque et l'y remettait sans en avoir rien lu. Il regarda la rue étroite et peu animée dont le pavé humide reflétait la lumière du réverbère du coin. Il s'installa dans le fauteuil de bureau, hérité de son père, lut les journaux et constata avec une mélancolique surprise l'éloignement entre Sabine et lui ; il ne s'agissait pas seulement des lieues qui les séparaient, mais encore de l'impression que la lettre où elle lui avait offert sa main et qui l'avait mis en fuite ne datait pas de la veille mais de quelques semaines plus tôt. Quand il reprit cette lettre, il jugea qu'il s'en dégageait un inquiétant et âpre parfum et, saisi de la crainte d'avoir à la relire, il l'enferma dans un tiroir. Le lendemain matin, il se demanda comment il allait occuper sa journée et les suivantes. Il y avait beau temps qu'il était devenu un étranger dans la ville de ses pères. La plupart de ses amis lui avaient faussé compagnie, ils étaient morts et les liens avec les survivants s'étaient relâchés. Sa sœur avait eu l'habitude de rendre visite à des vieillards ayant appartenu au cercle d'amis de leurs parents. Lui-même n'avait donc rien d'autre à faire dans sa ville natale qu'à s'entretenir avec son vieil ami Böhlinger, ce qui ne lui paraissait pas urgent.

Sortant de chez lui, il commença par parcourir les rues de la cité comme il le faisait souvent quand il revenait après une longue absence. Il ressentait en général une sorte de bienfaisant attendrissement au cours de semblables promenades, mais ce jour-là, sous le ciel lourd, gris et pluvieux, rien de tel ne se produisit. Il passa sans véritable émotion devant la vieille maison où vivait jadis son amour de jeunesse qui, du haut de l'étroite fenêtre d'angle, souriait en cachette ou faisait un signe, de la main, au jeune garçon qu'il était, allant au collège ou en revenant. Le murmure de la fontaine l'accueillit avec indifférence dans le jardin dont il avait pu observer autrefois le lent aménagement au pied des remparts. Quand il sortit de la cour du vieil hôtel de ville si réputé, il aperçut dans une ruelle dérobée une très vieille maisonnette qui menaçait ruine, dont les fenêtres à demi aveugles étaient signalées par des rideaux rouges. C'est là qu'il avait vécu sa misérable première aventure, suivie de semaines d'angoisse. Il lui semblait que des années de sa prime adolescence se dégageaient de cette vision, tels des voiles poussiéreux et déchiquetés.

La première personne à qui il parla fut le marchand de tabac à la barbe blanche, chez qui il fit sa provision de cigares. Quand cet homme lui exprima de façon circonstanciée sa sympathie à propos de la mort de sa sœur, Graesler ne sut que lui répondre et il craignit de rencontrer d'autres personnes qui prononceraient les mêmes vaines paroles. Mais il croisa d'abord un homme qui ne le reconnut pas, puis un autre qui fit mine de s'arrêter, mais Graesler pressa le pas et le salua de façon à peine polie.

Il déjeuna dans une hostellerie très connue, restaurée avec trop de faste, et après le repas se rendit chez Böhlinger qui était déjà au courant de son arrivée. L'avocat le reçut, aimable et placide, et après lui avoir exprimé ses condoléances, lui demanda des détails sur la mort de sa sœur. Graesler, la voix sourde et les paupières baissées, lui raconta la triste histoire et lorsqu'il leva les yeux sur son ami de jeunesse, il fut comme surpris de se trouver en face d'un monsieur vieillissant qui avait pris de l'embonpoint. Ce visage imberbe qui, dans sa mémoire, avait gardé des traits juvéniles lui parut blême et ravagé. Böhlinger se montra ému par le récit de Graesler, puis il se tut un long moment. Enfin, il haussa les épaules, s'assit à son bureau comme pour signifier que les survivants ne pouvaient faire autre chose, même après un événement à ce point déplorable, qu'assumer courageusement les obligations qui s'imposaient. Il ouvrit un tiroir, en sortit un porte-documents et se mit en devoir de traiter à fond de l'affaire de l'héritage en étalant différents papiers importants dont un testament. Il apparut que la défunte avait fait des économies plus considérables que Graesler ne le soupçonnait et, qu'étant son seul héritier, il pourrait dorénavant vivre simplement mais confortablement de ses rentes. L'avocat le lui fit comprendre à la fin de ses explications. C'est alors seulement que Graesler se rendit compte que pour lui le temps des loisirs n'était pas venu, loin de là, qu'au contraire son besoin d'activité n'avait pas diminué. Il s'en expliqua avec une grande vivacité et n'hésita plus à mettre son vieil ami au courant de l'affaire de la clinique dont il venait de discuter l'achat. Après l'avoir écouté attentivement, l'avocat se fit préciser certains points et parut tout d'abord encourager les intentions du docteur. Puis il hésita, car s'il ne doutait pas des compétences médicales de Graesler et de son bon comportement auprès de ses malades, il ne le voyait pas très bien gérer une entreprise, ce qui exigeait de l'ordre et le don des affaires. Graesler, qui ne pouvait qu'admettre le bien-fondé de cette objection, se demanda si ce n'était pas le moment de parler de Mlle Schleheim qui serait, elle, tout à fait à la hauteur de la tâche. Mais le vieux garçon qui lui faisait vis-à-vis était le dernier à pouvoir comprendre une affaire de cœur particulièrement délicate. Graesler l'avait entendu trop souvent parler des femmes de façon méprisante, voire cynique, et l'idée que Böhlinger était capable de faire sur Sabine une réflexion grivoise lui était insupportable. Son ami de jeunesse ne lui avait pas caché l'aventure qui avait fait de lui un misogyne irréductible. Cela se passait au cours d'une redoute comme on en organisait chaque année dans la ville et où la bonne société bourgeoise rencontrait non seulement le monde du théâtre, mais encore des catégories sociales peu recommandables. L'avocat y avait gagné en un clin d'œil les bonnes grâces d'une femme que personne, dans ses rêves les plus osés, n'aurait crue capable de tant de légèreté et d'audace. Elle avait refusé jusque dans la dernière ivresse de retirer son masque, de sorte qu'elle était restée une inconnue et pensait le demeurer toujours. Böhlinger avait percé le mystère, grâce à un curieux hasard il avait connu l'identité de la femme qui était devenue sienne durant une nuit, mais s'il n'avait pas tu toute l'histoire à son ami le docteur, il s'était en revanche refusé à lui confier le nom de sa maîtresse. Dès lors, il n'y eut plus dans la ville de personnes du sexe féminin, jeunes filles ou jeunes femmes, sur qui ne se portât le soupçon de Graesler. La meilleure des réputations n'y changeait rien, elle fortifiait au contraire sa suspicion. C'est pourquoi Böhlinger ne s'était jamais marié avec l'une de ses concitoyennes et, qu'habitant une ville de province aux mœurs rigoureuses, cet avocat respecté devait prendre de brefs congés entourés de mystères pour voyager et faire d'autres expériences qui ne pouvaient que le confirmer dans sa mauvaise opinion du sexe féminin.

C'est pourquoi il eût été maladroit, de la part de Graesler, d'introduire dans cet entretien le nom de Sabine – et même doublement maladroit, puisqu'il avait rendu sa liberté à cette merveille de grâce et de pureté – qui s'était, dans une certaine mesure, jetée à sa tête – et qu'il avait peut-être déjà perdue à jamais.

En réfléchissant à cette situation, Graesler préféra couper court à une conversation portant sur ses projets d'avenir et pour en finir avec ce sujet, il déclara que, de toute façon, il avait l'intention de ne rien entreprendre avant d'avoir reçu une réponse de l'architecte. Là-dessus, il se décida enfin, mais sur un ton moins cordial qu'il n'avait pensé le faire, à inviter son ami d'enfance à lui rendre visite sans tarder, chez lui, au Burggraben, et il se rendit compte alors qu'il ne l'avait pas encore remercié pour le dévouement avec lequel il avait surveillé les travaux des tapissiers. Böhlinger répondit d'un air modeste que cela ne valait pas la peine d'en parler. Néanmoins, ajouta-t-il, il aurait plaisir, sans nul doute, à retrouver bientôt un cadre où survivaient encore pour lui en grand nombre des souvenirs de jeunesse, bien éloignés déjà, malheureusement. Les deux hommes se serrèrent la main et leurs regards se croisèrent. Les yeux de l'avocat semblaient sur le point de se voiler ; mais même à cet instant, Graesler ne décelait en lui aucun écho de cette émotion qu'il avait attendue en vain toute la journée et qui aurait pu rehausser l'arrière-goût un peu amer de cette rencontre.

Une minute plus tard, dans la rue, il se sentit en proie à une impression presque douloureuse de vide intérieur. Le ciel s'était dégagé et l'air se faisait plus doux. Le Dr Graesler, flânant dans la rue principale, s'arrêta devant quelques vitrines et constata avec une certaine satisfaction qu'à présent, sa ville natale commençait nettement à se mettre au goût du jour dans tous les domaines. Finalement, il entra dans un magasin de mode masculine avec l'intention d'y acheter un chapeau, sans parler de divers autres objets.

Contrairement à son habitude, il choisit une forme souple à bords assez larges ; il la trouva, en se regardant dans la glace, plus flatteuse pour son visage que les couvre-chefs aux lignes rigides qu'il se croyait d'ordinaire obligé d'adopter, et ce n'était certainement pas l'effet d'une illusion s'il lui sembla, en continuant sa promenade tandis que le soir tombait, qu'un bon nombre de femmes et de jeunes filles lui jetaient des regards pleins de sympathie. Soudain, il lui vint à l'esprit qu'une lettre de Sabine avait pu arriver chez lui. Il s'y rendit en toute hâte. Il y avait beaucoup de lettres dont la majeure partie provenait de la poste de la petite ville, qui les avait fait suivre à l'adresse actuelle du médecin. Mais parmi elles, il n'y avait rien de Sabine. Tout d'abord déçu, il comprit bientôt, en réfléchissant, qu'il avait espéré une chose fort peu probable, et même impossible. Il ressortit donc de chez lui et reprit une promenade sans but à travers les rues. Au bout d'un certain temps, il eut l'idée de monter dans un tram qui s'arrêtait justement à côté de lui et de parcourir ainsi un petit trajet. Il resta debout sur la plate-forme arrière et il éprouva une certaine mélancolie en se souvenant qu'au lieu des champs et des prés qui s'étendaient à perte de vue quand il était jeune, s'élevaient à présent des faubourgs. Peu à peu, les voyageurs étaient presque tous descendus et, brusquement, il remarqua qu'aucun contrôleur ne s'était présenté. Il promena son regard autour de lui et s'aperçut que deux yeux rencontraient les siens avec une nuance d'ironie bienveillante. Ces yeux étaient ceux d'une jeune fille aux joues un peu pâles, vêtue d'une robe simple, mais de tons clairs et riants. Il y avait probablement assez longtemps qu'elle se trouvait près de lui sur la plate-forme.

« Vous avez l'air étonné, n'est-ce pas, de ne pas voir arriver de contrôleur ? »

En relevant la tête vers Graesler, elle lui adressa un regard amusé qui brillait dans l'ombre de son chapeau de paille noir à calotte plate, dont elle tenait le bord d'une main.

« C'est exact, répondit-il non sans raideur.

– Eh bien, ici, il n'y en a pas, expliqua la jeune fille. Mais là-bas, sur le devant, à côté du wattman, vous voyez, hein ? il y a un tronc. Vous n'avez qu'à jeter dans la fente votre pièce de dix pfennigs, et vous serez en règle.

— Merci beaucoup », dit le docteur qui se dirigea vers l'avant du wagon ; ayant suivi les instructions données, il revint sur la plate-forme et répéta :

« Je vous remercie, mademoiselle ; voilà vraiment un système très pratique — surtout pour les filous.

— Ils n'auraient pas de chance chez nous, répliqua la jeune fille. Ici, il n'y a que des gens honnêtes.

— Loin de moi l'idée d'en douter ! Mais quelle opinion auront eue de ma personne les autres voyageurs ?

— Ils vous auront pris pour un étranger ; d'ailleurs, c'est sans doute le cas ? »

Elle lui adressa, bien en face, un regard plein de curiosité.

« Évidemment, on pourrait me considérer comme tel », répondit-il, l'air absent ; puis se tournant soudain vers sa voisine, il reprit :

« Pour quelle sorte d'étranger me prenez-vous ?

— En vous entendant parler, je vois bien que vous êtes allemand, et peut-être même que vous ne venez pas de loin. Mais au début, j'ai cru que vous veniez de Dieu sait où, d'Espagne ou du Portugal.

— Du Portugal ? répéta-t-il, en portant instinctivement la main à son chapeau. Non, vous avez raison, je ne suis pas portugais, mais c'est un pays que je connais assez bien, ajouta-t-il d'un ton dégagé.

— Ça ne m'étonne pas. Vous avez dû beaucoup voyager, à ce qu'il me semble ?

— C'est vrai, j'ai vu du pays », répondit Graesler, tandis que ses yeux brillaient d'un doux éclat au souvenir de terres et de mers lointaines. Il remarqua non sans satisfaction que le regard de la jeune fille commençait à trahir, outre sa curiosité, une certaine admiration. Mais elle enchaîna subitement par une phrase inattendue :

« Voilà l'arrêt où je descends ; je vous souhaite de vous plaire encore longtemps dans notre ville.

— Merci bien, mademoiselle », dit Graesler en soulevant son chapeau. La jeune fille était descendue et, d'en bas, elle lui fit un petit signe — plus amical qu'on aurait pu l'attendre alors qu'ils se connaissaient depuis si peu de temps. Obéissant à une inspiration téméraire, Graesler sauta à bas du wagon qui se remettait en marche et rejoignit la jeune fille qui était restée là, tout étonnée :

« Puisque vous m'avez souhaité de me plaire dans votre ville, mademoiselle, notre entretien m'a paru des plus prometteurs sous ce rapport ; le mieux serait peut-être...

– Prometteur ? releva la jeune fille. Je ne vois pas pourquoi. »

Sa réponse avait l'accent d'un refus indéniable. Aussi le docteur reprit-il sur un ton un peu plus discret :

« J'ai voulu dire, mademoiselle, que votre conversation est extrêmement plaisante et qu'il serait vraiment dommage... »

Elle haussa légèrement les épaules.

« Me voilà arrivée chez moi et l'on m'attend pour le dîner.

– Oh ! rien qu'un petit quart d'heure.

– Non, croyez-moi, c'est impossible, bonsoir. »

Elle s'apprêtait à s'en aller.

« Pas encore, je vous en prie, s'écria le Dr Graesler d'une voix presque affolée qui eut pour effet d'arrêter l'élan de la jeune fille et de l'inciter à sourire. Nous venons juste de faire connaissance, ce serait mal d'en rester là, sans plus de façons. »

Elle s'était retournée vers lui et, souriant sous son chapeau de paille noir, elle lui lança un regard de connivence :

« Évidemment, cela me semble impossible. Nous nous connaissons, à présent, c'est un fait. Et si je vous rencontre une fois quelque part, je saurai tout de suite qui vous êtes ; je me dirai : voilà le monsieur qui vient du Portugal.

– Mais si je vous demandais, mademoiselle, de permettre que se produise une rencontre de ce genre, pour que je puisse causer avec vous une petite heure ?

– Comment ! Une heure entière ? Il faut croire que vous avez beaucoup de temps à perdre.

– J'en ai autant qu'il vous plaira, mademoiselle.

– Malheureusement, il n'en va pas de même pour moi.

– Bien sûr, je ne peux pas non plus toujours en dire autant.

– Oui, mais actuellement vous êtes sans doute en congé ?

– C'est vrai, dans une certaine mesure. Il faut vous dire que je suis médecin. Permettez-moi de me présenter : je m'appelle Émile Graesler – je suis né dans cette ville et j'y habite », déclara-t-il rapidement, comme s'il avouait une tare.

La jeune fille se remit à sourire :

« Quoi ! Vous êtes d'ici ? Qui aurait pu le croire ? Vous savez bien cacher votre jeu. Pour sûr, il faut se méfier de vous. »

Elle leva les yeux vers lui en hochant la tête.

« Voyons, quand pourrai-je vous revoir ? » insista Graesler.

Elle commença par réfléchir, les yeux dans le vague ; puis elle déclara :

« Si vous n'avez pas peur de vous ennuyer, vous pourriez me raccompagner demain soir chez moi de la même façon.

– Bien volontiers. Et où devrai-je vous attendre ?

– Le mieux serait de faire les cent pas en face du magasin où je travaille. C'est chez le gantier Kleimann, au numéro 24 de la Wilhelmstrasse. Nous fermons à sept heures. Si cela vous convient, vous pourriez de nouveau prendre le tram avec moi jusqu'au même arrêt. »

Elle lui adressa un sourire.

« Ne vous serait-il vraiment pas possible de me consacrer un peu plus de temps ?

– Je ne vois pas comment je pourrais m'y prendre, étant donné que je dois rentrer à huit heures.

– Vous habitez chez vos parents, mademoiselle ? »

Elle leva les yeux vers lui :

« Au fait, il est temps que moi aussi je vous dise qui je suis. Je m'appelle Catherine Rebner, mon père est employé des Postes royales. Et là-haut, vous voyez, au deuxième étage, là où la fenêtre est ouverte, c'est là que nous habitons, mon père, ma mère et moi. Et j'ai aussi une sœur, qui est mariée. Et ce soir, elle vient dîner chez nous avec son mari, comme toujours le jeudi. Et voilà pourquoi il faut que je rentre.

– Bon, aujourd'hui – mais tout de même pas tous les soirs ? riposta le Dr Graesler.

– Qu'est-ce que vous entendez par là, docteur ?

– Je veux dire que vous ne restez pas tous les soirs à la maison, n'est-ce pas ? Vous avez, j'en suis sûr, des amies à qui vous rendez visite... ou bien vous allez au théâtre ?

– Ça, c'est une chose qui ne nous arrive pas souvent. »

Soudain, elle fit un petit signe d'amitié à quelqu'un qui passait de l'autre côté de la rue. C'était un homme qui n'était plus très jeune ; sa tenue était simple, mais nette, celle d'un artisan qui se respecte. Il tenait un paquet à la main et répondit rapidement au salut de Catherine, sans tenir compte, semblait-il, de la présence de Graesler.

« C'est justement mon beau-frère qui arrive. Ma sœur est sûrement déjà en haut chez nous. Oui, oui, il est grand temps que je rentre.

– J'espère que vous n'aurez pas d'ennuis parce que je me suis permis de vous raccompagner si près de votre porte ?

– Des ennuis ? Dites donc, je suis majeure et, chez moi, tout le monde sait bien que l'on peut me faire confiance. Alors, au revoir, docteur.

– A demain !

– Entendu. »

Le Dr Graesler répéta :

« A sept heures, Wilhelmstrasse. »

Mais elle restait là et semblait réfléchir, puis, subitement, le regarda en face et lui dit d'un ton un peu précipité :

« Oui, à sept heures. Mais, ajouta-t-elle en hésitant, puisque tout à l'heure, vous avez parlé de théâtre, je ne voudrais pas vous fâcher...

– Me fâcher ?

– Je me disais que, puisque vous en aviez parlé tout à l'heure – si vous vouliez bien apporter, demain déjà, des billets pour le théâtre, ce serait vraiment épatant. Il y a si longtemps que je n'y suis pas allée !

– Mais avec le plus grand plaisir ! Je serai ravi de pouvoir vous rendre un petit service.

– Surtout, ne prenez pas de places chères, comme vous en avez probablement l'habitude. Cela ne me plairait pas du tout.

– Soyez sans crainte, mademoiselle – mademoiselle Catherine.

– Et vous n'êtes sûrement pas fâché contre moi, docteur ?

– Fâché ? Voyons, pourquoi le serais-je, mademoiselle Catherine ?

– Alors, au revoir, docteur. »

Elle lui tendit la main :

« A présent, il faut vraiment que je me dépêche. Demain, je m'arrangerai pour avoir plus de temps. »

Elle se dégagea si vite qu'il ne réussit plus à entrevoir le regard qui accompagnait ses paroles. Mais il y avait dans sa voix l'écho d'une légère promesse.

Lorsque le Dr Graesler se retrouva entre ses quatre murs, l'image de Sabine vint s'imposer à lui avec une ardeur nostalgique. Il éprouvait un besoin irrésistible de lui écrire, ne fût-ce que quelques mots. Il lui fit donc savoir qu'il était bien arrivé, qu'il avait retrouvé sa maison en parfait état, qu'il avait eu avec son vieil ami Böhlinger un entretien sérieux, toutefois sans caractère définitif, et que, le lendemain, afin de passer utilement son temps, il comptait visiter l'hôpital où l'un de ses anciens camarades d'études dirigeait tout un secteur (celui-là même dont il lui avait déjà parlé une fois).

Avant de signer ces lignes hâtives, il ajouta : *« Avec toute ma fervente amitié. Bien à vous. Émile.* » Puis il sortit d'un pas rapide pour porter personnellement sa lettre à la gare, afin que le train de nuit pût encore l'acheminer vers sa destination.

9

Le lendemain matin, ainsi qu'il l'avait promis à Sabine dans sa lettre, le Dr Graesler se rendit à l'hôpital où il demanda au médecin-chef, qui lui souhaita la bienvenue, la permission de prendre part à la visite. Il en suivit le déroulement avec une attention qui lui procura (à lui plus qu'aux autres) une réelle satisfaction et il se fit donner diverses précisions sur l'évolution et le traitement de certains cas intéressants ; parfois, il ne se retenait pas d'exprimer des opinions différentes, non sans ajouter cette phrase restrictive : « Bien sûr, dans la mesure où nous autres, spécialistes du thermalisme, nous réussissons à maintenir un contact réel avec la médecine de nature scientifique. » A midi, il alla déjeuner avec quelques assistants dans un restaurant modeste, en face de l'hôpital, et il prit tant de plaisir dans la compagnie de ses jeunes confrères qui discutaient avec lui de sujets médicaux qu'il décida de revenir souvent parmi eux. En rentrant chez lui, il passa par le théâtre pour y acheter deux billets ; chez lui, il se mit à feuilleter des ouvrages et des revues de médecine. Mais plus le temps passait, plus son esprit était distrait, car, d'une part, il attendait des nouvelles de Sabine et, d'autre part, il n'avait pas une idée bien nette de la façon dont allait se dérouler la soirée. Afin de faire face convenablement à toute éventualité, il résolut de préparer un petit souper froid avec quelques bouteilles de vin, ce qui, en définitive, n'avait rien de compromettant. Il sortit pour passer ses commandes qu'il fit porter chez lui, et, quelques minutes avant sept heures, il était déjà sur le trottoir de la Wilhelmstrasse, marchant de long en large ; cette fois, il ne portait pas, comme la veille, un couvre-chef pittoresque, mais, pour moins se faire remarquer, et pour mettre, pensait-il, à l'épreuve la sincérité des sentiments de Catherine, il s'était coiffé comme à l'ordinaire d'un chapeau melon noir.

Il était plongé dans l'examen d'une devanture lorsque la voix de Catherine se fit entendre derrière lui :

« Bonsoir, docteur ! »

Il se retourna, lui tendit la main et eut plaisir à la retrouver toujours aussi gracieuse et bien habillée. A la voir ainsi, nul ne doutait d'avoir affaire à une jeune fille bien élevée, de bonne famille, ce qui, se dit aussitôt le Dr Graesler, était bien le cas, puisque son père était un digne fonctionnaire.

« Vous ne devineriez pas, déclara-t-elle à brûle-pourpoint, ce que mon beau-frère a cru que vous étiez, hier soir ?

– Je n'en ai pas la moindre idée... Il m'a peut-être pris, lui aussi, pour un Portugais ?

– Non, vous n'y êtes pas. Mais pour un chef d'orchestre. Il nous a dit que vous ressemblez tout à fait à un chef d'orchestre qu'il a connu autrefois.

– Tiens, tiens. Et vous lui avez dit la vérité, au risque de le décevoir ?

– Oui, c'est ce que j'ai fait. Est-ce que j'ai eu tort ?

– Oh ! je n'ai aucune raison de cacher ma profession. Et avez-vous dit aussi chez vous que vous avez l'intention d'aller aujourd'hui au théâtre avec moi ?

– Ça ne regarde personne. D'ailleurs, on ne me posera pas de questions. Je pourrais bien y aller seule si j'en avais envie – n'est-ce pas ?

– Évidemment, vous pourriez. Mais moi, je préfère... la façon dont les choses se présentent ce soir. »

Elle leva les yeux vers lui, tenant d'une main, selon son habitude, le bord de son chapeau, et elle ajouta :

« Au fond, ce n'est pas amusant d'aller seule au théâtre ; pour s'amuser, il faut être deux. Je veux qu'il y ait à côté de moi quelqu'un qui rie avec moi, quelqu'un vers qui je puisse me tourner et...

– Et ? Que voulez-vous dire ?

– ... à qui je puisse pincer le bras aux moments les plus palpitants.

– J'espère qu'aujourd'hui les moments palpitants ne manqueront pas – en tout cas, je suis à votre disposition. »

Elle eut un rire discret et se mit à presser le pas comme si elle avait peur de manquer le début de la pièce.

« Nous sommes en avance, constata le Dr Graesler, lorsqu'ils arrivèrent au théâtre ; nous avons presque encore un quart d'heure devant nous. »

Mais, les yeux brillants, elle courut jusqu'aux premières galeries et sembla ignorer la présence du docteur lorsqu'il l'aida à retirer sa jaquette. Enfin, quand ils furent installés l'un à côté de l'autre, au troisième rang, elle lui dédia un regard plein de gratitude.

Le Dr Graesler inspectait la salle encore à moitié vide pour voir s'il y découvrait des visages connus. Il en remarquait quelques-uns. Mais lui, assis dans la pénombre, ne risquait certainement pas d'être identifié.

Le rideau se leva. On donnait ce soir-là une comédie allemande moderne. Catherine s'amusait follement et, souvent, elle riait aux éclats, mais sans se retourner vers son voisin. Au premier entracte, il lui acheta un cornet de bonbons qu'elle accepta en le remerciant d'un sourire. Pendant le second acte, elle lui fit, de la tête, un signe aux endroits qui lui semblaient spécialement drôles. Tandis que se déroulait l'action à laquelle le Dr Graesler ne prêtait qu'une attention médiocre, il avait l'impression que quelqu'un, dans une loge, braquait vers lui une paire de jumelles. Il reconnut Böhlinger, le salua sans aucune gêne et ne fit pas mine de répondre au regard interrogateur et amusé de son vieil ami. Pendant le dernier entracte, il se promena dans le foyer avec Catherine et lui prit soudain le bras sans qu'elle cherchât à s'en défendre ; il lui donnait en marchant son opinion sur le jeu de tel ou tel interprète, mais il lui parlait d'une voix si douce, avec tant d'insistance, qu'on aurait cru qu'il s'agissait d'un charmant secret qu'il confiait à sa ravissante partenaire. Aussi fut-il quelque peu déçu de ne pas rencontrer Böhlinger. La dernière sonnerie retentit et en reprenant sa place à côté de Catherine, Graesler se rapprocha d'elle à tel point que leurs bras se touchaient ; comme elle ne déplaça pas le sien, il eut le sentiment que des liens se resserraient entre eux. Lorsqu'il l'aida à remettre sa jaquette, au vestiaire, il estima qu'il pouvait se risquer à lui caresser furtivement les cheveux et les joues.

A la sortie, elle déclara, levant les yeux vers lui dans l'ombre de son chapeau, sur un ton assez dénué de sincérité :

« A présent, il va s'agir pour moi de rentrer à la maison.

– Mais auparavant, répliqua-t-il avec empressement, j'espère bien, chère mademoiselle Catherine, que vous me ferez l'honneur de partager avec moi mon modeste repas. »

Elle lui répondit d'abord par un regard qui semblait une question, puis par un signe d'acquiescement, avec sérieux, et si vite qu'elle paraissait avoir sous-entendu bien plus qu'il n'avait dit. Et comme un couple d'amoureux marchant à un rythme que la passion accélère, ils se dirigèrent d'un pas vif, bras dessus, bras dessous, vers la maison du docteur, à travers les rues obscures.

Quand ils furent arrivés dans l'appartement et que le docteur eut fait de la lumière dans son bureau, Catherine inspecta les lieux, puis examina avec curiosité les tableaux et les livres qui s'y trouvaient.

« Vous vous plaisez, chez moi ? » demanda-t-il.

Elle fit oui de la tête :

« Mais c'est sans doute une très vieille maison, n'est-ce pas ?

– Elle a sûrement trois cents ans.

– Et tout a l'air pourtant si neuf ! »

Il lui proposa très naturellement de lui montrer les autres pièces, dont elle apprécia l'ameublement et la disposition. Mais lorsqu'elle entra avec lui dans la chambre que, de son vivant, avait occupée sa sœur, elle se retourna vers lui, toute déconcertée :

« Dites-moi, vous n'êtes pas marié, par hasard, et votre femme, elle est peut-être en voyage ? »

Il lui répondit d'abord par un sourire, puis, en se passant la main sur le front, il lui expliqua à mi-voix que cette chambre avait été entièrement remise à neuf à l'intention de sa sœur qui était morte dans le Midi quelques mois auparavant. Catherine lui lança un regard inquisiteur, puis elle se rapprocha de lui, lui prit la main et la caressa, ce qui lui fit beaucoup de bien. Il éteignit la lumière avant de se rendre dans la salle à manger et ce fut alors seulement que Catherine consentit à enlever son chapeau et sa jaquette. Dès lors, elle ne tarda pas à se comporter comme chez elle. Lorsqu'il s'apprêta à mettre la table, elle ne lui permit pas de le faire et déclara énergiquement que c'était à elle de s'en charger. Sur un ton de plaisanterie, elle lui donna l'ordre de prendre place dans un fauteuil loin d'elle d'où il pouvait, non sans une légère émotion, observer les qualités de bonne ménagère qu'elle déployait en accomplissant tous les préparatifs pour le dîner. Elle se débrouillait à merveille non seulement dans cette pièce, mais aussi dans la cuisine et dans l'antichambre, avec autant d'adresse que si elle avait eu à tenir cette maison depuis une éternité. Finalement, ils purent tous deux se mettre à table ; tandis qu'elle garnissait les assiettes, il remplissait les verres. Tout en mangeant et en buvant allégrement, elle ne cessait de bavarder avec entrain et d'évoquer la soirée qu'ils venaient de passer, très étonnée d'apprendre de la bouche de Graesler qu'il allait rarement au théâtre, alors que ce genre de distraction semblait représenter pour elle le comble de toutes les jouissances terrestres. Il jugea donc bon de lui expliquer que les conditions mêmes de son existence ne lui permettaient pas souvent des divertissements de cette sorte, car, précisa-t-il, il changeait de résidence tous les six mois ; actuellement il venait de quitter une petite ville d'eaux allemande et il allait bientôt s'embarquer à destination d'une île lointaine où l'hiver n'existait pas, où l'on voyait des palmiers géants et où il fallait prendre de petites carrioles pour gagner, sous un soleil brûlant, l'intérieur du pays où tout était de couleur ocre. Catherine demanda s'il y avait aussi beaucoup de serpents là-bas.

« On peut se protéger contre eux, répondit-il.

– Et quand devez-vous y retourner ?

– Bientôt. Auriez-vous envie de m'accompagner ? » dit-il sur le ton de la plaisanterie. Mais en même temps, excité par le vin bu un peu trop vite, il devinait que, dans cette boutade, s'était glissée une parcelle de sincérité.

Elle répliqua calmement, toutefois sans le regarder : « Pourquoi pas ? »

Il vint s'asseoir plus près d'elle et posa délicatement son bras autour du cou de la jeune fille. Elle l'écarta, ce qui ne fut pas pour lui déplaire. Il se leva, décidé à traiter désormais Catherine absolument comme une vraie dame, et, très poliment, la pria de lui permettre d'allumer un cigare. Ensuite, tout en fumant, marchant de long en large dans la pièce, il se lança dans un exposé de ton sérieux, et plein d'allusions, sur le déroulement étrange de nos destinées dont tous les jours, sans exception, nous demeurent imprévisibles. Puis il évoqua les contrées du Nord et du Midi où l'avaient entraîné les vicissitudes de sa profession, laissant planer un mystère sur les régions où le sort pouvait encore le conduire. Au cours de son discours, il s'arrêta plus d'une fois à côté de Catherine qui grignotait des dattes et des noix, et posait alors légèrement la main sur ses cheveux bruns. Catherine l'écoutait avec intérêt et l'interrompait parfois pour lui poser des questions sur certains détails ; quelquefois un étrange éclair, presque ironique, jaillissait dans ses yeux, ce qui incitait régulièrement le docteur à reprendre le cours de ses récits avec encore plus d'ardeur et de réalisme. Lorsque la pendule sonna minuit, Catherine se leva comme si c'était là le signal irrévocable de son départ et Graesler se répandit en protestations, bien qu'il éprouvât, au fond de son âme, un certain soulagement. Avant de partir, Catherine débarrassa la table, remit les chaises à leur place et rétablit dans la pièce un ordre parfait. Devant la porte de l'appartement, elle se mit soudain sur la pointe des pieds et tendit au docteur ses lèvres pour un baiser :

« Il faut bien vous récompenser de votre sagesse », expliqua-t-elle ensuite, tandis que réapparaissait dans ses yeux l'étrange éclair d'ironie.

Ils descendirent l'escalier à la lueur vacillante d'une bougie que Graesler, qui marchait devant, tenait en main. Une voiture stationnait au coin de la rue ; Graesler y monta avec Catherine. Elle se blottit contre lui et il enlaça son cou. Ils restèrent ainsi muets pendant tout le trajet à travers les rues de la ville plongées dans la nuit. Quand ils approchèrent de la maison de Catherine, Graesler attira la jeune fille à lui avec plus de violence et couvrit sa bouche et ses joues de baisers passionnés.

« Quand vais-je te revoir ? » lui demanda-t-il lorsque, selon le désir de Catherine, la voiture s'arrêta à une certaine distance de chez elle. Elle lui promit de revenir le lendemain, le soir. Puis elle descendit de voiture, le pria de ne pas l'accompagner jusqu'à sa porte et disparut dans l'ombre des maisons.

Le lendemain matin, le Dr Graesler n'éprouva pas la moindre envie de faire une visite à l'hôpital. Plus tard, en se promenant dans les allées du jardin municipal, sous les rayons d'un soleil d'automne, dans la fraîcheur et la clarté, à une heure où d'autres étaient déjà en train de travailler, il eut vaguement l'impression que sa conscience lui faisait des reproches et qu'il n'avait pas seulement des comptes à se rendre à lui-même, mais encore à quelqu'un d'autre. Il savait que cet autre, c'était Sabine. L'image de l'établissement du Dr Franck s'imposa de nouveau à son esprit. Graesler fit la liste de toutes les modifications qu'exigeait l'état des bâtiments ; il envisagea la construction de nouvelles cabines de bain, il conçut des prospectus rédigés dans un style si vigoureux, si convaincant que jamais jusqu'alors il n'en avait imaginé d'aussi percutants. En même temps, il se jura qu'à l'heure même où il recevrait un mot de Sabine, il retournerait vers elle et réglerait définitivement l'affaire. Mais si elle laissait sa dernière lettre sans réponse, comme la précédente, tout serait fini, au moins entre elle et lui. Car, somme toute, il n'y avait aucune raison de faire dépendre l'achat de la clinique Franck uniquement de l'attitude de Sabine. Et, se disait-il pour se justifier, avec un certain sadisme, pourquoi ne pas imaginer qu'il pourrait s'installer dans cet édifice magnifiquement rénové en compagnie d'une autre directrice, d'une autre épouse – d'une femme qui ne lui reprocherait pas, comme le faisait Sabine, de se montrer égoïste, maniaque et ennuyeux ? Et si jamais il jugeait bon de choisir pour compagne Mlle Catherine, personne, c'était bien certain, ne risquerait plus de le trouver imbu de soucis mesquins ou de préjugés petits-bourgeois. Il s'assit sur un banc. Des enfants passaient devant lui en courant. Les rayons du soleil d'automne se glissaient à travers le feuillage jauni. On entendait au loin la sirène d'une usine ; elle annonçait qu'il était midi. Ce soir, pensa-t-il, ce soir ! Était-il en train de vivre un regain de jeunesse ? N'était-il pas trop tard pour de telles aventures ? Ne valait-il pas mieux rester sur ses gardes ? Partir au loin ? Tout de suite, sans plus tarder – prendre le prochain bateau pour Lanzarote ? Ou s'en retourner là-bas – vers Sabine ? Vers cette perfection à l'âme pure ? Hum ! Qui sait quelle tournure aurait prise son existence si elle avait rencontré au bon moment l'homme de sa vie, au lieu d'un ténor dépourvu de scrupules ou d'un jeune toubib peu entreprenant... Il se leva et se rendit, en attendant, pour y déjeuner, au restaurant élégant où il ne risquait pas d'être dérangé, comme la veille, par les conversations médicales de ses jeunes collègues ; quant au reste, il avait encore le temps de décider par la suite quelle résolution serait la meilleure.

10

L'après-midi, à peine installé à son bureau devant un grand volume de planches anatomiques, il entendit frapper à la porte et vit entrer la femme du typographe qui était chargée de tenir son ménage de célibataire. Elle commença par mille excuses avant de présenter sa requête : elle se demandait si, par hasard, Monsieur le docteur aurait l'amabilité de lui faire cadeau d'un vêtement quelconque ayant appartenu à sa défunte sœur dont Dieu ait l'âme. Graesler fronça les sourcils. « Cette coquine, pensa-t-il, ne m'aurait jamais adressé une telle demande, presque éhontée, si elle n'avait pas déjà appris que je reçois chez moi des visites féminines. » Il répondit de façon évasive en prétextant que, pour se conformer aux intentions de la défunte, il avait décidé de léguer ses biens en majeure partie à des fondations de bienfaisance. « En outre, ajouta-t-il, je n'ai pas encore eu le temps de dresser l'inventaire des objets disponibles et il m'est par conséquent impossible de vous promettre quoi que ce soit jusqu'à nouvel ordre. » Et voilà que la quémandeuse révélait fort à propos qu'elle avait, à toutes fins utiles, apporté la clef du grenier. Elle la remit au docteur avec un sourire entendu, non sans se répandre en remerciements exagérés, comme si sa proposition avait été agréée, puis elle s'en alla. Graesler se retrouvait donc la clef en main et éprouvait au fond une certaine joie à l'idée d'avoir trouvé une distraction d'un nouveau genre pour ces prochaines heures creuses. Il décida donc d'aller visiter le grenier qu'il n'avait pas revu depuis son enfance. Il monta l'escalier de bois qui y menait, ouvrit la porte et entra dans une étroite mansarde où la lumière ne pénétrait que par un vantail oblique aménagé dans le toit, si bien qu'il fallut à Graesler un certain temps pour s'habituer à ce faible éclairage. Dans les coins, plongés dans la pénombre, ce n'étaient que meubles et ustensiles dont on n'avait plus ni l'usage ni le souvenir. Mais, au milieu, des caisses et des malles étaient entassées les unes sur les autres. La première qu'ouvrit Graesler semblait ne contenir que de vieux rideaux et du linge de maison ; comme il n'avait nullement l'intention de déballer tout cela et de faire de l'ordre, il laissa retomber le couvercle. La caisse dont il s'occupa ensuite avait la forme allongée d'un cercueil, ce qui laissait prévoir un contenu mystérieux. Graesler y vit toutes sortes de papiers couverts d'écriture ; plusieurs avaient l'aspect d'actes officiels. Il y avait aussi des lettres dans leurs enveloppes, en paquets petits et grands, soigneusement noués, et sur l'un des derniers, on pouvait lire : « Souvenirs de notre père. » Jusqu'à ce jour, le Dr Graesler avait ignoré que sa sœur eût gardé ce genre de documents avec tant de soin. Il prit dans la caisse un second paquet, fermé par trois cachets, sur lequel on pouvait distinguer, en majuscules, l'inscription suivante : « A brûler sans lire. » Il secoua mélancoliquement la tête. A l'occasion, ma pauvre Frédérique, pensa-t-il, je me chargerai d'accomplir ton désir. Il remit à sa place le petit paquet qui devait probablement contenir un journal de jeune fille et d'innocentes lettres d'amour. Puis il ouvrit la troisième malle où se trouvaient rangés des châles, des écharpes, des rubans et des dentelles jaunies. Il en retira plusieurs, les déployant entre ses mains. Il avait l'impression d'en reconnaître l'un ou l'autre, datant du temps de sa mère ou même de sa grand-mère. Certaines de ces fanfreluches avaient été jadis portées par Frédérique, surtout dans sa jeunesse. Et ce magnifique châle indien, tout brodé de fleurs et de feuilles vertes – c'était un de ses riches malades qui, en fin de la saison, bien des années auparavant, le lui avait offert pour sa sœur – il se rappelait l'avoir vu sur ses épaules naguère encore. Ce châle somptueux (pas plus que d'autres choses de ce genre) ne pouvait servir de cadeau à la femme du typographe et pas davantage à une œuvre de bienfaisance. Mais il convenait d'autant mieux pour mettre en relief le charme d'une jeune personne qui avait l'amabilité de distraire la solitude d'un vieux garçon et d'embellir les quelques heures qu'il passait actuellement dans sa ville natale. Il referma la malle avec un soin tout particulier ; quant au châle, il le posa sur son bras après l'avoir remis dans ses plis. Et souriant de plaisir, il quitta le grenier que l'obscurité envahissait peu à peu.

Il n'eut pas longtemps à attendre l'arrivée de Catherine, un peu en avance sur l'heure prévue ; elle venait tout droit du magasin, sans avoir pris le temps « de se faire belle », déclara-t-elle pour s'excuser, sur un ton de plaisanterie. Le Dr Graesler était heureux qu'elle fût là, lui baisa la main, et en esquissant plaisamment une révérence, lui remit le châle indien qu'il avait posé à son intention sur la table.

« Qu'est-ce que cela veut dire ? demanda-t-elle en feignant d'être étonnée.

– C'est quelque chose pour se faire belle, répondit-il, même quand on l'est déjà bien assez.

– Mais quelle idée ! C'est beaucoup trop beau, dit-elle, et s'emparant aussitôt du châle, elle le déploya entre ses doigts, le drapa sur ses épaules, puis s'en fit tout un vêtement ; elle se contemplait sans rien dire dans la glace, et à la fin elle se dirigea vers Graesler, sincèrement ravie ; elle leva les yeux vers lui, saisit sa tête des deux mains et approcha ses lèvres des siennes.

– Je vous remercie mille fois, déclara-t-elle.

– Mais ça ne me suffit pas.

– Alors, des millions de fois ? »

Il secoua la tête ; elle eut un sourire.

« Je te remercie », dit-elle enfin, en lui tendant ses lèvres pour un baiser. Il la prit dans ses bras et sans plus tarder, il lui raconta qu'il était allé, l'après-midi, chercher pour elle au grenier cet objet digne d'elle, parmi plusieurs autres, et qu'il comptait bien découvrir dans les caisses et les malles, là-haut, d'autres choses encore qui s'harmoniseraient aussi bien, sinon mieux, avec son visage. Elle secoua la tête comme pour signifier qu'elle ne voulait plus accepter à l'avenir de cadeaux d'une telle valeur. Il lui demanda si elle gardait un bon souvenir de la soirée précédente, si elle avait eu beaucoup de travail au magasin et lorsqu'elle lui eut raconté tout ce qu'il voulait savoir, il lui fit à son tour, comme à une excellente amie de longue date, un rapport circonstancié de toute sa journée : au lieu d'aller à l'hôpital, il avait fait l'école buissonnière et avait préféré se promener dans les allées du jardin municipal en se rappelant l'époque lointaine où, dans son enfance, il jouait encore entre les vieux remparts qu'envahissait une abondante verdure. Cette évocation l'amena à parler d'autres aspects de son passé et, en particulier – soit par hasard, soit intentionnellement – du temps où il assumait sur un navire les fonctions de médecin de bord. Chaque fois que Catherine l'interrompait pour le questionner, avec une curiosité un peu puérile, sur l'aspect, le costume et les mœurs des peuples étrangers, sur les récifs de corail et les tempêtes en pleine mer, il se sentait dans l'obligation de remanier, pour ainsi dire, le contenu d'exposés prononcés naguère avec grand succès devant un auditoire de qualité pour le ramener au niveau d'un public plus naïf, mais d'autant plus reconnaissant. Instinctivement, il adoptait les intonations et le style d'un conteur populaire désireux d'émouvoir ou d'amuser, à la veillée, au coin du feu, des enfants captivés par ses récits d'aventures fabuleuses.

Catherine, qui, assise à côté de lui sur le divan, avait gardé ses mains dans les siennes, venait de se lever pour vaquer aux préparatifs du dîner, lorsqu'on sonna à la porte. Graesler tressaillit légèrement. Qu'est-ce que cela pouvait être ? Les pensées se bousculaient dans sa tête. Un télégramme ? De chez Sabine ? Ah ! oui,

Sabine ! Son père était-il tombé malade ? Ou bien sa mère ? A moins qu'il ne s'agît d'un problème concernant la clinique du Dr Franck ? Le propriétaire qui réclamait une réponse urgente ? Un autre acheteur s'était peut-être présenté ? Et pourquoi ne serait-ce pas Sabine en personne ? Alors, quelle attitude prendre ? En tout cas, elle ne risquerait plus désormais de le trouver imbu de préjugés bourgeois ! Mais les jeunes filles dont l'âme est pure ne viennent pas sonner à une heure si tardive à la porte des célibataires. Là-dessus, un second coup de sonnette se fit entendre, plus impératif encore que le premier. Graesler vit que le regard de Catherine s'était posé sur lui, inquisiteur, candide, sans le moindre trouble – un peu trop candide, se dit-il soudain. Cette visite imprévue n'était-elle pas sans rapport avec elle ? N'était-ce pas son père ? Ou bien son beau-frère, son prétendu beau-frère ? Et si c'était bel et bien un coup monté ? Une tentative de chantage ? Ah ! il l'avait bien mérité. Oui, quelle idée avait-il eue de se fourvoyer dans une histoire pareille ? Vieux fou qu'il était ! Oh ! mais – on n'aurait pas raison de lui à si bon compte. Il ne se laisserait pas intimider. Dans sa vie, il avait fait face à des dangers bien pires. Nom de nom ! Il y avait eu, par exemple, cette balle qui était passée tout près de lui, un jour, sur une île du Pacifique ; un bel officier de marine, tout jeune et tout blond, était tombé mort à ses pieds.

« Tu ne veux pas aller ouvrir ? lui demanda Catherine qui semblait étonnée de lire dans son regard une expression insolite.

– Mais si, mais si, répondit-il.

– Qui donc cela peut-il être, pour venir si tard ? »

Ah ! l'hypocrite ! Voilà ce qu'elle trouvait à dire, alors qu'il était déjà devant la porte de la salle à manger ; il commença par la refermer. Avant tout, il regarda par le judas qui pouvait bien être là, sur le palier. C'était une femme très quelconque, nu-tête, qui tenait une chandelle à la main.

« Qui est là ? demanda-t-il.

– S'il vous plaît, est-ce que monsieur le docteur est chez lui ?

– Que désirez-vous ? Qui êtes-vous ?

– Excusez-moi, je suis la bonne de Mme Sommer.

– Je ne connais personne qui s'appelle Mme Sommer.

– C'est la locataire du premier étage. La petite est si mal, tout d'un coup... Est-ce que je ne pourrais pas voir monsieur le docteur ? »

Graesler, avec un soupir de soulagement, ouvrit la porte. Il savait qu'en effet une veuve Sommer habitait dans la maison avec sa fillette âgée de sept ans. C'était sûrement cette jolie femme en deuil qu'il avait croisée la veille, dans l'escalier, et vers laquelle il s'était même retourné, d'ailleurs sans aucune intention particulière.

« C'est moi, le Dr Graesler ; que voulez-vous ?

– Si monsieur le docteur avait la bonté de descendre, la petite a le front tout brûlant et elle ne cesse pas de crier.

– Ici, en ville, je ne donne pas de consultations, je suis seulement de passage. Je vous conseille vivement d'aller plutôt chercher un autre médecin.

– D'ici qu'on en trouve un, comme ça, en pleine nuit...

– Il n'est pas encore si tard. »

Une porte s'ouvrit brusquement à l'étage inférieur et un rayon de lumière vint éclairer la cage d'escalier ; une voix étouffée appela :

« Anna !

– Tenez, c'est Mme Sommer elle-même », constata aussitôt la domestique. Elle se pencha sur la rampe.

« Madame ?

– Que faites-vous donc si longtemps ? Le docteur n'est-il pas chez lui ? »

Graesler s'approcha à son tour de la rampe et regarda en bas. La femme qui se tenait sur le palier, et dont les traits se distinguaient mal dans la pénombre, levait les bras dans sa direction comme on implore un sauveteur.

« Heureusement que vous êtes là ! N'est-ce pas, docteur, vous allez venir tout de suite ? Il s'agit de ma petite fille – je ne sais pas ce qu'elle peut avoir.

– Je – oui, je viens, évidemment. Vous voudrez bien patienter une petite minute. Attendez que je cherche mon thermomètre, une minute, madame, je vous prie... »

Tandis qu'il refermait sa porte derrière lui, le Dr Graesler perçut un « Merci » à demi étouffé qui montait du premier étage. Il rentra d'un pas vif dans la pièce où Catherine, debout, contre la table, l'attendait, curieuse de savoir ce qui se passait. Son cœur débordait de tendresse envers elle, d'autant plus qu'il s'était forgé à son égard un affreux soupçon. Elle lui paraissait touchante, et même angélique. Il alla vers elle et lui caressa les cheveux.

« Nous n'avons pas de chance, dit-il, ou plutôt, moi, je n'en ai pas. Imagine-toi qu'on m'appelle auprès d'un enfant malade, ici, dans la maison ; naturellement, je ne peux pas refuser de rendre ce service. La seule chose qui me reste à faire, hélas ! c'est de te chercher une voiture qui te ramène chez toi. »

Elle saisit sa main qu'il gardait posée sur sa tête :

« Alors, tu me renvoies ?

– Ce n'est pas de gaieté de cœur, tu peux m'en croire. A moins que... que tu acceptes, malgré tout, de m'attendre ici ? »

Elle lui caressa la main :

« Si cela ne doit pas durer trop longtemps ?

– De toute façon, je vais me dépêcher. Tu es très, très gentille. »

Il déposa un baiser sur son front, et alla rapidement chercher dans son bureau la trousse noire qui contenait ses instruments et qu'il tenait toujours prête en cas de besoin. Il recommanda à Catherine de faire, pendant ce temps, honneur au repas préparé ; de la porte, il se retourna une fois encore vers elle, qui lui répondit par un signe affectueux. Puis il descendit l'escalier d'un pas vif, enflammé par la riante perspective de retrouver à son retour, après avoir accompli son austère devoir professionnel, une aimable jeune compagne qui lui réservait un accueil chaleureux.

Lorsque le docteur entra, Mme Sommer était assise au chevet de sa petite fille qui, toute fiévreuse, s'agitait violemment dans son lit. Après avoir posé quelques questions préliminaires et fait diverses remarques générales, il soumit la petite malade à un examen consciencieux, à l'issue duquel il estima nécessaire de signaler que, très probablement, il fallait s'attendre à voir se produire une éruption. La jeune mère se laissa aller à une explosion de désespoir. Elle avait déjà, dit-elle, perdu un enfant trois ans auparavant ; et il y avait six mois que son mari était mort à l'étranger au cours d'un voyage d'affaires, si bien qu'elle n'avait même pas encore pu voir sa tombe. Qu'allait-elle devenir à présent si le sort lui arrachait le seul être qui lui restât ? Le Dr Graesler affirma que, pour l'instant, il n'y avait pas lieu de s'inquiéter vraiment, qu'il pouvait s'agir simplement d'une angine banale et que, de toute façon, une enfant vigoureuse et bien nourrie était capable de résister à une maladie sérieuse. Il trouva encore toutes sortes d'arguments propres à calmer l'angoisse de la mère et constata non sans satisfaction que ses paroles produisaient réellement une action apaisante sur Mme Sommer. Il rédigea une ordonnance avec laquelle la bonne se rendit à la pharmacie la plus proche. Jusqu'à son retour, Graesler resta au chevet de la malade dont il tâtait le pouls d'une minute à l'autre, touchant à maintes reprises le front brûlant, desséché, de l'enfant et, ce faisant, sa main rencontrait quelquefois celle de la mère plongée dans l'inquiétude. Après un assez long silence, celle-ci recommença à poser à mi-voix des questions où perçait son angoisse ; le médecin lui prit les deux mains avec une bonté toute paternelle, il lui adressa des paroles bienfaisantes tout en pensant que Sabine serait contente de le voir se comporter ainsi, ce qui ne l'empêchait pas de constater, sous l'éclat opalin et discret du plafonnier voilé, que les plis souples de la robe de chambre de la jeune veuve dissimulaient des formes très harmonieuses. Lorsque la domestique revint, il se leva et répéta ce qu'il avait déjà précisé en arrivant, c'est-à-dire qu'il lui était impossible, à son grand regret, de continuer à assurer ses soins à la petite fille, étant donné qu'il devait quitter la ville au cours des prochains jours. La mère le supplia de s'occuper de l'enfant tant qu'il resterait encore là ; elle avait fait de si mauvaises expériences avec les médecins de cette ville ! Au contraire, elle avait eu, dès le premier abord, une confiance illimitée en lui et si quelqu'un, ajouta-t-elle, était capable de sauver son enfant chérie – elle en était certaine – c'était lui, et lui seul. Il n'y avait donc désormais plus moyen de se dérober et il lui fallut, pour l'instant, promettre qu'il reviendrait le lendemain ; il passa encore quelques minutes à observer, immobile, le sommeil de la petite malade dont la respiration devenait plus calme. Puis il serra cordialement la main de sa mère et se retira, escorté par des regards d'infinie reconnaissance.

Il se précipita aussitôt au deuxième étage, ouvrit la porte de son appartement et entra dans la salle à manger qu'il trouva déserte. « Elle » a vite perdu patience, se dit-il. C'était à prévoir. Peut-être cela valait-il mieux, étant donné que la petite Sommer était sûrement en train de couver une maladie contagieuse. Sans doute y a-t-elle pensé, elle aussi. Évidemment, dans un tel cas, Sabine, elle, n'aurait pas pris la fuite. En revanche, Catherine n'avait pas manqué de faire honneur au dîner. Il considérait la table où se voyaient encore les restes du repas et une moue de mépris se dessinait sur ses lèvres. Au fait, pourquoi, se dit-il – ce qui ne serait pas une si mauvaise idée –, ne pas redescendre au premier étage pour tenir compagnie à la jolie veuve ? Il avait l'intuition qu'à cette heure, il pourrait, au chevet de l'enfant fiévreuse, obtenir de sa mère tout ce qu'il voudrait. Et, à envisager sans vergogne une telle éventualité, il éprouvait un frisson qui ne lui déplaisait pas.

« Mais je sais bien que je ne descendrai pas, conclut-il au bout d'un moment ; malgré tout, j'ai toujours eu et je garde les préjugés d'un petit-bourgeois, ce que, cette fois, je crois, Sabine me pardonnerait bien volontiers. » La porte du bureau était ouverte. Il entra dans la pièce et y fit de la lumière. Évidemment, Catherine n'était pas là non plus. Quand il eut éteint, il remarqua que la porte de sa chambre à coucher était entrebâillée et laissait passer un rai de lumière. A cette vue, un léger espoir naquit en lui. Il demeura hésitant, préférant à tout hasard jouir un moment encore du rayonnement bienfaisant dont l'inondait cet espoir. Puis, tendant l'oreille, il perçut le bruit discret que font les feuilles d'un livre qu'on tourne. Il ouvrit la porte et vit Catherine couchée ou plutôt assise dans son lit. Elle releva la tête, qu'elle tenait penchée au-dessus d'un volume encombrant, maintenu par ses deux mains à plat sur la couverture.

« Dis, tu n'es pas fâché ? » demanda-t-elle tout simplement.

Ses cheveux bruns légèrement bouclés tombaient, défaits, sur la peau blanche de ses épaules. Qu'elle était belle ! Graesler restait immobile sur le pas de la porte, puis il sourit en découvrant que le livre posé sur l'édredon était son recueil de planches anatomiques.

« Une drôle de lecture que tu t'es choisie là ! remarqua-t-il en s'approchant du lit, avec un peu de gêne.

– Je l'ai trouvé sur ton bureau. Est-ce que je n'aurais pas dû le prendre ? Excuse-moi. Mais autrement, je me serais peut-être endormie et quand je dors, rien à faire, pas moyen de me réveiller. »

Il y avait un sourire dans ses yeux, sans la moindre nuance d'ironie, cette fois – c'était plutôt une promesse, un consentement. Graesler alla s'asseoir à côté d'elle sur le bord du lit, l'attira contre lui, posa un baiser sur son cou – et le gros volume médical se referma bruyamment.

11

Le lendemain matin, lorsque le Dr Graesler descendit voir sa petite malade (chez qui la scarlatine s'était manifestée désormais sans aucun doute possible), Catherine avait déjà quitté l'appartement du second étage. Mais dès la tombée du soir, elle était de retour chez le docteur, une petite valise à la main, ce qui provoqua en lui un certain étonnement. Or, au cours de la nuit précédente, elle lui avait raconté qu'elle avait droit, chaque année, à une semaine de congé dont elle n'avait pas fait usage cet été, comme sous l'effet d'un pressentiment. Et lui, alors, grisé par les premières étreintes, en guise de réponse, l'avait invitée à faire avec lui un « petit voyage de noces ». Pourtant, en la voyant ainsi équipée, tandis qu'elle s'écriait d'un ton joyeux : « Me voilà, si tu veux, nous pouvons prendre le train tout de suite », il se sentit choqué par la désinvolture avec laquelle Catherine disposait de sa personne et de son emploi du temps. Il fut donc presque content de pouvoir se retrancher derrière ses obligations de praticien qui le retenaient en ville pour quelques jours encore. Catherine ne parut pas spécialement peinée par ce contretemps et se mit aussitôt à parler d'autres choses : elle lui fit remarquer qu'elle avait mis de jolis souliers bas tout neufs, de ton mastic, et lui raconta qu'au magasin, le directeur venait de rentrer d'un voyage à Paris et à Londres d'où il avait rapporté un assortiment de nouveaux articles. Tout en parlant, elle allait et venait dans la pièce, remettait en place quelques livres sur les rayons de la bibliothèque et mettait de l'ordre sur le bureau du docteur. Celui-ci, debout contre la fenêtre, la suivait des yeux sans rien dire et un peu ému, malgré tout. Son regard tomba sur la petite valise posée sur le parquet ; il lui trouva une mine triste et honteuse ; un vague sentiment de pitié naquit en lui à l'idée que la chère petite allait être obligée de la remporter chez elle. Au début, il évita d'émettre la moindre opinion à ce propos ; mais ensuite, assis à son bureau, alors que Catherine s'était installée sur ses genoux comme un enfant, les bras noués autour de son cou, il lui suggéra :

« Après tout, sommes-nous obligés de faire un voyage ? Que dirais-tu de passer tout simplement ton congé ici, chez moi ?

— Pour ma part, je ne vois pas comment cela serait possible, répondit-elle, sans entrain.

— Pourquoi pas ? La contrée n'est-elle pas pittoresque ? »

Et, de la main, il désignait, par la fenêtre, le profil des collines qui se déployaient jusqu'au lointain horizon, et il ajouta sur un ton badin :

« Quant à la pension et au logement, je suppose qu'ils te conviendront. »

Là-dessus, mû par une résolution subite, il offrit son bras à Catherine pour la conduire jusqu'à la chambre de sa sœur. Il alluma le plafonnier et aussitôt, la pièce, déjà fort plaisante, se trouva baignée dans un éclairage d'un rose délicat ; il eut un geste élégant pour offrir, en quelque sorte, à sa jeune maîtresse tout ce que son regard pouvait embrasser là. Catherine gardait le silence ; finalement, d'un air grave, elle secoua la tête.

« Tu n'en veux pas ? demanda Graesler sur un ton plein de tendresse.

— Non, ce n'est pas possible, fit-elle à mi-voix.

— Pourquoi ? Il n'y a là rien d'impossible. »

Et comme s'il s'agissait uniquement de dissiper en elle un scrupule superstitieux, il tint à préciser :

« Tout, ici, est absolument neuf, même les papiers peints sur les murs. Autrefois, cette pièce était loin d'avoir un aspect aussi avenant. »

Puis, après une légère hésitation, il ajouta :

« C'est le destin qui l'a voulu ainsi.

— Ne dis pas ça », s'écria-t-elle, comme envahie par la peur. Puis elle entreprit d'inspecter la chambre d'un regard circulaire et son visage se rasséréna. Elle caressa, comme l'eût fait un expert, la cretonne fleurie qui recouvrait le fauteuil placé à côté du lit ; puis ses yeux se fixèrent sur les rideaux de tons pastel qui, relevés par des embrasses des deux côtés de la coiffeuse, laissaient entrevoir toute une série de peignes et de flacons de cristal taillé. Tandis qu'elle restait plongée dans cette contemplation, Graesler quitta discrètement la pièce pour revenir au bout de quelques secondes, la petite valise à la main. Catherine se retourna et tressaillit légèrement ; elle eut un sourire à demi incrédule. Il lui fit, de la tête, un signe d'encouragement ; elle, un signe de dénégation. Finalement, s'avouant pour ainsi dire vaincue, elle ouvrit tout grand les bras vers lui ; il posa la valise par terre et, au comble de l'émotion et de l'orgueil, il referma son étreinte sur sa jeune conquête.

Alors commença une période enchanteresse, telle qu'il n'en avait guère connu de comparable, même au temps de sa jeunesse. Pareils à de jeunes mariés, en pleine lune de miel, ils passaient leurs journées presque entièrement entre leurs quatre murs, dans une atmosphère de bien-être, consciencieusement servis par la femme du typographe qui s'accommodait d'autant mieux d'une situation peu conforme aux us et coutumes de la ville qu'entre-temps, le Dr Graesler (en dépit du manque de tact qui l'avait tant choqué) avait fini par accéder à son désir en lui faisant cadeau de nombreux vêtements de sa défunte sœur dont elle avait eu tellement envie. Quand le soir tombait, les deux amoureux avaient pris l'habitude de faire un petit tour dans les rues les moins passantes, bras dessus, bras dessous, tendrement serrés l'un contre l'autre. Une fois, comme le soleil était très chaud, au début de l'après-midi, ils prirent une voiture découverte pour se rendre à la campagne, sans se soucier le moins du monde des rencontres qu'ils risquaient de faire, par exemple des membres de la famille de Catherine qui la supposaient chez une amie, aux environs. Un autre jour, alors qu'ils étaient encore à table, ils eurent la visite de Böhlinger ; le Dr Graesler se demanda d'abord s'il allait le laisser entrer. Il se félicita par la suite de l'avoir reçu convenablement, car l'avocat se montra d'une exquise politesse vis-à-vis de la gracieuse compagne de son ami : il lui disait « Madame » chaque fois qu'il s'adressait à elle. Après avoir traité rapidement la question d'ordre professionnel qui l'avait amené chez le docteur, au moment de se retirer, il baisa légèrement la main de Catherine, en parfait homme du monde, avec une discrétion exemplaire. Dès lors, Graesler éprouva une tendresse plus grande encore pour Catherine qui savait faire preuve non seulement des qualités d'une excellente maîtresse de maison, mais aussi de celles qu'on attend d'une dame de la meilleure société.

12

Chaque matin, le Dr Graesler allait faire une visite à la petite malade et, afin d'éviter tout risque de contagion pour Catherine, il passait la demi-heure suivante à se promener au grand air. Ce cas de scarlatine qui avait, au début, un aspect si inquiétant évoluait à présent vers une forme particulièrement bénigne. L'angoisse des premiers jours s'était donc calmée et Mme Sommer redevenait désormais une personne d'un commerce agréable, de caractère gai et communicatif. En outre – était-ce l'effet du hasard ou d'un savant calcul ? – elle ne cherchait jamais à vérifier si le peignoir qu'elle portait pour recevoir le médecin de sa fille était aussi étroitement fermé au niveau de son cou et de sa poitrine que l'aurait peut-être exigé un scrupuleux respect des convenances. Elle ne manquait jamais de demander à Graesler des nouvelles de sa « petite amie », ainsi qu'elle se plaisait à appeler Catherine. Elle lui demanda s'il avait l'intention d'emmener cette chère petite « en Afrique », car elle avait décidé une fois pour toutes d'appliquer cette désignation générale à la station de cure hivernale où il comptait se rendre. Mais peut-être était-il attendu là-bas par une autre conquête, par une beauté noire – qui sait ? – impatiente de le retrouver ? Finalement, elle insista pour lui donner un cornet de biscuits au chocolat à l'intention de Catherine ; mais il jugea prudent de les refuser en raison du danger de contagion. D'autre part, Catherine ne se privait pas de faire diverses remarques sur la jeune veuve, et si la nuance d'ironie qu'elles contenaient pouvait s'expliquer en partie par une pointe de jalousie, Graesler estimait néanmoins qu'elles ne devaient pas être tout à fait injustifiées. Même encore du vivant de son mari – il était voyageur de commerce et on ne le voyait pas souvent chez lui, en famille – la réputation de Mme Sommer n'était pas des meilleures. Elle avait déjà sa petite fille quand elle s'était mariée et il n'était pas certain que son mari fût, en fait, le père de son enfant. Tous ces détails, Catherine les tenait de la femme du typographe avec qui elle s'entretenait pendant les rares heures où le Dr Graesler était absent. Elle prenait plaisir à causer avec elle, plus souvent et certainement sur un ton plus intime que ne l'aurait voulu le maître de maison.

Une fois, il essaya d'attirer l'attention de Catherine sur ce que de telles relations avaient de déplacé ; mais comme elle ne semblait guère comprendre son point de vue, il ne revint plus sur ce sujet, pour éviter d'assombrir par des dissentiments ce qui lui restait encore de cette période de bonheur dont la fin approchait si vite. Il était en effet bien décidé à ne pas considérer cette amourette autrement que comme une charmante aventure à laquelle il n'était pas question de donner suite. Il arrivait que Catherine lui posât discrètement des questions, par simple curiosité et, semblait-il, sans intention particulière, au sujet des projets qu'il avait pour l'hiver ou encore des conditions climatiques et du style de vie qui régnaient sur l'île de Lanzarote. En ce cas, il donnait à sa réponse un caractère aussi peu personnel que possible et détournait bientôt la conversation vers un autre sujet, afin de ne pas laisser son amie nourrir telle ou telle espérance qu'il n'avait nullement l'envie de satisfaire. Comme il désirait avant tout que ces trop courtes semaines se déroulent dans l'harmonie, il ne cherchait pas davantage à se renseigner sur le passé de Catherine. Le présent lui suffisait et il savait apprécier non seulement le bonheur dont il jouissait lui-même, mais plus encore celui qu'il était capable de donner.

Et voici que petit à petit, tandis que s'écoulaient les jours et les nuits – en particulier aux heures du matin, tandis que Catherine sommeillait encore à ses côtés –, il sentait se réveiller en lui avec intensité le désir de revoir Sabine. Il sentait combien il serait plus heureux et à quel point son existence aurait pris un tour plus digne s'il ne s'était pas amouraché de cette petite vendeuse au gentil minois qui, à part le comptable auquel elle avait été fiancée, avait dû se laisser courtiser par d'autres amants. Et comme elle s'entendait à berner ses braves parents ! Quel plaisir elle prenait aux ragots de la voisine ! Ah ! Si, au lieu de cette gamine insignifiante dont il ne contestait d'ailleurs ni le charme ni le bon cœur, il y avait là, sur l'oreiller, la tête blonde de l'être merveilleux qui, avec la ferveur de son âme si pure, s'était offerte à devenir pour toujours sa compagne ! Dire qu'il l'avait dédaignée, poussé par une absence totalement inexplicable de confiance en soi ! Car, à quoi bon se le dissimuler ? C'était bien dans le sens d'un refus absolu qu'elle avait interprété sa réponse, stupide et timide à la fois. Et lui, d'ailleurs, n'était-ce pas ainsi qu'il l'avait conçue, alors ? Mais tout de même, il ne devait pas être impossible de réparer l'erreur dont il s'était rendu coupable, par maladresse et par excès de précipitation. Pouvait-on supposer une chose pareille : les sentiments que lui portait Sabine et qu'elle lui avait exprimés avec tant de netteté avaient-ils pu s'éteindre tout simplement, et rien ne saurait-il les réanimer ? N'avait-il pas fixé lui-même dans sa lettre un délai, valable pour elle comme pour lui ? Dans cette optique, en se gardant bien de lui répondre, ne suivait-elle pas strictement les prescriptions qu'il lui avait fait connaître ? Son silence actuel comme sa longue patience n'étaient-ils pas justement l'expression de la noblesse, de la sincérité foncière de son caractère ? Donc, lorsqu'à l'expiration du délai qu'il avait fixé lui-même pour déposer à ses pieds l'hommage de sa gratitude et son « oui » définitif mûrement réfléchi – de ce fait d'autant plus valable – risquait-il de la retrouver différente de celle qu'il avait quittée ? Il n'y avait pas lieu de craindre qu'un autre soupirant soit venu la troubler dans le calme du chalet forestier, à l'abri du monde. Son âme si pure n'avait pu se laisser ébranler ni par sa lettre stupide, en dépit de ses bonnes intentions, ni par la subite irruption d'une autre passion dans son cœur. D'ailleurs, dans cette crainte qui l'envahissait, il était sûr de déceler le dernier frémissement de sa nature solitaire, toujours irrésolue, qui venait de retrouver désormais, grâce à une faveur du destin, sa confiance en soi et son assurance. De plus en plus, il lui semblait que la véritable mission de Catherine avait été de le ramener à Sabine dont l'amour renfermait pour lui le sens réel de l'existence. Et, en présence de Catherine, plus il la voyait confiante, incapable d'imaginer l'approche d'un dénouement, rayonnante de gaieté et de jeunesse, toujours prête à l'aimer sans partage, plus il se sentait en proie à l'impatience qu'éveillaient en lui l'espoir et le désir de retrouver Sabine.

Or, le mois d'octobre touchait à sa fin et les circonstances allaient forcer le docteur à prendre une décision sans tarder. En particulier, il jugea nécessaire d'avertir le propriétaire de la clinique qu'il comptait revenir dans quelques jours et qu'il viendrait le voir pour mettre au point avec lui leur projet. Comme il ne recevait pas de réponse, il envoya un télégramme pour demander s'il pouvait compter rencontrer tel ou tel jour le directeur Franck. Mais personne, cette fois non plus, ne lui répondit. Il en fut contrarié, sans toutefois s'inquiéter outre mesure, car il avait gardé nettement en mémoire le souvenir d'un personnage antipathique, bourru et même impoli. Ne devrait-il pas envoyer un mot à Sabine pour lui annoncer son retour ? A la lumière de ses expériences précédentes, il ne s'en sentait absolument pas le courage. Non, il se contenterait d'aller là-bas, de se montrer, de la regarder bien en face, de prendre ses deux mains dans les siennes – et c'est au fond de ses yeux limpides qu'il lirait la réponse tant attendue.

13

Naturellement, dès le début, le jour où finissait le congé de Catherine et où elle devait quitter la maison de Graesler pour retourner chez ses parents avait été fixé de façon irrévocable ; mais, comme s'ils s'étaient entendus sur ce point, ni l'un ni l'autre ne faisait allusion à leur séparation déjà bien proche, presque imminente. Le comportement de Catherine ne trahissait en aucune manière qu'elle pensât à quitter prochainement le Dr Graesler, si bien qu'il finit par se demander si cette enfant au cœur fidèle, qui avait eu l'idée, un beau soir, d'arriver chez lui à l'improviste, sa petite valise à la main, s'imaginait peut-être tout simplement qu'il allait, sans problème, faire d'elle pour toujours sa compagne de voyage. C'est pourquoi il conçut le projet de quitter subrepticement sa maison et sa ville natale, un matin, pendant que Catherine dormirait encore, et il fit en sorte de commencer ses préparatifs de départ sans qu'elle pût s'en apercevoir. Depuis qu'il lui avait donné le châle indien, il lui avait fait plusieurs cadeaux qui provenaient des « trésors » de sa sœur ; parmi eux, il y avait quelques petits bijoux de faible valeur, tandis qu'il comptait en réserver d'autres, plus précieux, pour Sabine. Or, deux jours avant le départ envisagé, par un après-midi pluvieux et sombre – Catherine s'étant retirée, comme il lui arrivait en ces moments-là, dans la chambre qui était la sienne – Graesler éprouva soudain l'envie de monter une fois encore au grenier. Il avait l'impression qu'il y trouverait peut-être un dernier souvenir à offrir à Catherine ; ce présent pourrait apaiser ses remords et même consoler son amie de sa brusque disparition. Au grenier, il entreprit d'actives recherches, ouvrant toutes les malles, les unes après les autres. Il regardait, examinait des pièces de soie ou de toile, des albums et des cartons, des voilettes, des mouchoirs, des rubans et des dentelles. Tout à coup, il retrouva le petit paquet de lettres qui, selon la volonté de la défunte, devaient être brûlées sans que personne en prît connaissance. Pour la première fois, un mouvement de curiosité traversa son esprit, comme si un pressentiment lui disait qu'il ne reviendrait peut-être jamais dans ce lieu où régnait la pénombre. Il prit le paquet, voulant se persuader qu'il allait le mettre bien à l'abri dans un endroit sûr, à l'intention d'un héritier qui aurait le droit de lire ces missives ; n'ayant pas connu la défunte, il ne craindrait pas d'offenser son souvenir. Il emporta donc, en descendant, ce paquet assez lourd, sans oublier quelques jolis petits cadeaux qu'il avait trouvés pour Catherine, en particulier un collier d'ambre finement travaillé, ainsi qu'une pièce de broderie orientale aux tons jaunis. Il ne pensait pas que Frédérique eût jamais porté ces ornements. Quand il fut en bas, chez lui, il posa le paquet et les autres objets sur son bureau avant de se rendre dans la chambre de Catherine.

Lorsqu'il entra, elle était assise dans le fauteuil, tout enveloppée dans un peignoir chinois qu'il lui avait offert récemment ; sur le tissu d'un rouge acajou étaient brodés des dragons d'or. On voyait posée sur ses genoux une de ces brochures de romans illustrés qu'elle lisait avec délices, et elle s'était endormie. Graesler la regarda d'un œil ému et prit soin de ne pas la réveiller. Il retourna dans son bureau, s'assit à sa table de travail et sans penser à rien de précis, il se mit à tortiller nerveusement les ficelles déjà relâchées qui entouraient le paquet, tant et si bien que les cachets finirent par se rompre. Il haussa les épaules. Pourquoi pas ? se dit-il au bout d'un instant. Elle est morte, je ne crois pas à une survie individuelle, et si, contrairement à mon opinion, il en existe une, je suis sûr que l'âme de Frédérique, qui plane désormais dans de si hautes sphères, ne m'en voudra pas. Je ne pense pas qu'il se cache là des secrets trop ténébreux. Il eut vite fait de dégager le papier qui enveloppait le tout, et ce qu'il vit d'abord, c'étaient des lettres, des lettres en grand nombre, réparties en divers groupes, et ces catégories bien définies étaient séparées par des feuilles blanches. De plus, comme il ne tarda pas à s'en apercevoir, l'ensemble obéissait à un ordre rigoureux. Le premier message que le docteur prit en main datait de plus de trente ans ; celui qui l'avait écrit était un jeune homme qui signait « Robert » et qui, selon toute apparence, pouvait se permettre de s'adresser à Frédérique en termes pleins d'une intime tendresse. Le contenu des lettres permettait de conclure que ce jeune Robert avait fréquenté leur famille, mais Graesler était incapable de se rappeler de qui il pouvait s'agir. Il y avait là une dizaine de lettres : propos d'amoureux, fort innocents dans l'ensemble, et d'un faible intérêt pour le lecteur. Le groupe suivant était le reflet d'une correspondance qui avait dû s'échanger pendant que Graesler était médecin de bord, qu'il parcourait le monde sur un navire et ne revenait au pays natal que tous les deux ans pour de brefs séjours. Mais là, l'écriture n'était pas toujours la même et Graesler, au début, n'arrivait pas à voir clair au milieu d'un déferlement de serments passionnés, de promesses de fidélité, d'allusions à des heures d'ivresse, d'explosions de jalousie, de remontrances, de menaces voilées et d'injures inouïes dont les raisons ne lui apparaissaient pas nettement. Il ne comprenait pas comment ce déchaînement de sentiments pouvait avoir trait à sa sœur. Il était sur le point de croire que ces lettres étaient adressées à quelqu'un d'autre, peut-être à une amie de Frédérique qui les aurait confiées à sa garde. Mais soudain, il reconnut l'écriture, c'était celle de Böhlinger. Dès lors, il n'eut plus de peine à dénouer les fils de cette curieuse intrigue, si complexe à première vue. Graesler commençait à découvrir que sa sœur, plus de vingt ans auparavant, au seuil de la maturité, s'était fiancée en secret à Böhlinger et que ce dernier avait repoussé la date de leur mariage sous le prétexte d'une ancienne affaire sentimentale qu'on attribuait à Frédérique. Mais elle, agacée par l'attente – était-ce par caprice ou par désir de vengeance ? –, n'avait pas hésité à le tromper avec le premier venu. Finalement, elle avait essayé de renouer mais Böhlinger n'avait répondu à ces tentatives de réconciliation que par des sarcasmes et des termes de mépris. Le ton de ses dernières lettres était à tel point dénué de correction et dépourvu du moindre sens des convenances que Graesler ne pouvait s'expliquer comment par la suite des relations à peu près courtoises, voire une sorte d'amitié, avaient pu s'établir entre eux. Ce qu'avait éprouvé Graesler au cours de cette découverte, c'était plus que de la surprise, c'était l'impatience du lecteur qu'un roman tient en haleine. Et il attendait, au comble de la curiosité, sans émotion profonde, quels secrets de la vie de Frédérique les prochains feuillets allaient lui révéler. Ces pages-là n'étaient pas aussi nombreuses que les autres. Mais la diversité des écritures incita Graesler à supposer que Frédérique avait fait un tri pour ne conserver que quelques échantillons de chaque catégorie. Il y avait un petit groupe de messages qui contenaient uniquement des majuscules et des chiffres ; c'étaient sans doute des signes appartenant à un langage secret. Puis, pendant des années, plus rien. Les lettres suivantes dataient de l'époque où Frédérique s'était installée auprès de son frère ; on trouvait là des lettres en français, en anglais et même certaines qui étaient rédigées dans une langue slave, lui semblait-il, que sa sœur devait donc connaître, bien qu'il n'en eût rien su. Les unes étaient pleines d'une ardeur pressante, les autres disaient des mots de gratitude ; les unes gardaient le ton d'un prudent respect, les autres exprimaient sans ambiguïté d'amoureux sentiments. Tout en continuant son enquête, Graesler voyait remonter des brumes du passé le visage d'un de ses clients dont il avait lui-même fait faire la connaissance à Frédérique, jouant inconsciemment un rôle d'entremetteur. Au demeurant, la dernière de ces lettres, débordante d'exaltation, de fantasmes et de pressentiments d'une mort prochaine, ne laissait aucun doute quant à l'identité de son auteur, un jeune phtisique de dix-neuf ans, presque moribond lorsque le docteur, qui le soignait dans le Midi, s'était trouvé obligé de le renvoyer dans son pays natal. Graesler se posa instinctivement cette question : sa sœur, qui semblait si vertueuse et si calme, et qui avait eu, en réalité, tant d'expérience en amour, toujours insatiable, n'avait-elle pas hâté la fin de ce pauvre garçon ? Il se sentait blessé dans son affection fraternelle en découvrant qu'elle ne l'avait pas estimé digne de sa confiance : sans doute, comme l'autre, le jugeait-elle trop imbu de préjugés mesquins. Il lui gardait une rancune rétrospective à l'idée de l'aspect ridicule qu'il devait avoir eu aux yeux des autres gens, comme un mari trompé. Ces considérations, au début, menaçaient de ternir l'image qu'il gardait de sa sœur disparue, mais, finalement, le sentiment qui l'emporta en lui fut celui d'une réelle satisfaction : il se disait que Frédérique n'avait pas gâché sa vie, qu'il n'avait, en toute conscience, aucune responsabilité vis-à-vis d'elle et que – il le savait désormais, sans nul doute possible – elle avait choisi de mettre fin à une existence qui ne pouvait plus lui offrir les joies qu'elle avait connues en abondance.

Il examina une fois encore l'ensemble des lettres et il en isolait l'une ou l'autre, relisant çà et là certaines lignes. Ce faisant, il s'avisa que, dans tout ce qu'il venait de découvrir, il y avait bien des choses déjà connues de lui. Ainsi, il avait jadis vu naître plusieurs de ces aventures ; par exemple, un petit flirt, oublié depuis bien longtemps, entre Frédérique et un Français, capitaine de navigation de plaisance, sur les bords du lac de Genève, idylle dont il était question dans l'un des billets que Graesler venait de lire. A l'époque, il n'avait pas deviné l'importance de ces relations et il n'estimait pas avoir le droit d'exercer un contrôle sur la conduite d'une personne qui avait dépassé la trentaine. Quant aux tendres sentiments qui avaient uni Frédérique et Böhlinger, il les avait remarqués dès le début et il avait assisté à l'évolution de cette inclination qui était devenue un sérieux attachement. Ensuite, bien sûr, les impératifs de sa carrière l'avaient empêché d'observer le développement de ces amours enfantines. Il était donc possible, après tout, que les regards étranges que Frédérique lui adressait parfois pendant ses dernières années ne fussent pas, comme il l'avait craint, les reflets muets d'une plainte ou d'un reproche ; c'était probablement plutôt l'expression d'une prière : sans doute lui demandait-elle pardon de lui avoir dissimulé tout ce qu'elle avait senti ou vécu et d'avoir passé son existence en marge de la sienne, comme l'eût fait une étrangère. Et, de son côté, il ne lui avait rapporté que des détails insignifiants sur sa vie privée. Si ses propres aventures avaient trouvé leur écho dans des lettres pareilles à celles que Frédérique voulait qu'on brûlât après sa mort, il en aurait résulté une lecture pour le moins aussi scandaleuse. Dans ces conditions, il n'avait pas le droit de garder rancune à sa sœur pour s'être murée dans un pudique silence, égal à celui qu'il avait observé si scrupuleusement pour lui-même.

Catherine était debout derrière son fauteuil et avait posé ses deux mains sur son front.

« C'est toi ? lui demanda-t-il, comme s'il sortait d'un profond sommeil.

– Je suis déjà venue deux fois, expliqua-t-elle, mais tu étais tellement plongé dans ta lecture que je n'ai pas voulu te déranger. »

Il leva les yeux vers la pendule. Il était huit heures et

demie. Quatre heures durant, il était resté plongé dans les remous d'une destinée désormais révolue.

« J'ai parcouru de vieilles lettres adressées à ma pauvre sœur, dit-il en attirant Catherine sur ses genoux. C'était, au fond, un être étrange. »

Un instant, il se demanda s'il n'allait pas révéler à Catherine certains détails contenus dans les lettres ; mais il eut aussitôt l'intuition que c'eût été outrager la mémoire de la morte. Il résista à la tentation d'étaler les aventures de sa sœur sous les yeux d'une jeune personne qui ne possédait pas les facultés nécessaires pour en saisir l'intérêt profond et qui risquait même d'y dépister certaines analogies en réalité inexistantes. Il préféra faire de la main un geste qui à la fois repoussa les lettres vers un coin de la table et indiquait que mieux valait laisser le passé dormir en paix. Adoptant la voix de quelqu'un qui échappe à un cauchemar pour rejoindre une réalité lumineuse, il demanda à Catherine comment elle avait passé tout ce temps. Elle avait continué à lire son roman, répondit-elle ; puis elle avait, comme bien souvent, fait briller les garnitures d'argent et de cristal qui décoraient la coiffeuse de sa chambre ; elle avait aussi déplacé quelques boutons du peignoir chinois qui lui était trop large. Finalement, elle fut bien forcée d'avouer qu'elle avait causé, une petite demi-heure, dans l'escalier, avec la femme du typographe – c'était une si bonne personne, et qui s'entendait à son travail ! Dommage que notre cher docteur n'ait pas plus de sympathie pour elle ! En effet, le cher docteur n'était aucunement ravi de savoir que Catherine éprouvait tant de plaisir à s'entretenir avec une pareille commère et qu'elle s'était montrée dans l'escalier vêtue du peignoir chinois. Mais cette situation n'allait plus durer longtemps ; désormais, dans quelques jours à peine, il serait loin d'ici, dans un milieu plus digne et plus correct. Il comptait bien ne jamais revoir Catherine et il ne ferait plus que de brefs séjours dans sa ville natale car la clinique, il l'espérait bien, réclamerait sa présence pendant toute l'année. Tel était le cours de ses pensées tandis qu'il gardait Catherine sur ses genoux et que, d'une main distraite, il continuait à caresser ses joues et son cou. Mais soudain, il remarqua de quels yeux attentifs et tristes elle le regardait.

« Qu'est-ce que tu as donc ? » lui demanda-t-il.

Elle se contenta de secouer la tête et d'esquisser un sourire. Ému, étonné, il s'aperçut que de petites larmes roulaient sur son visage.

« Tu pleures ! dit-il à mi-voix et, à cet instant, il eut plus que jamais la conviction de pouvoir compter sur l'amour de Sabine.

– Quelle idée ! » riposta Catherine qui sauta à terre et se composa une physionomie rieuse. Elle ouvrit la porte de la salle à manger et désigna de la main la table où le couvert se trouvait mis avec beaucoup de goût, dans un climat d'intimité.

« Et si notre cher docteur m'y autorise, je compte bien rester en peignoir, n'est-ce pas ? »

Cette boutade lui rappela qu'il avait rapporté du grenier un nouveau cadeau pour elle. Il chercha où il avait pu mettre le petit collier d'ambre ; déposé sur la table, il avait glissé au milieu des lettres. Lorsque Graesler l'eut retrouvé, il le posa et le referma autour du cou de Catherine.

« Comment ? Encore un bijou ? protesta-t-elle.

– Oui, mais celui-là, c'est le dernier », répondit-il ; à peine eut-il prononcé ces mots qu'il les regretta, car sa phrase avait une résonance plus tragique qu'il ne l'avait prévu. Il tenta de remettre les choses au point :

« Je voulais seulement dire que... »

Elle leva légèrement la main comme pour lui imposer silence. Ils se mirent alors à table. Brusquement, après avoir commencé à manger, elle s'interrompit pour lui demander :

« Est-ce que tu penseras quelquefois à moi, là-bas ? »

C'était la première fois qu'elle faisait allusion à leur séparation prochaine ; Graesler en demeura quelque peu interloqué. Elle ne manqua pas de s'en rendre compte, car elle ajouta sans plus tarder :

« Allons, dis-moi oui ou non !

– Bien sûr », répliqua-t-il en se forçant à lui sourire. Elle acquiesça de la tête comme pour indiquer qu'elle était parfaitement satisfaite. Elle prit la carafe et remplit de vin leurs deux verres ; là-dessus elle entama, comme d'habitude, une conversation d'un ton des plus naturels, sur des sujets anodins, toujours en train de rire, comme si l'heure des adieux ne pointait pas déjà à l'horizon – ou plutôt comme si cette perspective n'assombrissait pas son humeur. Un peu plus tard, elle s'enveloppa étroitement dans son peignoir chinois ; puis, comme il était encore beaucoup trop large pour elle, elle le laissa flotter autour de son corps, le rabattit par-dessus sa tête, et le laissa retomber avant d'exécuter une danse à travers la pièce, retenant dans une main les plis du vêtement aux dragons d'or, et dans l'autre son verre de vin. Elle riait aux éclats et ses jolis yeux commençaient à se troubler. Finalement, Graesler la prit dans ses bras et l'emporta plus qu'il ne la conduisit dans la chambre de Frédérique, plongée dans une lueur diffuse. Il l'étreignit alors avec une ardeur au fond de laquelle il percevait le flux et le reflux de la vague rancœur que lui inspirait le souvenir de sa sœur dont il n'avait pas su deviner les mensonges.

14

Le lendemain matin, alors que Catherine dormait encore à côté de lui, Graesler se leva de bonne heure pour faire une dernière visite à sa petite malade qui, depuis longtemps, se portait à merveille, mais n'était pas encore autorisée à quitter son lit. Toutefois, comme il craignait que la nouvelle de son départ imminent ne parvînt aux oreilles de Catherine par l'intermédiaire éventuel de la femme du typographe, il affirma à la mère de l'enfant, toujours aimable et avenante, qu'il comptait bien rester une semaine encore dans sa ville natale.

« Ah ! je peux bien m'imaginer, remarqua Mme Sommer, que vous avez de la peine à vous séparer de votre petite amie. Quelle ravissante créature ! Et il faut voir avec quel chic elle porte ce peignoir chinois que vous lui avez offert ! »

Le docteur fronça les sourcils et préféra s'occuper de la petite Fanny qui était en train de démêler les cheveux blonds de sa poupée, avec ce sérieux que les enfants apportent à leurs jeux. Quelques jours auparavant, il avait commencé à parler à la petite fille de certains animaux sauvages qui, jadis, avaient fait le voyage d'Australie en Europe sur le même bateau que lui et devaient ensuite se produire dans un cirque. Depuis ce jour-là, la petite ne le laissait jamais partir sans qu'il consentît à lui répéter toute cette histoire et à lui décrire en détail les lions, les tigres, les panthères et les léopards, tels qu'il les avait observés plusieurs fois, dans les soutes du navire, à l'heure du repas des fauves. Mais cette fois, il écourta son récit, car il avait encore bien des courses à faire en vue de son départ fixé au lendemain matin. Il se leva donc rapidement, au grand déplaisir de l'enfant ; néanmoins, Mme Sommer réussit à l'arrêter sur le pas de la porte pour lui poser, à propos des soins à donner encore à la petite, une douzaine de questions auxquelles il avait déjà répondu cent fois. Elle se rendait fort bien compte de son impatience et essayait de lui faire regretter de se séparer d'elle en s'approchant tout près de lui, presque au point de le toucher, les yeux pleins de tendresse et de reconnaissance. Il réussit enfin à se libérer et descendit l'escalier à toute vitesse. Il s'était contenté de dire à Catherine que, pour ce jour-là, il s'était gardé toutes sortes de courses en ville et devait faire, une fois encore, acte de présence à l'hôpital ; de cette façon, elle ne risquerait pas de s'impatienter et il aurait assez de temps devant lui pour les démarches en vue de son voyage.

Il se rendit en effet à l'hôpital où il prit congé du médecin-chef, et après avoir effectué quelques emplettes, il donna des ordres pour faire enlever et enregistrer ses bagages ; finalement, il se présenta chez Böhlinger avec qui il voulait traiter encore divers problèmes d'affaires. Son ami ne parut guère s'apercevoir de la nervosité qui le possédait et, tout en lui donnant quelques sages conseils, il lui dit combien il lui souhaitait de pouvoir conclure l'achat de la clinique dans des conditions avantageuses. Sans doute dans l'intention de se montrer discret, Böhlinger s'abstint de toute allusion de genre trop personnel et il fallut que Graesler fût presque au bas de l'escalier pour qu'il lui vînt à l'esprit qu'il venait de s'entretenir avec un ancien amant de sa défunte sœur. Mais à présent, il n'avait plus qu'une idée : rentrer vite chez lui pour prendre avec Catherine un dernier déjeuner. Il voulait passer ces dernières heures avec elle sans être dérangé et sans qu'elle pût remarquer le moindre indice. Son intention était de lui faire ses adieux sans rien dire, pendant qu'elle dormirait encore, simplement en lui laissant une lettre qui contiendrait également une petite somme d'argent.

Lorsqu'il entra dans sa salle à manger, il vit que la table n'était mise que pour une personne. La femme du typographe ne tarda pas à se montrer ; son visage reflétait à la fois la bêtise et une certaine joie maligne tandis qu'elle expliquait qu'elle avait dû mettre le couvert elle-même, comme mademoiselle l'avait chargée de le faire ; d'autre part, mademoiselle le priait d'excuser son absence. Graesler jeta à la femme un regard qui la remplit d'une telle frayeur qu'elle quitta aussitôt la pièce. Quant à lui, il alla d'un pas vif dans son bureau où il trouva bien en vue un pli fermé de Catherine. Il ouvrit l'enveloppe et lut : « *Mon cher, mon très cher petit docteur, j'ai passé de beaux jours auprès de toi. Je vais sûrement beaucoup penser à toi. Je sais que tu t'en vas demain ; il vaut donc mieux que je ne te dérange plus aujourd'hui. Je te souhaite bonne chance. Et si tu reviens l'année prochaine... mais d'ici là tu m'auras oubliée depuis longtemps. Et je te souhaite aussi une bonne traversée. Je te remercie pour tout, mille et mille fois. Ta fidèle Catherine.* » Graesler fut bouleversé à la fois par le ton sincère de ces lignes et par l'écriture maladroite, enfantine de Catherine. « Chère enfant, murmura-t-il ; quelle bonne petite ! » Mais il ne voulait pas se laisser attendrir. Il revint à la salle à manger et se fit servir son déjeuner ; entre les plats, il inscrivait d'un air affairé diverses observations dans son calepin pour n'avoir pas à adresser la parole à la femme du typographe et, dès qu'il eut terminé son repas, il lui rendit sa liberté.

Demeuré seul, il fit le tour de toutes les pièces. Partout régnait un ordre parfait ; tout ce qui appartenait à Catherine avait disparu, rien n'était resté d'elle qu'un parfum étrange qui imprégnait surtout la chambre qu'elle avait habitée durant trois semaines. Au reste, tout l'appartement, bien qu'il n'y manquât rien, semblait à Graesler glacial et désert à un point inimaginable. Il se sentait tout d'un coup si abandonné que soudain une idée lui vint : ne vaudrait-il pas mieux faire fi de tous les espoirs et de toutes les chances dont il avait rêvé jusqu'alors et s'en aller tout simplement chercher Catherine chez elle pour la ramener chez lui ? Mais il comprenait en même temps combien ce projet était peu raisonnable, qu'il était même ridicule, qu'il risquerait de porter préjudice à tout son avenir et détruirait à jamais un bonheur merveilleux dont l'accomplissement était à présent si proche ! Aussitôt l'image de Sabine s'imposa à son esprit, nimbée d'une lumière éblouissante. Il calcula ensuite qu'au fond, rien désormais ne l'empêchait de prendre, sans plus attendre, le train du soir et qu'il pourrait ainsi revoir Sabine dès le lendemain matin. Mais il repoussa cette éventualité, car il craignait de se présenter avec une mine lasse et des traits tirés à la dame de ses pensées, après une nuit dans le train, n'ayant peut-être pas dormi. Il décida donc d'utiliser le temps qu'il gagnait ainsi à rédiger une lettre qui annoncerait sa visite et lui assurerait le meilleur accueil. Pourtant, lorsqu'il se retrouva devant sa table de travail, la plume à la main, il se sentit incapable de formuler la moindre phrase qui fût, même de loin, le reflet des sentiments qui agitaient son cœur. Il se contenta donc de jeter sur le papier quelques mots d'une écriture haute et empreinte de passion, lui semblait-il : « *Je serai demain soir chez vous. Je compte sur toute votre indulgence. Dans l'impatience de vous revoir. E. G.* » Il rédigea ensuite un télégramme à l'adresse du Dr Franck pour lui dire qu'il arriverait le lendemain matin et qu'il désirait trouver chez lui un mot qui lui fasse savoir si les travaux de réfection pourraient commencer le 15 novembre. Il porta lui-même à la poste sa lettre et le télégramme, rentra chez lui, mit ses papiers en ordre, ferma à clef divers tiroirs, fit sa valise et posa sur le dessus un petit camée ancien, serti d'un cercle d'or, qui représentait une tête de déesse. Au cours de la nuit, il se réveilla en sursaut cinq ou six fois, affolé par un cauchemar, toujours le même, convaincu qu'il allait tout perdre à jamais, et Sabine et Catherine, et la clinique et sa fortune, sa jeunesse et le brillant soleil du Midi, et même le camée d'ivoire – s'il avait le malheur de manquer le train, le lendemain.

15

Ce fut vers la fin d'un après-midi d'automne doucement ensoleillé que le Dr Graesler arriva dans la petite ville d'eaux. Devant les bâtiments de la gare s'alignaient une demi-douzaine de voitures d'hôtel et deux fiacres. Les porteurs criaient bien fort le nom de leur hôtel, mais sans grande conviction, car les curistes n'avaient guère l'habitude de venir se soigner là en cette fin de saison. Le Dr Graesler se fit conduire à son domicile et dit au cocher d'attendre. Il s'inquiéta d'abord de savoir s'il y avait des lettres pour lui ; il fut mécontent de ne pas trouver la réponse attendue du Dr Franck et amèrement déçu qu'il n'y eût pas non plus la moindre ligne de Sabine pour lui souhaiter la bienvenue. Il se renseigna auprès de son aimable logeuse sur ce qu'il y avait de nouveau dans la ville et les environs, mais elle ne lui apprit rien d'intéressant, rien non plus sur le chalet forestier, contrairement à son appréhension. Finalement, le soir était déjà tombé lorsqu'il s'engagea sur la route familière bordée de villas pour la plupart abandonnées et de collines aux silhouettes sombres, sous un ciel sans étoiles. Pendant que la voiture remontait la vallée, il eut soudain l'intuition d'une cruelle vérité qu'il s'était longtemps refusé à admettre, même jusqu'à présent : il savait désormais qu'au lieu où il se rendait, il lui faudrait risquer une tentative désespérée, et probablement sans succès, pour essayer de reconquérir la faveur du plus merveilleux des êtres, ce bien inestimable que, par sa faute, il n'avait pas su sauvegarder, ayant manqué soit de sérieux, soit de courage.

Tout le long du trajet, il chercha, au fond de lui-même, sans relâche, mais bien en vain, des arguments irréfutables pour se justifier et des paroles irrésistibles de tendresse, et soudain la voiture s'arrêta, au beau milieu de la route – du moins le docteur en eut-il l'impression. A cet instant précis, on aurait pu croire qu'on venait seulement de faire la lumière à l'intérieur de la maison, car un rayon rougeâtre éclaira brusquement le sentier pour arriver jusqu'à lui. Il descendit de voiture ; très lentement, afin de maîtriser les violents battements de son cœur, il s'avança vers le seuil du chalet. Il sonna, on vint lui ouvrir ; en même temps, il aperçut Mme Schleheim qui sortait de la salle de séjour pendant que Sabine, assise à la table, un livre devant elle, interrompait sa lecture, mais ne s'était pas levée.

« C'est une gentille pensée, dit la mère de la jeune fille en lui tendant aimablement la main, que de venir prendre des nouvelles des pauvres isolées que nous sommes.

– Je me suis permis d'avertir Mlle Sabine par un petit mot que je lui ai envoyé. »

Pendant ce temps, Sabine s'était levée, elle aussi, pour donner poliment la main au docteur qui s'était avancé jusqu'à la table, et elle lui dit :

« Soyez le bienvenu. »

Il tenta de lire dans son regard qui s'arrêtait sur lui, toujours aussi limpide, trop limpide, hélas ! Il s'enquit ensuite du maître de maison.

« Il est en voyage, répondit Mme Schleheim.

– Et peut-on savoir où il se trouve actuellement ? » reprit le Dr Graesler en s'asseyant à une place que Sabine lui indiqua.

Mme Schleheim haussa les épaules :

« Nous n'en savons rien nous-mêmes. Cela lui arrive de temps à autre. Mais il finit toujours par nous revenir, au bout de quelques semaines. Nous en avons assez fait l'expérience, conclut-elle en lançant à sa fille un regard de connivence.

– Et vous comptez rester ici un certain temps, docteur ? » questionna Sabine.

Il leva les yeux vers elle, mais ne put découvrir dans son regard le message qu'il en attendait.

« Cela dépend, répliqua-t-il, pas trop longtemps, sans doute, mais pas avant d'avoir réglé mes affaires. »

Sabine fit un signe vague de la tête, l'air absent.

La bonne entra pour mettre le couvert.

« Vous resterez bien avec nous pour le dîner ? » interrogea Mme Schleheim.

Il hésita à répondre ; de nouveau, son regard questionna Sabine.

« Naturellement, le docteur va dîner avec nous ; nous avions bien compté sur lui. »

Graesler se dit que ce n'était pas une preuve d'amitié

qu'elle lui donnait mais tout au plus une grâce qu'elle lui accordait.

Et sans mot dire, il baissa la tête.

Comme le silence qui s'était installé lui devenait extrêmement pénible, il reprit sur un ton dégagé :

« Je vais commencer par aller voir demain le Dr Franck. Imaginez-vous, mesdames, qu'il n'a même pas répondu à mes dernières lettres. Mais j'espère malgré tout que nous finirons par tomber d'accord.

– Trop tard », l'interrompit Sabine, froidement.

Et Graesler sentit aussitôt que cette parole n'avait pas trait uniquement à l'affaire qu'il avait manquée.

« Le Dr Franck, expliqua ensuite Sabine, a résolu de continuer à assumer la direction de la clinique. Depuis quelques jours, les travaux de réfection y vont bon train. C'est votre ami, l'architecte Adelmann, qui a pris la responsabilité de la rénovation.

– Mon ami ? Ah non ! S'il l'était, il m'aurait, de quelque façon, mis au courant de ce revirement. »

Et il secouait la tête, lentement, gravement, comme si l'architecte lui avait causé une amère déception.

« Dans ces conditions, remarqua Sabine, indifférente et polie, vous allez probablement retourner dans le Midi ?

– Évidemment, reprit Graesler avec vivacité, je vais retrouver ma chère petite île de Lanzarote. Bien sûr. Quand je la compare au climat d'ici, je me demande si je serais encore en état de supporter les rigueurs d'un hiver entier en Europe centrale. »

Tout en parlant, l'idée lui vint qu'en raison de la rareté des liaisons maritimes à destination de l'île, il n'y arriverait pas avant la mi-novembre et que d'ici là, il risquait fort de trouver sa place occupée par un autre, puisqu'il avait négligé d'annoncer sa venue et de s'excuser de son silence. Enfin, par chance, son existence n'en dépendait plus. Si l'envie l'en prenait, il pouvait s'offrir six mois de vacances et même davantage. Au fond, à condition de réduire un peu ses dépenses, il pouvait renoncer complètement à sa clientèle. Mais cette idée l'effrayait. Il n'était pas capable de vivre sans exercer un métier. Il avait besoin de travailler, de guérir les gens, bref de mener la vie d'un homme actif, généreux. Et n'était-ce pas le destin qui l'attendait auprès de cet être merveilleux à l'âme pure, car elle ne voulait peut-être que le punir un peu de ses hésitations et le mettre, une fois encore, à l'épreuve ? Dans cette conviction, il prétendit qu'il n'avait pas encore signé d'engagement définitif et qu'il attendait une lettre de Lanzarote qui lui ferait savoir si la direction de l'établissement acceptait les nouvelles conditions qu'il lui avait posées pour améliorer sa situation. En cas de refus, il était décidé à passer le prochain hiver en Allemagne et d'y faire, dans le cadre de diverses universités, des stages de perfectionnement. C'est qu'il n'avait pas perdu son temps pendant son séjour dans sa ville natale, loin de là ! Il avait pris une part active à la vie de l'hôpital et avait même exercé la médecine à titre privé. Oh ! tout à fait par hasard. Il s'agissait d'une enfant, d'une ravissante enfant de sept ans, la fille d'une veuve qui habitait dans sa maison. Il n'avait pas pu refuser ses soins. A vrai dire, un cas assez grave... une scarlatine. Mais à présent, la petite était hors de danger. Sinon, bien sûr, il ne se serait pas permis de s'en aller. Tout en parlant, il tentait de se rappeler l'image de Mme Sommer ; or chaque fois, celle qui revenait à sa place, c'était une dame au visage de poupée, reproduite dans le *Journal Illustré des Familles* qui jadis agrémentait ses rêves au cours de ses traversées. Selon toute évidence, il y avait là une certaine ressemblance ; – eh ! oui, évidemment, comment ne s'en était-il pas aussitôt rendu compte ? Sabine avait écouté ses derniers récits avec un intérêt croissant, semblait-il, mais n'avait pas l'air d'y ajouter vraiment foi – du moins sa conscience peu tranquille lui donnait-elle cette impression.

Soudain, presque sans raison apparente, Sabine se mit à parler de ses deux amies dont Graesler se souvenait certainement, n'est-ce pas ? Voilà que la plus jeune des deux venait de se fiancer avec un Berlinois qui avait fait ici une cure d'arrière-saison. Il était fortement question d'aller à Berlin pour le mariage et, comme le disait Mme Schleheim, ce serait une bonne occasion de se replonger enfin, après si longtemps, dans l'atmosphère vivifiante d'une grande ville. Une fois encore, et toujours plus impatient, presque suppliant, le regard de Graesler posa à Sabine cette question muette : « Qu'en est-il au juste de nous deux ? » mais les yeux de la jeune fille gardaient une expression insondable. Et même lorsque, dans le courant de la soirée, elle parut adopter une attitude plus amicale, plus douce, il avait le net sentiment d'avoir à peu de chose près perdu la partie. Mais son orgueil se rebellait à l'idée d'accepter cette forme de renvoi muet qu'elle semblait avoir choisi pour mettre fin à leurs relations, et il décida de demander à Sabine de lui accorder un entretien avant qu'il ne prît le chemin du retour. Lorsqu'il se leva de table, il réussit, non sans effort, à adopter un ton léger pour lancer une suggestion plaisante : ne serait-il pas possible de se retrouver tous pour Noël, à Berlin ? Sabine se leva également et, à n'en pas douter, elle avait l'intention de raccompagner leur invité jusqu'à sa voiture. Ils se retrouvèrent donc côte à côte, comme au bon temps de leur entente, mais en silence ; ils passèrent sous les sapins, allant vers la route où le fiacre attendait. Soudain, presque involontairement, Graesler s'arrêta à mi-chemin et demanda :

« Etes-vous fâchée contre moi, Sabine ?

– Fâchée ? dit-elle d'un ton neutre. Pourquoi le serais-je ?

– C'est ma lettre, je le sais bien ! Ah ! cette lettre de malheur ! »

Et voyant que, dans la pénombre, elle ne répondait à ses paroles que par un sursaut douloureux, par un geste destiné à briser son élan, il tenta en toute hâte de lui expliquer sa conduite, en dépit de la certitude qu'il avait de s'enliser toujours davantage, désespérément, dans une situation sans issue. Elle avait, disait-il, mal interprété sa lettre, d'un bout à l'autre. Ce qui l'avait incité à écrire dans ce sens, c'était sa conscience, c'étaient ses scrupules, et son sentiment du devoir. Ah ! il aurait mieux fait d'obéir simplement à la voix de son cœur, de sa passion sincère ! Il l'aimait, il l'adorait depuis toujours, depuis le premier moment où il l'avait vue debout au chevet de sa mère malade. Mais jamais il n'avait eu l'audace de rêver à un bonheur auprès d'elle. Après une existence si sombre, si solitaire, si tourmentée ! Il n'avait pas osé croire à un tel espoir, du domaine de l'irréel. A l'âge qu'il avait ! Hé ! oui, il n'était plus un jeune homme. Mais, ce n'est pas du nombre des années que dépend la vraie jeunesse, il en avait fait l'expérience. Justement, pendant ces semaines de séparation qu'il venait de vivre, il l'avait bien compris... Mais cette lettre qu'il avait reçue d'elle, cette lettre merveilleuse, divine – oh ! ces mots émouvants dont il n'était pas digne... Ses paroles se précipitaient, s'embrouillaient, et il savait bien qu'il ne trouvait pas, qu'il ne pouvait pas trouver celles qui l'auraient sauvé, car, entre ses lèvres et le cœur de Sabine, une barrière infranchissable s'était dressée. Et lorsque finalement, désemparé, il conclut par un cri presque étouffé :

« Pardonnez-moi, Sabine, pardonnez-moi ! »

Il l'entendit répondre avec une voix qui semblait venir de très loin :

« Je n'ai rien à vous pardonner. Mais vous auriez mieux fait de ne pas me dire tout cela. J'espérais que vous l'aviez compris ; sinon je vous aurais demandé de ne pas venir. »

Sa voix avait à ce moment une intonation si dure que Graesler trouva là un nouveau motif d'espérance. N'était-ce pas un « dépit amoureux » qui lui faisait ainsi repousser toute tentative de réconciliation ? Du « dépit », certes, mais il s'y mêlait malgré tout un reste « d'amour » encore vivace que, par honte, elle ne voulait pas avouer. Aussi reprit-il, avec un regain de courage :

« Sabine, j'ai une prière à vous adresser, une seule :

me permettez-vous de revenir au printemps prochain et, alors, de vous poser encore la même question... »

Elle l'interrompit :

« Il fait bien froid, ce soir, ici. Au revoir, docteur. »

Et il crut discerner sur son visage, malgré l'obscurité, un sourire ironique, tandis qu'elle ajoutait :

« Je vous souhaite pour l'avenir tout le bonheur possible.

– Sabine ! »

Il saisit sa main et tenta de la retenir. Elle la lui retira doucement :

« Faites bon voyage », dit-elle, et il perçut dans sa voix, pour la dernière fois, un écho de cette bienveillante affection qu'il avait perdue à jamais. Elle se détourna pour rentrer sans presser le pas, mais prit inexorablement le chemin du chalet et disparut bientôt derrière la porte.

Un instant encore Graesler resta là, debout, immobile, puis il marcha rapidement vers la voiture, il y monta, s'enveloppa de son grand manteau et de son plaid, et, dans la nuit noire, se fit ramener chez lui. Une violente rancune s'éveillait dans son cœur. Bon, bon, se disait-il, tu l'auras voulu ! C'est toi qui me pousses dans les bras d'une autre ; j'agirai donc comme tu le désires et qui pis est, je veux que tu le saches... Avant de m'embarquer pour les îles, je ferai un détour par ici, j'habiterai ici quelques jours avec elle. Je viendrai me promener en voiture avec elle de ce côté, nous passerons devant le chalet, car je veux que tu la voies. Oui, oui, tu feras sa connaissance. Tu causeras avec elle. Permettez-moi, mademoiselle Sabine, de vous présenter ma fiancée. Ce n'est pas une âme pure comme vous, chère mademoiselle, mais on ne peut pas lui reprocher d'être froide. Elle n'est pas si fière que vous, mais elle a bon cœur. Ce n'est pas un modèle de pudeur, mais elle est si mignonne ! Elle s'appelle Catherine, oui, Catherine...

Il prononça son nom à haute voix, et plus la voiture s'éloignait du chalet, plus le désir de retrouver Catherine se réveillait en lui avec violence. Ce sentiment se transforma bientôt en une promesse de joie sûre et merveilleuse : n'allait-il pas bientôt – dès demain, demain soir – revoir la chère petite et la prendre dans ses bras ? Quelle mine étonnée allait-elle faire quand elle l'apercevrait tout d'un coup, sur la Wilhelmstrasse, à sept heures du soir ? Quelle surprise ce serait pour elle ! Et elle allait en connaître une autre encore, bien plus impressionnante. Car il n'était pas imbu de préjugés, quoi qu'on pût dire. Il avait simplement le désir d'être heureux. Et ce bonheur qu'il choisissait, il allait le cueillir tel qu'il le trouvait sous sa forme la plus naturelle, la plus spontanée, la plus vraiment féminine – tel que le lui offrait Catherine... Catherine... Certes, il avait bien fait de revoir encore Sabine, car il savait désormais quelle femme était réellement faite pour lui : c'était Catherine – aucune autre que Catherine.

16

Le soir suivant, une heure après son retour, il était posté au coin de la rue d'où il ne pouvait manquer d'apercevoir Catherine dès qu'elle quitterait la ganterie. Les deux autres vendeuses qui y travaillaient comme elle sortirent, l'une après l'autre, de la boutique et disparurent. On baissa le rideau de fer, le garçon de magasin partit à son tour, l'éclairage s'éteignit – tout cela sans que Catherine eût paru. Bizarre ! Extrêmement bizarre ! Mais voyons, son congé était terminé. Pour quelle raison n'était-elle pas venue travailler au magasin ? Un afflux de jalousie s'empara de Graesler. A n'en pas douter, elle devait être en galante compagnie avec un autre – un autre, qu'elle connaissait de longue date, probablement, et pour lequel elle avait désormais du temps libre, puisqu'il n'était plus là, maintenant, ce vieux docteur qui venait du Portugal et qui pouvait se permettre de lui offrir des foulards des Indes ou des colliers d'ambre. Et si c'était, au contraire, une relation toute récente ? Pourquoi pas ? Il ne faut pas si longtemps pour s'engager dans une aventure, vous en savez quelque chose, hein, mademoiselle Catherine ? Et où diable pouvez-vous bien vous trouver en ce moment ? Au théâtre, parbleu ! pour respecter l'ordre traditionnel : le premier soir, on va au théâtre et on dîne ensemble, le lendemain, c'est – tout le reste. Charmante tactique, qu'elle avait dû déjà pratiquer bien des fois ! Mais recommencer par la base tout le cérémonial dès le lendemain de son départ, voilà qui lui paraissait franchement exagéré. Ah ! la misérable ! Dire qu'il avait perdu à cause d'elle une merveille comme Sabine ! Elle avait tout bonnement plié bagage sans oublier ses châles, ses chapeaux, ses robes et ses bijoux, pour s'en aller rejoindre un jeune imbécile et se moquer avec lui de ce vieux fou de Portugais... Telles étaient les images qui se pressaient dans sa tête et, prenant volontairement plaisir à se faire souffrir, il écartait de son esprit tous les motifs qui auraient suffi à expliquer l'absence de Catherine. Dans ces conditions, à quoi allait-il se résoudre ? Évidemment, la solution la plus raisonnable aurait été de s'en retourner tout doucement chez lui et de s'en tenir là. Mais il n'était pas assez maître de lui pour s'y décider. Il préféra donc prendre le chemin des faubourgs pour se poster à proximité de chez elle et attendre, jusqu'à nouvel ordre. Il ne tarderait pas à découvrir avec qui elle rentrait, à moins qu'elle ne se soit – sait-on jamais ? – déjà installée chez son nouvel amoureux... Mais, au fond, pas de danger. On n'en trouve pas souvent, des fous de son genre, capables de se mettre en ménage avec une créature de cette espèce, rouée, bavarde, inculte et menteuse. Il lui vouait un mépris sans bornes et s'abandonnait aveuglément à ce sentiment ; il y goûtait même une sorte de volupté. Vous trouvez peut-être, chère mademoiselle, que je me conduis en puritain bourré de préjugés ? C'était à Sabine que, soudain, il s'adressait, malgré la distance qui l'en séparait, car il éprouvait à son égard un ressentiment tout aussi vif. Tant pis, ma chère, c'est ainsi. On ne se change pas, pas plus les hommes que les femmes. L'une s'est vue dotée, dès le berceau, d'une nature de putain, l'autre a pour destin de rester vieille fille, et une troisième encore, malgré l'excellente éducation qu'elle a pu recevoir au sein d'une honorable famille de la bourgeoisie allemande, mène une véritable existence de courtisane, trompant la bonne foi de ses parents et de son frère – et met fin à ses jours quand elle voit qu'il lui faut renoncer désormais à collectionner les conquêtes masculines. Pour ma part, Dieu m'a donné l'étoffe d'un maniaque et d'un puritain, c'est entendu ; mais tout de même, être un puritain, ce n'est pas ce qu'il y a de pire. Car si l'on ne se compose pas une attitude de puritain vis-à-vis de certaines personnes, elles ont vite fait de vous mener par le bout du nez ! Et même je ne suis pas encore assez réticent à leur égard, tant s'en faut ! Si une certaine petite coquine avait modifié l'heure de son rendez-vous et était sortie du magasin à sept heures, d'un air bien sage, j'aurais été assez stupide – je le reconnais – pour lui donner mon nom et l'emmener à Lanzarote, avec tous les honneurs dus à « la femme du docteur ». Voilà qui aurait fait plaisir au directeur ! Mais il n'en est pas question. J'arriverai là-bas tout seul, aussi seul que j'en suis parti – à supposer que j'y aille, ce qui n'est pas encore décidé. De toute façon, je n'ai pas la moindre envie de me conformer à vos ordres, mon cher directeur, ni de débarquer chez vous dès le 27 octobre, même si la chose se révélait encore réalisable. Auparavant, je m'offrirai un petit voyage à Berlin et, si possible aussi, à Paris, et j'ai l'intention de m'y amuser comme je ne l'ai encore jamais fait. Et il se mit à rêver de boîtes de nuit réputées scandaleuses où des femmes à moitié nues exécutent des danses effrénées. Il échafaudait des projets d'orgies monstres qui, dans son esprit, représentaient une vengeance diabolique destinée à frapper toute cette race maudite qui s'était montrée à son égard si perfide et déloyale. Oui, il se vengerait ainsi de Catherine, de Sabine et de Frédérique.

Entre-temps, sans s'en rendre compte, il était arrivé devant la maison où habitait Catherine. Un vent désagréable s'était levé et faisait tourbillonner la poussière à travers la rue d'aspect misérable. Par-ci, par-là, on entendait fermer précipitamment des fenêtres. Graesler consulta sa montre : il n'était pas encore huit heures, loin de là. Que de temps encore à passer, et dans quelles conditions ! Il pourrait être dix heures, voire onze heures ou minuit – et même, pourquoi ne pas envisager les premières heures de l'aube ? – lorsque la donzelle rentrerait au bercail.

La perspective de rester là, sans aucune certitude, à arpenter le trottoir dans le vent et la pluie n'avait rien d'engageant ; déjà les premières gouttes commençaient à tomber. Aussi se mit-il à écouter une voix intérieure qui lui suggérait timidement, depuis un bon moment, une autre éventualité : et si, en fin de compte, Catherine était chez elle ? Peut-être avait-elle pu quitter le magasin plus tôt que de coutume, bien que cela ne fût guère probable, alors qu'elle venait de rentrer de congé le jour même. Ou bien le congé en question n'était pas complètement terminé et elle passait, au milieu de sa famille, sa dernière journée de liberté ? Au fond, il n'y croyait pas réellement, mais ces suppositions lui faisaient du bien, d'autant plus qu'il n'était pas extrêmement difficile d'en vérifier l'exactitude. Il suffisait de monter trois étages et là, de demander à la porte de M. Rebner, employé des postes, si sa fille, Mlle Catherine, se trouvait à la maison. C'est à peine si cette démarche pourrait sembler extraordinaire. On ne devait pas se formaliser pour si peu dans une famille où l'on ne s'étonnait pas de voir une des filles revenir de la campagne avec deux fois plus de bagages qu'elle n'en avait en partant. Et si elle n'était pas chez elle actuellement, il était peut-être possible d'apprendre à cette occasion sous quel prétexte elle passait la soirée dehors. Si elle était là, tant mieux, tout irait à merveille, il l'aurait retrouvée et n'aurait plus qu'à décider avec elle ce qui s'imposait pour le lendemain, le surlendemain et tous les jours suivants. En ce cas, quelles folles idées ne lui avaient-elles pas passé par la tête ? Et comme il se sentirait coupable, au fond de son cœur, de l'avoir injustement soupçonnée ! Il s'était trop laissé influencer par un horrible mouvement d'humeur dont une autre était, beaucoup plus qu'elle, responsable. Quand il parvint à la porte de l'appartement, il avait retrouvé à l'égard de Catherine les meilleures dispositions du monde.

Il sonna ; une femme d'un certain âge et de petite taille vint lui ouvrir. Elle portait une robe d'intérieur sur laquelle elle avait noué un tablier de cuisine et elle lui adressait un regard étonné.

« Excusez-moi, dit Graesler, je suis bien ici chez M. Rebner, employé des postes ?

– C'est exact ; je suis sa femme.

– Bien sûr – évidemment – j'aimerais savoir – je voulais vous demander si je pourrais dire un mot à Mlle Catherine. J'ai eu le plaisir...

– Ah ! l'interrompit Mme Rebner, visiblement rassurée. Vous êtes sans doute cet aimable docteur dont Catherine a fait la connaissance à la campagne, chez Ludmilla, et c'est vous aussi, n'est-ce pas, qui lui avez fait cadeau de ce beau châle... ?

– Oui, c'est bien moi ; je m'appelle Graesler, le Dr Graesler.

– Naturellement ! Le Dr Graesler... elle nous a parlé de vous... bien sûr, bien sûr. Attendez, je vais voir, de ce pas, si vous pouvez lui parler. C'est qu'en fait, elle est au lit. Elle n'est rentrée qu'hier, de là-bas, et à mon avis, elle a dû y prendre froid. »

Ces paroles causèrent à Graesler une vive inquiétude :

« Elle est au lit ? Depuis quand ?

– Aujourd'hui, elle ne s'est pas levée de toute la journée. Je crois qu'elle a même un peu de fièvre.

– Dites-moi, madame, avez-vous déjà fait venir un médecin ?

– Oh ! vous savez, elle avait bon appétit, ce matin, au petit déjeuner ; ça ne peut pas être quelque chose de bien sérieux, elle ne va pas tarder à se remettre.

– Écoutez, avec votre permission, je voudrais profiter de ce que le hasard m'a amené ici... Je ne pense pas que Mlle Catherine s'y oppose...

– Pourquoi pas, puisque vous êtes médecin ; c'est peut-être une bonne chose, après tout. »

Il traversa à sa suite une pièce assez vaste, dépourvue d'éclairage, et elle le conduisit dans une chambre plus petite où Catherine était couchée. Une bougie brûlait sur la table de nuit ; sa lumière vacillante tombait sur une compresse humide, faite d'un tissu blanc replié plusieurs fois et posée sur le front de Catherine de telle façon qu'au premier moment, le docteur ne voyait absolument pas ses yeux.

« Catherine ! » murmura Graesler.

Avec un effort évident, elle déplaça la compresse et ses yeux apparurent, brillants, mais sans expression.

« Bonsoir, dit-elle, en esquissant un faible sourire, l'air absent.

– Catherine ! » Il vint se placer à son chevet, écarta d'un geste rapide la couverture au niveau de son cou, repoussa sa chemise de nuit pour mettre à nu ses épaules : une éruption d'un rouge foncé colorait sa peau. La fièvre semblait déjà très forte et la malade était profondément abattue, à tel point que Graesler n'eut pas besoin de l'examiner davantage pour reconnaître chez Catherine tous les symptômes de la scarlatine. Il prit sa main dans la sienne et, sans la quitter, accablé, comme un coupable écrasé par le poids de sa faute, il se laissa tomber sur la chaise, à côté du lit.

A ce moment, le père de Catherine qui rentrait, sa journée terminée, s'exclama sur le pas de la porte :

« Non, mais, en voilà des histoires, mes enfants ! Vous avez tenu, malgré tout, à déranger un docteur... »

Sa femme alla au-devant de lui pour lui dire :

« Ne parle pas si fort ; elle a mal à la tête. Ce docteur, c'est celui dont elle a fait la connaissance là-bas, chez Ludmilla.

– Ah ! bon, répliqua le père de Catherine, en avançant dans la chambre. Je suis très flatté de faire votre connaissance. Eh bien ! vous voyez ce qui peut arriver quand on envoie sa fille à la campagne : on fait des frais pour elle et voilà qu'elle vous revient en piteux état. Enfin, ça ne doit quand même pas être bien grave, n'est-ce pas, docteur ? Je suis sûr qu'elle a dû rester trop longtemps assise en plein air, le soir ; en cette saison, ce n'est pas prudent. Dis-moi, Catherine, c'est bien comme ça que ça s'est passé ? »

Catherine ne répondit rien et replaça la compresse sur ses yeux. Le Dr Graesler se tourna vers son père. C'était un homme plutôt petit et replet, aux yeux ternes, presque chauve, dont le visage s'ornait d'une moustache grise, relevée en pointes.

« Ce n'est pas un refroidissement, lui expliqua Graesler, c'est la scarlatine.

– Mais, docteur, voyons, c'est impossible. La scarlatine, c'est une maladie infantile. Sa sœur l'a eue quand elle avait cinq ans. Si elle devait l'avoir, c'est à ce moment-là qu'elle l'aurait attrapée. »

Le père de Catherine parlait si fort que ses éclats de voix semblèrent alors rendre à la malade l'usage de ses sens et elle eut la force de dire :

« Papa, notre docteur s'y connaît sûrement mieux que toi. Mais il saura bien me guérir, n'est-ce pas ?

– Oui, oui, Catherine, j'en suis certain, bien certain », lui répondit Graesler, et à cet instant, il l'aimait d'un amour si fervent que jamais encore il n'en avait éprouvé de semblable pour aucun être humain. Tandis qu'il organisait les soins nécessaires, la sœur de Catherine arriva avec son mari. Celui-ci commença par adresser au docteur un clin d'œil farceur, mais quand il apprit combien la situation était grave, il disparut aussitôt avec sa femme dans la pièce voisine. D'autre part, Graesler expliqua à mi-voix aux parents que, de toute façon, il passerait la nuit près de la malade, car, dans de tels cas, la première nuit a souvent une importance décisive ; en veillant continuellement à son chevet, il pourrait peut-être éviter quelque évolution dangereuse dont les signes avant-coureurs risquaient d'échapper au regard de personnes ignorant la médecine.

« Eh bien, Catherine, reprit son père en revenant vers son lit, tu peux dire que tu as de la chance. Avoir un docteur comme celui-là, ce n'est pas donné à tout le monde ! Mais, vous savez, docteur, continua-t-il en l'entraînant vers la porte, il y a une chose que je veux vous dire tout de suite. Nous ne sommes pas riches, nous autres. Quand elle était là-bas à la campagne, notre fille était l'invitée de Ludmilla, comme vous avez dû le remarquer. Le billet d'aller-retour, ça, nous l'avons payé, bien sûr... »

Sa femme l'empêcha d'en dire plus long et l'emmena dans la salle de séjour, ayant probablement l'intuition qu'il était temps de laisser Catherine seule avec son médecin.

Graesler se pencha sur la malade, lui caressa les joues et les cheveux, posa un baiser sur son front, puis il lui affirma que, dans quelques jours, elle serait guérie et qu'alors elle retournerait s'installer chez lui. Plus jamais, lui répétait-il, il ne la laisserait s'échapper ; il l'emmènerait partout où l'appellerait son destin. Il n'avait pas pu faire autrement que de revenir vers elle, c'était plus fort que lui : elle était à la fois son enfant, son amour et sa femme. Il l'aimait tant ! Il l'aimait tant que jamais, jamais personne encore au monde n'avait été capable d'un pareil amour. Mais tandis que les lèvres de Catherine gardaient encore le reflet d'un sourire de bonheur, il ne tarda pas à constater que les paroles qu'il lui disait ne pénétraient plus au fond d'elle-même ; tout ce qui s'agitait autour de Catherine n'avait plus pour elle de consistance, tout n'était désormais que des ombres mouvantes. Quant à lui, il le comprenait à présent, il allait vivre une série de jours dont chaque heure serait une heure d'angoisse ; il connaîtrait la peur horrible de perdre un objet aimé, voué d'ores et déjà à une force ennemie invisible, mais toujours plus proche – il lui fallait donc se préparer à livrer une lutte désespérée, bien qu'il sût dès cet instant que cette lutte serait inutile.

17

Après trois jours et trois nuits que Graesler passa au chevet de la malade pour la veiller presque sans interruption, sans qu'elle eût jamais vraiment repris connaissance, par un triste soir de novembre, Catherine rendit sa pauvre âme enfiévrée. Pendant deux jours encore, Graesler fut pleinement occupé à régler les formalités lugubres que le malheur rendait indispensables. Puis ce fut l'enterrement. Le docteur marcha derrière le cercueil sans échanger avec la famille de Catherine plus qu'un minimum de paroles. Il ne se sentait en aucune façon lié à ces gens, bien qu'un même deuil les concernât également. Il resta debout, très raide, au bord de la tombe lorsqu'on y descendit le cercueil, puis, sans prendre congé, il quitta le cimetière et s'en retourna chez lui. Il s'étendit sur le divan de son bureau, et y demeura jusqu'au soir, terrassé par un sommeil de plomb. Il faisait nuit lorsqu'il se releva. Il se sentait seul, seul comme jamais de sa vie il ne l'avait été, même après la mort de ses parents et après celle de sa sœur. Tout d'un coup, son existence n'avait plus aucun sens. Il descendit dans la rue sans savoir ce qu'il allait faire, ni où se diriger. Il détestait tout le monde, il détestait la ville et l'univers entier, y compris sa profession, puisqu'en définitive, elle ne lui avait servi qu'à donner la mort à cet être charmant qui semblait destiné à lui prodiguer, dans son âge mûr, l'éblouissement d'un dernier bonheur. Quelle perspective s'offrait encore à lui ici-bas ? Il avait les moyens de renoncer à sa profession, s'il en avait envie, et de ne plus échanger un seul mot avec qui que ce soit. Voilà en quoi consistait son unique consolation, le seul profit que lui ait procuré son existence entière.

Le pavé des rues était humide ; des traînées de brouillard blanchâtre recouvraient le gazon du jardin public où il se trouvait à présent, sans trop savoir comment. Il leva la tête : au ciel, des nuages déchiquetés se pourchassaient sans fin. Graesler sentait la fatigue l'envahir, moins sous l'effet de son errance qu'en raison d'une lassitude que, brusquement, il éprouvait à supporter sa propre présence. Il ne pouvait pas admettre l'idée de rentrer chez lui et de retrouver ces pièces où il avait été heureux avec Catherine ; non, il n'imaginait pas pouvoir y passer une nuit solitaire avec son désespoir. C'était pour lui une torture intolérable que de se représenter sans cesse le tableau de sa destinée et de l'évoquer toujours avec les mêmes termes indigents, sans jamais obtenir le moindre écho, la moindre preuve de sympathie et de compréhension. Il finit par se l'avouer : s'il ne voulait pas risquer de se mettre à sangloter, à crier, à maudire le ciel, là, en plein air, il fallait qu'il se mît aussitôt en quête d'un être humain à qui il pût se confier. Seul son vieil ami Böhlinger lui parut capable de remplir auprès de lui ce rôle de consolateur. Il décida donc de se rendre chez lui. Il avait peur de ne pas le trouver à son domicile, mais heureusement, lorsque Graesler arriva, l'avocat, vêtu d'une robe de chambre de style turc, était assis à sa table de travail devant une pile de dossiers, au milieu d'un épais nuage de fumée.

« Te voilà déjà de retour ? s'écria-t-il en le voyant. Qu'y a-t-il donc ? Ce n'est pas ton heure habituelle. »

Levant les yeux vers la pendule, il constata qu'il était dix heures.

« Excuse-moi, répondit Graesler d'une voix rauque, je ne te dérange pas, je l'espère ?

– Quelle idée ! Assieds-toi donc ; veux-tu un cigare ?

– Non, merci, dit Graesler, en ce moment, je ne

pourrais pas fumer. Vois-tu, je n'ai pas encore mangé, ce soir. »

Böhlinger, en plissant les paupières, attacha sur lui un regard attentif :

« Ah ! vraiment ?... Alors, c'est qu'il s'agit d'une affaire importante. Dis-moi, où en est à présent ton histoire de clinique ?

– Plus rien à faire.

– Allons, bon ! La chose a mal tourné ? Et c'est cette déception qui t'abat à ce point ? Dis-moi la vérité ; il faut bien qu'il y ait une raison sérieuse pour... Évidemment, je suis très content de te voir. Tu peux tout me dire, ou as-tu besoin que je te donne un conseil ? Il y a peut-être une femme dans l'affaire ? »

Il se mit à sourire et reprit :

« Elle t'a trompé ? »

Graesler esquissa un geste de dénégation :

« Elle est morte », répondit-il sans autre commentaire. Là-dessus, il se leva et se mit à marcher dans la pièce, de long en large.

« C'est affreux », dit Böhlinger. Puis, il se tut, et lorsque Graesler passa tout près de lui, en arpentant le bureau, il saisit sa main et la pressa à plusieurs reprises. Graesler se laissa alors tomber sur une chaise et, la tête dans les mains, il fondit en larmes comme il ne l'avait jamais fait depuis son enfance. Böhlinger attendit patiemment, en fumant son cigare. Parfois, il jetait un regard sur le dossier ouvert devant lui, sur sa table, et notait quelques remarques dans la marge. Au bout d'un certain temps, voyant que Graesler commençait à se calmer, il lui posa discrètement cette question :

« Comment est-ce donc arrivé ? Elle était si jeune ! »

Graesler releva la tête. Un rictus d'amère ironie parcourut ses lèvres :

« Évidemment, elle n'est pas morte de vieillesse. C'était la scarlatine. Et c'est moi qui en suis cause. Oui, oui, c'est ma faute, ma faute à moi.

– Ta faute ? Tu l'aurais rapportée de l'hôpital ? »

Graesler secoua la tête et, se relevant, recommença à

marcher dans la pièce, agitant les bras, l'air désespéré ; puis il respira profondément. Böhlinger s'appuya contre le dossier de son fauteuil et suivit son ami des yeux :

« Ne crois-tu pas, lui suggéra-t-il, que tu ferais mieux de tout me raconter. Cela te soulagerait peut-être. »

Alors le Dr Graesler se mit à faire le récit de ses derniers mois, sur un rythme d'abord hésitant, mais bientôt plus assuré, sans suivre d'ailleurs un ordre conforme à celui de la réalité. Tantôt il marchait nerveusement, tantôt il s'arrêtait, dans un coin, près de la fenêtre, ou encore pour chercher un appui contre la table. Il ne parlait pas seulement de Catherine, il faisait aussi allusion à Sabine, à ses propres espoirs, à ses craintes, à son regain de jeunesse ; il disait quels rêves il avait caressés de part et d'autre, et de quelle façon, en fin de compte, tous avaient été détruits. Il lui arrivait aussi de s'imaginer qu'elles étaient mortes l'une et l'autre, Catherine et Sabine, et qu'il était, lui-même, responsable de cette double mort. Par moments, Böhlinger l'interrompait pour lui poser une question, par curiosité ou par sympathie. Et lorsque enfin il commença à discerner le lien qui rattachait entre eux les faits et gestes de son ami, il se tourna vers lui pour lui demander :

« Au fond, quand tu es revenu ici, c'était avec l'intention de... l'épouser ?

– Évidemment. Crois-tu que son passé m'en aurait empêché ?

– Pas le moins du monde. En général, à mon avis, celles qui n'ont que l'avenir en vue ne méritent pas qu'on les préfère. »

Et il regardait devant lui, les yeux dans le vague.

« Je crois qu'en cela, tu as raison », conclut Graesler ; puis il ajouta, en fixant son regard sur lui : « En outre, il y a encore une chose que je voulais... » ; il s'arrêta net.

Le ton de sa voix inquiéta Böhlinger :

« De quoi veux-tu parler ? demanda-t-il.

– J'ai lu les lettres que tu as écrites à Frédérique, les tiennes et – beaucoup d'autres.

– Tiens ! répliqua Böhlinger sans témoigner aucune émotion, en se contentant de sourire avec une nuance de mélancolie. C'est une bien vieille histoire, mon ami.

– Oui, c'est une bien vieille histoire », répéta Graesler. Comme il éprouvait le besoin d'exprimer de façon brève et définitive la position qu'il adoptait vis-à-vis de cette affaire, il ajouta : « Naturellement, après avoir lu ces lettres, j'ai enfin compris pourquoi vous ne vous êtes pas mariés. »

Tout d'abord, Böhlinger le regarda comme s'il ne comprenait pas son allusion. Puis, avec un certain frémissement au coin des lèvres, il reprit :

« Ah ! oui, tu t'imagines que c'est parce qu'elle me trompait, comme on dit. Grand Dieu, on en donne de l'importance à ce genre d'aventures, quand on est tout jeune ! En réalité, c'est elle-même qui s'est trompée, et moi qui en ai fait autant. Et j'ai été, pour ma part, bien plus aveugle qu'elle. Quoi qu'il en soit, il est trop tard aujourd'hui pour le regretter. »

Et tous deux gardèrent un moment le silence.

« C'est une bien vieille histoire », répéta Graesler, une fois encore. Mais sa voix semblait déjà s'enfoncer dans les profondeurs du sommeil. En effet, une immense faiblesse s'était soudain emparée de lui et ses paupières se fermaient sans qu'il pût s'en défendre. Il se ressaisit toutefois lorsqu'il sentit que Böhlinger lui prenait les deux mains pour le décider, en termes affectueux, à passer chez lui le reste de la nuit, car il était déjà bien tard. Il lui proposait même de prendre son propre lit. Mais Graesler préféra s'étendre tout habillé, tel qu'il était, sur le divan du bureau, quoique la pièce fût tout enfumée ; à peine s'était-il couché qu'il s'endormit profondément. Böhlinger étendit sur lui une couverture, puis il ouvrit un bon moment les deux fenêtres, mit ses dossiers en ordre, referma les fenêtres et sortit de la pièce pour laisser reposer son ami.

Lorsque Graesler s'éveilla, Böhlinger était debout devant lui, amical et souriant :

« Bonjour », lui dit-il d'un air engageant ; on dirait, pensa Graesler, un médecin qui guette le réveil d'un petit malade en voie de guérison. Les rayons d'un soleil d'automne pénétraient dans la pièce. Graesler devina qu'il avait dû dormir très longtemps et il demanda :

« Quelle heure est-il donc ? »

A ce moment, le carillon de midi se mit à sonner.

Graesler se leva et tendit la main à son ami :

« Merci pour ton hospitalité. Il est grand temps que je rentre chez moi.

– Je t'accompagnerai, lui dit Böhlinger, c'est dimanche et je n'ai pas besoin d'aller à l'Étude, personne ne m'y attend. Mais tu vas commencer par déjeuner et je t'ai fait aussi préparer un bain. »

Graesler accepta avec gratitude toutes les attentions dont il faisait l'objet. Revigoré par le bain, il se rendit dans la salle à manger où le petit déjeuner était prêt. Böhlinger était assis à côté de lui et, tout en le servant, il ne cessait de lui parler, dans l'intention évidente de détourner son esprit des pensées tristes qui risquaient de l'assaillir. Il lui racontait mille choses sans intérêt qui avaient trait à la vie politique du pays et aux problèmes actuels de la ville. Que m'importe le monde entier ? se demandait Graesler, que m'importe l'État, et tous ces gens-là ? Oui, je penserais autrement si l'on pouvait rendre la vie à Sabine – je veux dire à Catherine, rectifia-t-il *in petto.* L'autre est encore vivante... dans une certaine mesure. Et il se surprit à sourire sans trop savoir pourquoi.

Les deux amis se mirent en route. Les rues étaient peuplées de promeneurs endimanchés et Böhlinger se voyait obligé de répondre à beaucoup de personnes qui le saluaient. Ils passèrent devant le magasin de gants de la Wilhelmstrasse. Graesler considéra avec horreur le rideau de fer baissé devant la devanture. Finalement, ils arrivèrent à la maison où habitait Graesler.

« Si cela ne te contrarie pas, je t'accompagnerai jusqu'en haut », proposa Böhlinger.

A cet instant, on vit sortir de la porte d'entrée une jeune femme gracieuse et rondelette, revêtue d'un costume de deuil conforme aux bons usages, dont la sévérité était quelque peu tempérée par la présence d'un chapeau coquet de forme amusante. Elle donnait la main à une petite fille et ses yeux eurent un éclair de surprise à la vue du docteur.

« Regarde qui arrive là ! » s'écria-t-elle d'un ton joyeux en s'adressant à l'enfant.

Mais les yeux de Graesler se dilatèrent, pleins d'aversion, lorsqu'il reconnut Mme Sommer. Il lança à la petite un regard rapide, de haine instinctive ; il passa devant la mère et l'enfant sans juger bon de les saluer et s'engouffra dans l'entrée de la maison. Böhlinger, de son côté, avait remarqué que la femme, sans lâcher la main de sa fille, s'était immobilisée sur le trottoir et suivait le docteur du regard, la mine désolée, sans rien comprendre à son attitude. L'avocat hocha la tête pour exprimer sa désapprobation et monta l'escalier à la suite de Graesler, décidé à lui demander les raisons de sa conduite. Mais à peine la porte de l'appartement s'était-elle refermée derrière eux que Graesler s'écriait, haletant :

« C'était cette enfant-là ! Tu les as vues, la mère et la fille ? C'est la faute de cette enfant. Dire que Catherine est morte, tandis que cette enfant-là, je l'ai guérie !

– Voyons, il n'est pas question de faute, dans un pareil cas, répliqua Böhlinger. Aussi désolante que soit la situation, cette petite n'y est pour rien, tout de même – et sa mère encore moins. Ton comportement a dû lui paraître plutôt inexplicable.

– Il est vrai qu'elle ignore ce qui s'est passé entretemps, concéda Graesler.

– Tu l'as dévisagée avec des yeux fixes, comme si tu voyais un fantôme – quant à la pauvre petite !... Et si tu avais pu constater la mine que faisait sa mère ! Elle semblait franchement terrifiée.

– Je le regrette, bien sûr. Mais elle se fera peu à peu une raison. A l'occasion, je lui expliquerai ce qu'il en est.

– Ah ! oui, ne manque pas de le faire, conclut Böhlinger, et il ajouta sur un ton badin, fort déplacé en l'occurrence : D'autant plus que c'est une très jolie petite femme, et des plus appétissantes, ma foi. »

Graesler fronça les sourcils et, d'un geste las, indiqua que ce point de vue le laissait froid. Après quoi, il demanda à Böhlinger de l'excuser un moment, car il voulait prendre rapidement connaissance du courrier des derniers jours dont il ne s'était pas encore occupé. Il ne parvenait pas à réprimer complètement le léger espoir qui s'éveillait en lui : peut-être Sabine lui avait-elle écrit pour le rappeler ? Néanmoins, il savait bien ce qu'une telle supposition pouvait avoir d'absurde. En effet, il n'y avait là rien d'elle, pas le moindre mot, et d'ailleurs rien d'autre qui fût de quelque intérêt.

Ensuite, il se rendit avec Böhlinger dans un petit restaurant pour y déjeuner. Ils s'installèrent dans un coin où régnait une atmosphère chaude et intime, sous une lumière tamisée, et se firent apporter une bonne bouteille de vin du Rhin. Pendant le repas, l'avocat conseilla à son ami de ne pas se confiner dans un chagrin stérile et de s'adonner le plus tôt possible à une activité utile dans le cadre de sa profession. Graesler lui promit d'écrire le jour même à Lanzarote et d'y annoncer son arrivée pour la fin du mois ; il était convaincu qu'on l'y recevrait à bras ouverts. Plus tard, à l'heure du café et des cigares, ils en vinrent à parler de Frédérique. Tandis que Böhlinger, les yeux mi-clos, écoutait son ami et regardait la fumée de son cigare s'évanouir lentement devant lui en spirales, le docteur prononçait d'une voix émue l'éloge posthume de sa sœur. Elle avait témoigné, à son égard, tant de dévouement et de fidélité ! Par exemple, il n'était pas impossible qu'en faisant rénover son ancienne chambre en ville, elle n'ait pas pensé à l'utiliser elle-même à l'avenir. Sans doute un généreux pressentiment, conforme à son abnégation naturelle, lui avait-il fait deviner que cette remise à neuf profiterait à une autre qu'elle, à celle qui saurait être pour son frère une compagne et une amante. Böhlinger se contentait d'approuver de la tête. Il jetait parfois un regard vers son vieil ami qu'il n'avait jamais vu aussi disert et ses yeux exprimaient un étonnement quelque peu mêlé de compassion. Finalement, son attention se lassa et il sentit sourdre en lui une certaine impatience. Il se leva soudain et, tout à trac, prit congé de Graesler en lui expliquant, pour s'excuser, qu'à son grand regret, il avait déjà disposé de la soirée.

Graesler reprit donc seul le chemin de sa demeure. Là, il se remit à arpenter inlassablement son cabinet de travail et, au bout d'un certain temps, remarqua que son chagrin, peu à peu, cédait la place à un morne ennui. Il s'assit donc à sa table et rédigea une lettre à l'adresse de la direction de l'hôtel de Lanzarote. Il lui faisait savoir que son départ serait retardé de quelques semaines, mais que ce contretemps, – il l'espérait – ne risquait pas de causer des désagréments à l'administration, étant donné que l'afflux des curistes sur l'île n'était jamais très important avant le milieu, voire la fin du mois de novembre.

Quand il eut achevé cette lettre, il estima avoir terminé sa tâche de la journée. Il prit sa canne et son chapeau et quitta une seconde fois son appartement. En descendant l'escalier, il passa devant la porte de Mme Sommer ; il s'arrêta un instant, hésitant, puis se décida à presser le bouton de la sonnette. La maîtresse de maison vint elle-même lui ouvrir. Elle le reçut de façon beaucoup plus aimable qu'il ne s'y attendait et une expression de joie se lisait sur son visage. Il venait, précisa-t-il sans tarder, pour lui expliquer les raisons de la conduite étrange, pour ne pas dire plus, dont il avait fait preuve le matin même à son égard. Mais, continua-t-il, comme Mme Sommer avait probablement déjà appris le grand malheur qui l'avait frappé, il pensait qu'elle voudrait peut-être l'excuser. Elle ne savait rien, vraiment rien, mais, avant tout, elle le pria de bien vouloir entrer avec elle au salon. Là, il lui raconta que sa chère petite amie, oui, celle-là même que, quelques semaines auparavant, elle avait pu voir dans l'escalier en peignoir chinois brodé de dragons d'or, était tombée gravement malade et s'était éteinte quelques jours après. Lorsque Mme Sommer, pour témoigner sa sympathie, lui demanda plus de détails, il lui révéla que c'était une fièvre scarlatine maligne qui avait emporté la pauvre petite. On en signalait beaucoup de cas en ville, dit-il, à tel point qu'on pouvait presque parler d'une épidémie. Une chose était bien certaine : il n'y avait pas lieu d'établir un rapport quelconque entre la maladie de son amie et celle de la petite Fanny ; chez l'enfant, la scarlatine avait adopté une forme si bénigne que le docteur en était presque arrivé à douter de l'exactitude de son diagnostic. Comme, à ce moment, Fanny entrait en courant dans la pièce, il la prit entre ses genoux, caressa ses boucles et lui donna un baiser sur le front. Il se mit alors à pleurer sans bruit et lorsqu'il releva la tête, il remarqua qu'il y avait des larmes dans les yeux de la jeune femme.

Le lendemain, il alla sur la tombe de Catherine où restaient encore quelques modestes couronnes garnies de rubans. Mme Sommer l'avait accompagné avec sa petite fille au cimetière. Tandis que Graesler demeurait debout, tête baissée, Mme Sommer examinait les inscriptions qu'on pouvait lire sur les rubans et la fillette priait tout bas, les mains jointes. Sur le chemin du retour, on s'arrêta un moment à la pâtisserie et Fanny rapporta chez elle un gros cornet de bonbons.

Désormais, Mme Sommer entoura d'une discrète sollicitude l'infortuné célibataire afin de l'arracher à son isolement ; il passait de longues heures chez elle, en particulier le soir, et chaque fois, il apportait toutes sortes de joujoux à la petite pour laquelle il éprouvait une affection toujours plus grande. C'étaient souvent des bêtes sauvages en bois ou en carton et, de chacune, il devait raconter l'histoire comme s'il s'agissait d'animaux vivants, victimes d'un enchantement. Quant à Mme Sommer, elle prouvait tous les jours au docteur par ses paroles et ses regards quelle gratitude toujours croissante elle lui vouait pour les attentions sans nombre dont il comblait cette enfant à laquelle il manquait un père...

Un mois ne s'était pas écoulé depuis la mort de Catherine lorsque le Dr Émile Graesler débarqua sur l'île de Lanzarote en compagnie de Mme Sommer (qui était devenue Mme Graesler le jour de leur départ) et de la petite Fanny. Le directeur se trouvait sur le pont, tête nue comme d'habitude, et ses cheveux bruns bien lissés se mouvaient à peine sous le souffle du vent de la côte.

« Soyez le bienvenu, cher docteur, dit-il en allant à la rencontre du voyageur, avec cet accent américain qui, l'année précédente, avait déjà tant agacé Graesler. Soyez le bienvenu ! Vous vous êtes un peu fait attendre, il est vrai ; mais nous sommes d'autant plus heureux de vous voir revenir parmi nous. Naturellement, la villa a été remise en état et j'espère que madame votre épouse, elle aussi, va se plaire chez nous. »

Il lui baisa la main et tapota la joue de la petite.

L'air était merveilleusement imprégné de soleil, comme par un jour d'été, et tous se mirent en marche dans la direction de l'hôtel, dont la blancheur éblouissante apparaissait au loin. Le directeur et la jeune femme, engagés dans une conversation animée, allaient en tête ; derrière eux s'avançaient le docteur Graesler et la petite Fanny dans une robe de toile blanche un peu chiffonnée, un nœud de taffetas blanc dans ses boucles brunes. Graesler, qui tenait dans la sienne la main docile de l'enfant, lui dit :

« Tu vois, là-bas, cette petite maison blanche dont toutes les fenêtres sont ouvertes ? C'est là que tu vas habiter, et juste derrière, quoique tu ne puisses pas le voir d'ici, il y a un jardin avec des arbres très bizarres, comme tu n'en as encore jamais vu de pareils... Tu vas pouvoir t'amuser là autant que tu voudras. Et quand il se mettra à neiger dans d'autres pays et que les gens y trembleront de froid, ici, le soleil continuera à briller comme aujourd'hui. »

Il ne cessait de lui parler, gardant dans la sienne la main d'enfant d'une douceur ineffable dont le contact le remplissait d'une joie intense, toute nouvelle pour lui. La petite levait les yeux vers lui, pleine de curiosité, et l'écoutait avidement.

De son côté, monsieur le directeur poursuivait sa conversation avec la jeune Mme Graesler :

« La saison s'annonce assez bonne, déclarait-il, votre mari va avoir fort à faire. Pour le quatre du mois prochain, nous attendons Son Altesse le duc de Sigmaringen, avec son épouse, leurs enfants et leur suite... c'est une contrée privilégiée que celle où nous vivons, un petit paradis ! Et, comme le dit si bien l'écrivain Rüdenau-Hansen, qui, depuis douze ans, revient chaque année séjourner sur notre île... »

Le vent qui souffle là sans répit, sur le rivage, même aux jours les plus calmes, emporta les mots qui suivirent, et beaucoup d'autres encore.

TABLE

IMPRIMÉ EN FRANCE PAR BRODARD ET TAUPIN
58, rue Jean Bleuzen - Vanves - Usine de La Flèche.
LIBRAIRIE GÉNÉRALE FRANÇAISE - 14, rue de l'Ancienne-Comédie - Paris.

ISBN : 2 - 253 - 03545 - 9 42/3051/2